一位神经科医生的
3o 年诊疗手记

Just One More Question

Stories from
a Life in Neurology

Niall Tubridy

[爱尔兰] 尼尔·图布里迪

————————著

吉永劢————————译

你怎么了

中信出版集团 | 北京

图书在版编目（CIP）数据

你怎么了：一位神经科医生的30年诊疗手记 /
（爱尔兰）尼尔·图布里迪著；吉永劭译. -- 北京：中
信出版社，2022.7
书名原文：Just One More Question: Stories from
a Life in Neurology
ISBN 978-7-5217-4311-1

I. ①你… II. ①尼… ②吉… III. ①回忆录－爱尔
兰－现代 IV. ① I562.55

中国版本图书馆 CIP 数据核字（2022）第 067358 号

你怎么了：一位神经科医生的30年诊疗手记
著者： ［爱尔兰］尼尔·图布里迪
译者： 吉永劭
出版发行：中信出版集团股份有限公司
（北京市朝阳区惠新东街甲 4 号富盛大厦 2 座 邮编 100029）
承印者： 北京盛通印刷股份有限公司

开本：880mm×1230mm 1/32 印张：11.25 字数：250 千字
版次：2022 年 7 月第 1 版 印次：2022 年 7 月第 1 次印刷
京权图字：01-2022-0919 书号：ISBN 978-7-5217-4311-1
定价：59.00 元

谨以此书献给周三酒桶会

各位读者：

您在这本书中看到的是本人多年从事神经学临床工作的切身体会。其中内容虽皆取材自真实案例，但在写作过程中多有改动。书中有关患者以及本人同行的故事，也均在实际经历的基础上进行了调整、改写。部分案例实为诸多事迹拼合而成，并且对于涉及患者个人隐私的内容，本人在细节处都已经做了删改、隐晦等处理。假使您曾经接受过本人的诊疗，并且发现某段案例与您的个人经历相仿，也无须担心该案例系特指您一人——一切雷同，纯属巧合。

身体存在的主要目的就是承载大脑。

——托马斯·A. 爱迪生

目 录

1

入行第一课：
请尊重你的病人

有些第一次你是忘不了的，比方说向另一个人宣判她生命中剧变的到来。那年我 28 岁，面前的病人仅仅小我 3 岁。珍妮在一次出门慢跑途中感到左腿瘫软，于是去她的全科医生处就诊。医生将她送到了当地医院急诊科，随即又把她转移到了伦敦一所大型医院的神经内科，也正是我当时实习的地方。不巧我的导师——当时的神经内科主任医师被派遣到别处，于是我便临时上阵。在一名护士的搀扶下，珍妮走进了检查室。此时她的双腿非常无力，即便有人扶着也走得相当不稳。

　　面对忧心忡忡的珍妮，我也同样感到惶恐。在叙述病史的过程中，她提到家中有男性长辈患有多发性硬化。这是一条危险信号，因为考虑到她的症状和特征（年轻、白人、女性），同样罹患多发性硬化的可能性很大。她无意中又提及几年前突发过视线模糊，症状持续了好几周，当时并未引起她的重视。我做了一些常规的神经系统检查。她的膝跳反射过大——这是一个不良征兆。当我抚摸她的脚底时，她的大脚趾向上翘起——又是一个不良征兆。健康的成年人感到脚底被抚摸时，大脚趾应向下蜷曲。神经系统一旦受损，则会回归婴儿时期的状态，使大脚趾做上翘动作。因此一看见珍妮的大脚趾向上翘，我就知道她的神经系统已经严重受损了。

几周之后，我拿到了她的磁共振检查结果。果不其然，她的脑部影像显示出了多发性硬化的所有特征。虽然仅仅是在确证已有强烈预感的事情，但这样的结论依然无异于晴天霹雳……

听到诊断后她跟我说："我记得我的叔叔从来没有下过轮椅。"然后她泣不成声。

我说并不是所有多发性硬化患者的病情都会恶化到必须依赖轮椅的程度。她问我能否保证她日后可以不用轮椅，我只好回答我不能保证。

那个年代网络搜索仍未普及，病人要对神经方面的病症有什么认识，往往靠的是向熟人打听。这也意味着，能够为人所知的病例多半是社会曝光度较高、情况较为极端的。对于珍妮而言，那些信息自然而然就来自她的叔叔。她并不了解那些生活较为正常、病情没有恶化的多发性硬化患者的事例，她也无从认识到。其实她本人患病后的生活质量还是有相当大可能会好过她的亲人的，尽管我只是做乐观的估计，无法给她一个肯定的答复。我能够做的仅限于帮助她认识自身的病症，向她解释我们在当时那个阶段有限的几项治疗方案，并且尽可能地给予鼓励。

珍妮的遭遇引起了我的特别兴趣——可以说，遇见她是我人生中的一个里程碑。医生对于经由个人之手做出的第一次诊断往往怀有异样的热情，我也不例外。虽然这样讲有些古板了，但是从业之初的医学工作者靠什么投入救死扶伤的工作？靠的都是对职业的满腔热忱。这点跟其他行业是一个道理，毕竟寒窗苦读多年，终于迎来了在现实中发光发热的机会。自己做出了什么重大诊断，按捺不住要跟朋友讲，等不及从初次尝试治病救人开始，一步步积累经验，感觉自己总算有了神经学家的样子。

我花了好几年时间才弄清楚我想成为什么样的医生。在解剖学实验室解剖大脑确实有些可怕，所以基本上我一开始就把外科手术排除在我的职业选择之外了。我也很喜欢心脏病学，还考虑过要当一名老年病学专家。然后就在学习医学的第四年，我们被分配到了医院病房。刚开始心里是七上八下的。我们跟前后无数批新上岗的医学生一样，成天在病房走廊没头没脑地兜兜转转，唯恐挡了别人的道。到了查房的时候，我们光跟在后头不作声，眼巴巴地看着正式医生在前面怎样询问和检查病人。要是哪位导师愿意花点时间给我们讲讲课，肯定会获得我们的喜爱。到了后来我们还发现，那些对我们要求最严格的导师往往也在专业上投入了最多的热情，也必然被我们一直深深感念。

我最早参加的岗位轮转之一就是跟着神经病学团队。团队带头人是两位业已知名的专家。他们往医生队伍里一站，从气势上就比其他人高出一头——至少从我这一介后辈的角度来看是如此。他们的临床直觉灵敏得骇人，诊断一位病人只需要几分钟，看似简直不费吹灰之力。再复杂的诊断到了他们手里也好像不过是小儿科。这其中肯定不乏自负的成分，但是在浮夸的作风背后确实是他们面对工作的有条不紊、波澜不惊。

所以我从一开始就爱上了神经学。我爱上了问诊和检查阶段中的逻辑分明。我尤其敬佩神经学家细致入微地聆听病人话音的每次起伏，就连最细小的动作也逃不过他们的法眼。他们就像专业的电工，可以找到布线或灯泡有故障的确切区域。我还喜欢他们对不寻常病例的讨论，以及他们就一个又一个临床症状争论不休。看着这一切，即使隔着一群同时围观学习的护士和初级医生，也令人忘乎所以。

此外，我也目睹了许许多多的病人，见证了他们以各自的方式接受噩耗的降临和命运的无常，以及病人的亲属如何陪伴他们度过一个个或忧或喜的时刻——这一切无不使我更加谦卑。我感到再没有什么能比关怀脑部患疾的人更加重要了。在我的眼中，这样的关怀就是照见和深入每一位病患内心的绝佳途径。

我出于终极关怀的原因为神经学所吸引，而从未涉猎我父亲曾经从事的精神病学，这倒也是一件怪事——毕竟二者本不该分家（现如今更是如此）。想来我只是想耕耘属于自己的一亩三分地罢了。有时我和父亲争辩说，精神科医生能为患者做出的现实帮助太少了。然而，同样的论调不论过去还是现在也常常被用于神经学。

过去，也许现在依旧如此，选择神经学领域进行研究是一条不太寻常的道路。长期以来，神经学家都被归为医学中的知识分子，给人的印象就是系着领结的无用书生——揪着简单的点不放，非要寻出点精深的玩意儿不可——自诩研究脑子的，到底自己的脑子有多好使也说不准。我以为神经学的这种声誉大概是自我辈的学生时代有的。在我踏入本行业的 20 世纪 90 年代初，神经学中可用的药物治疗方法依然寥寥无几，从表面上看来就像只管诊断，不管实际治疗。也难怪我的同辈学友仅有极少数与我同行，毕竟多数人从医还是为了实际运用的。

珍妮入院了，于是我们得以针对她的病情探究最妥当的治疗办法，同时我也会一天两次地进病房看望她。流眼泪总是难免的，却也有放声欢笑的时刻——欢笑声在医院的环境里是少不了的，不管医生还是病患，都得靠它度过病中至为暗淡的时光。

前来探望珍妮的亲友似乎并不多，这放在一个亲属众多的年轻女子身上算是一件怪事。有一回我向她问起，她顿时不语。沉默良久后，她告诉我她为这件事感到颇不自在。她嘱咐家里人别来探望她，推托说医院在治疗第一周禁止他人前来探病。她不想他们见到她现在这副模样，要是见到了，他们必定会想起她那瘫痪了半辈子的叔叔。

讲到后来，她已经簌簌泪下，原来再过六个月就是她的婚期。我说："这可是天大的好事呀！恭喜你们俩。"但不用多言，我们俩也都明白，她再也回不去原来的生活了。

我问能否在她未婚夫来时告诉他病情。只见她神情顿时紧张起来，脸上像是发怒了似的涨得通红，对我厉声说道："你可别！"

"但你必须告诉他！"我惊讶地脱口而出，"你怎么能不告诉他真相就和他结婚？"我真是天真。

"他要是看我像一个半身不遂的人，可是永远不会娶我的！换作你，一个坐着轮椅的废人被推给你，你会要吗？"

时过二十五年，我的眼前依然能浮现出她脸上纵横的泪水，那双怒火中烧的眼。当时的我虽然年轻，但也过了懵懂的年纪。我想起自己的对象，想着如果她也对我隐瞒着这样一个秘密，结果我变得像珍妮一样怒不可遏了。当时的我觉得，谎言之无情简直不过如此了。但是想想看，我是年轻健康的，然而我面前这个女子却在走向人生的分水岭，也许就要面临下半生的残疾，不仅如此，还有位医生要不知好歹地把这消息告诉她的未婚夫。这样的情形叫她对我、对世界如何不愤怒？

我好声好气跟她说，我不会违背她的意思，但是离开时我感到胸中燥热得喘不过气来。当时我在气什么呢？到现在我也想不明白。是在气那对恋人间的谎言吗？是为他们之间无可挽回的信任感到不平吗？可是换作我未来的妻子向我隐瞒，又会怎样呢？或者再换一个角度，如果多发性硬化降临在我的身上，叫我再也移动不了双腿，我又会作何反应？

"爱若轻易改变，岂能为爱？"当时值班的护士长见我风一般冲进值班室，并且我直言对病人的不义感到不满，她只是轻轻地引用了这样一句话。

我很讶异。这位护士长在我还未出生时就已在神经科任职，什么情绪上的疾风暴雨她都见识过。病人和家属（或者年轻医生）再怎么激动，她也表现温和。我把她看成一位真正值得学习的前辈。

"作为一名医生，评判别人不属于你的职责。别人怎样抉择，无论对错，那都是他们自己的抉择，不是我们的。"

"可是她这样向未婚夫隐瞒，难道公平吗？我难道没有责任向她身边的人说明她的情况吗？"

"看起来可能确实不公平，但这不是我们可以干涉的。"她用坚定的语气这样说。

这位前辈说得一点不错。在没有本人许可的前提下将病人的情况透露给任何外人，这不仅不属于医生的职责，还是对医患界限的侵犯。有时候做到这一点会很难，比如碰到患者的家长或者配偶在患者本人不知情的情况下来电问询，这时候就要坚守医患之间严格保密的黄金原则。

这便是我入行时学到的宝贵的第一课：照顾病患时一定要学会将自己同他们的生活和情感经历分割开来，因为只有这样，我才能够给予他们更为长远而有力的支持——仅这一项就已经是极为艰巨的任务了。绝对的铁面无私和不近人情也不是我想要的，但掌握适度的分寸感将是我在接下来的年月里必修的功课。多数时候我能够摸着那根准绳，步履不停地从一项工作过渡到下一项工作。但每当我在一个个不眠之夜为某位患者的病情思虑时，我会发现自己又重新陷入了偏离那根准绳的危险之中。

第二天我跟随专家查房。走到珍妮的病床前时，我几乎难以直视她的眼睛，于是转而问专家，他对病人的态度怎样看。

"你这是瞎琢磨，"他直接说，"人家的事情我们干涉不了——这一点你最好尽早弄清楚。"不过此话说完，他的态度缓和了一些，说年轻的时候谁没有犯过糊涂，只不过随着经验渐长才明白对病患不应该采取那样一种看法。

我花了好几周才逐渐理解了珍妮对未婚夫隐瞒病情的做法。最终我只见了那年轻男子一面，见了面也仅仅打了声招呼而已。他也没向我打听什么，只是不停地感谢我能协助珍妮康复。

他们最终如期结了婚。时间是一年之后，我在复查诊室接待了这对新人。珍妮的状态不错，出院后也没再被多发性硬化纠缠。

而我呢，后来也循着年轻医生游历四方的传统去往别的医院了，从此便失去了这对年轻夫妇的音信，也不清楚珍妮的多发性硬化彻底康复了没有。我在心里还一直感念着他们教会我的原则，让我在年长之后再去教会许许多多的医学后辈。仅仅一名病人就能不知不觉地造成如此的影响力，真的可以称得上不可思议。同样我也惦念着当年那位耐心的护士长，感激她用一杯咖啡的时间解开了我的许多心结。

2

————————

短暂性全面性遗忘……
灵魂在那一刻出窍

"我吃了早饭，把车停在丹莱里港口，然后去附近散了步。接下来半天发生的事情我就一丁点儿都想不起来了。"

"每次一来性高潮，我的脑袋就好像炸裂了一样。"

"昨晚我见着圣诞老人了，他在我房间里，就坐着直升机在我头顶上转悠。"

我每听见一桩像这样的奇闻逸事，对于神经科学的热爱就增加一分。眼睁睁地看着一个正常人在病情的影响下迈入光怪陆离的世界，叫人不禁感到无限的惊奇——设想一下，也许不久前他们还是与你我一样过着平常生活的老百姓，忽然一下却要面临自身理智的崩塌。

年轻的医生在头一回遇到罕见神经症的诊断时往往激动之情溢于言表，如今的我看在眼里，欣赏之余也会回想起当初的自己。此时我就必须提醒他们（也包括我自己），所谓罕见病症也就如同它字面上所说的——不过是稀奇而已。但不幸在医学领域，一件事物稀奇才能引起关注。特别是在神经学领域，这一点体现得尤其明显。

内森是一名来自加拿大的厨师，他同结婚二十五年的妻子詹妮两人住在都柏林。夫妻二人迁居爱尔兰已有不少年头了，其间还搭档开了一家小餐馆，日子过得无忧无虑。他属于作息很规律的那一类人。早起他和詹妮共进早饭，简单冲一个澡，接着便出门散步。他会将车停在丹莱里的圣麦考医院停车场，下车走大约1英里①到丹莱里港口东边的码头，然后沿着码头直走下去。如此既算作晨练，也算是一个反思前一天工作和琢磨当晚菜谱的机会。

2月的一天清晨，内森一切如常地起床、出门，发觉不对劲是在他回到家以后。

"现在几点？"他问詹妮。

"啊，大概十点半吧。"詹妮答道。

不出一分钟，他又问道："现在几点？"

"差不多十点半。"她又答道，心想可能上一次他没有听见吧。

"那现在到底几点了？"

詹妮气不打一处来地转身看他，只见这男人坐在餐桌边发愣。同住一个屋檐下这么多年，把她的话当耳旁风也不是第一次了。"你是耳朵不好使了，还是干脆不想理我？"她一边问，一边仔细看丈夫那张面无表情的脸。

终于他又发话了："现在几点？"语气里没有丝毫的起伏。

"现在几点？"他还在问。

"你怎么搞的？"方才她还觉得好笑，三番五次这样，她可有些恼了，心想不知他是在拿她取乐还是怎么着，于是又警觉起来。

"现在几点？"

她决定改变策略，因为瞧他那样子，好像一边说话，一边在

---

① 1英里≈1.61千米。——编者注

盯着远处的什么东西。

"好啦，你省省吧，"她抬高了一点嗓门说道，"趁着餐馆没开门，我们还有事要忙活呢。"

"那现在几点了？"他又问，眼里像是没有她这个人。詹妮强作镇静地坐下来拉着他的手问："内森，你还好吧？"

他愣了愣神，眨了眨眼，又问："现在几点？"

詹妮有些慌了，当即把他领到客厅。他走起路来似乎没什么问题，表情虽然平静得如同一潭死水，倒也看不出两边脸有不对称或者下垂的表现（她曾经听到广播里讲这些是中风的征兆）。她领着丈夫在沙发上并排坐下，一字一句地问他："内森，是我啊，我是詹妮。你不认得我了吗？"

他两眼直勾勾地望着他爱了一辈子的女人。有那么短暂的一瞬间，詹妮以为他在她的脸上看出了点什么。

"现在几点了？"

我在急诊室见到内森的时候，距离他和妻子共进早餐（烤面包片配炒鸡蛋）仅仅过去了三小时。他看起来平静得很，几乎像是入定了一般，然而他的妻子在一旁已经难以自持了。她一面拼命掩饰着内心的惊惶，一面控制不住眼泪顺着脸颊流下来。她轻轻地拉着他的手，像是牵着孩子似的带他穿梭于人群之间，可是她难过的样子内森好像一点也看不见。周围的事物对于他而言似乎统统消失不见了。

事态至此，他嘴里叨咕的问题又多了一个："我在哪儿？"见到我之后，他打了声招呼，继续又问："我在哪儿？"我告诉他，他现在到了圣文森医院的急诊室，这里离他家不过二十分钟的路程，这一带他应该挺熟悉的。只见他不冷不热地瞧着我，跟看周围其他事物一样。

"我在哪儿？"

同一个问题他问了一遍又一遍，只是偶尔倒回去问一句："现在几点？"

快到当日下午两点时，他脑中的迷雾似乎略微散了一些。他还在提问，不过提问的范围在渐渐扩大。

"我的车呢？"

"我在哪儿？"

"我老婆呢？"

"现在几点？"

内森的神经系统检查并没有什么异常，当然除了一点，就是他没法接收任何新的信息。他看得见，也听得到。给他一杯咖啡，他也喝下去了。他讲话正常，从四肢的状态、力量还有协调性来看，也没什么不正常的地方。各种应有的反射他都有，轻抚其脚掌，脚趾也相应地自然蜷缩起来。然而他就是意识不到自己所处的环境。这种情形其实与小孩子在商场走失不无类似——也许在情绪上没那么激动，可整个人的状态展现出了同样的无助和对未知的恐惧。

大约过了一个小时，内森忽然提起嗓子大吼了一声："什么情况？！"声音彻底变了样。之前机械性重复的提问没有了，他整个人从一个面无表情的机器人摇身一变，转而成为一个活泼的圣诞老人般的角色，一边嬉皮笑脸，一边用手安抚着他满脸忧愁的妻子。"我好得很，詹妮，"他出声笑道，"怎么费那么大劲儿，还跑到圣文森医院来啦？"

内森苏醒过来之后能回想起来的最后一件事情，是他在餐桌边问他的妻子，早餐要不要来点炒鸡蛋。至于他早上是不是冲了澡，有没有开车去丹莱里，然后冒着雨去码头上散了步，以及他是如何开车回家的，他统统记不起来了。这段记忆丧失的时长大约为四个小时，其间的事情他只记得些许的画面。到了当天晚些时候，他又记起了早上进浴室的情景，以及几小时后他进急诊室后的一部分行为举止。

内森的脑部扫描结果和血液检测统统显示正常。事后他得以回归到往常的生活，只不过他再怎么努力也回想不起那天余下的经过了。

多年以来，我已经见过几百起类似于被称作短暂性全面性遗忘的病例，但我依旧会深深地被患者脸上那种恍惚焦躁的神情触动。患者亲属的惊惶无措也令人难以忘怀。亲属的这种惶恐我非常理解：本来一个人好端端地过着柴米油盐的生活、怀揣着一点普普通通的盼头，结果突然一下从一个爽朗利落的成人变成长途汽车上的小孩一样，一个劲地只会问"快到了吗？快到了吗？"

我难以想象詹妮在那一天里都独自承受了些什么。她在心里是否把两人从初识到喜结连理到婚后的生活统统回想了一遍呢？她有没有开始担忧自家餐馆的前途？她是否已经在默默预想着失去了一生挚爱的日子，或者假如丈夫失能，她要如何照料他呢？也许这些她全都思考过。

针对类似上述情况的短暂性失忆，我们至今还没法做出一个确切的解释。我有一位资历较深的同事也看到了内森的病情，他提到与我们同在圣文森医院的一位前辈在 20 世纪 70 年代发表过一篇相关研究。这篇研究的作者马丁博士当时起的论文标题叫作《临海失忆症》（"Amnesia by the Seaside"），不过关于此类病症的记载在更早以前也已见于内陆地区。过去医学界对其定性通常不出于中风、癫痫或偏头痛的并发症，但对于病灶的认识一直不甚明了。患者的普遍特征是在长达二十四小时的区间内丧失短期记忆以及接收新信息的能力。发病的条件包括体表接触热水或冷水、剧烈运动以及情绪波动。综合这些条件来看，失忆的症状有可能是憋气动作（又称瓦尔萨尔瓦动作，即呼出气体后保持口鼻关闭，或者极力将空气憋在肺部。后者可以参见举重运动员拎起杠铃前憋住一口气的动作，这样做是为了保持肺部充气以增加躯干的稳定性）造成了血管栓塞进而阻断大脑记忆中枢区域供血所导致的。通过大脑磁共振成像技术，有时确实可以监测到某些患者的记忆中枢供血不足，但以我的经验，仍不能一概而论。所以失忆症的诱因到底该归结为什么，依旧迷雾重重。

短暂性全面性遗忘多见于 50~60 岁的中老年人群，但在年轻人身上也时有发生。该病通常最显著的特征是患者反复问相同的问题，并貌似需要借此来得知自己所处的确切时空，而除此之外各方面似乎多半不受影响。症状发作非常突然，而缓解过程则往往较为缓慢。如果身边人患上此症，会很容易将其误判为中风或癫痫。

凯茜发病时正在克罗克体育场观看爱尔兰全国足球联赛的总

决赛。为了观赛，26 岁的她兴冲冲地专门驱车三百多公里带着父母从凯里城一路来到了现场。开赛不过十分钟，客场作战的凯里城球队精彩的一记射门引来全场本队球迷起立欢呼。就在此时，唰的一下，凯茜脑子里一片空白。她突然想不起自己是谁，周围是什么地方，也不明白自己为什么跟着几千名陌生人冲着远处一片草坪起立。身旁的二老兴致正浓，自然只顾观看比赛进展。直到中场休息时，她的父亲得闲跟女儿搭话，方才察觉到异样。他问女儿："凯茜，你觉得刚才的球踢得怎么样啊？"

没想到她悠悠地问道："我这是在哪儿？"于是不出一会儿工夫，这个问题的答案就变成了"去医院的担架上"。事后凯茜想要回忆起那曾经令她魂牵梦绕许久的足球总决赛日的状况，却绞尽脑汁也仅记得当天早上在家冲了凉。

一个周六早上，杰拉尔德被他 3 岁的小外孙闹醒了。他把外孙带下楼，让他到厨房同他爸爸玩。等再回到楼上时，他发现妻子也醒了，一副想要同他亲昵的模样。事后讲到此处，他面色泛着点潮红地告诉我，接着两人就"做了点儿夫妻间的事"，然而再往下的三小时里，他就什么也想不起来了。

据他的妻子回忆，在两人亲热过后，她去浴室洗完澡出来，看见丈夫呆呆地对着一双袜子，脸上写满了迷茫。他见到妻子，便举起那双袜子问道："这是什么玩意儿？"她只好亲自替他穿衣，一面听他把同样的问题重复问了几十遍。

在那个周六早上，两人究竟是不是经历了此生最美妙的结合，杰拉尔德想破了脑壳也无从知晓了。当天晚上，夫妻二人坐在一起，好不容易把他那段"灵魂出窍"的经历拼凑出了个大概，他却还一个劲地追问她早上的感觉怎么样。妻子对他的表现给予了肯定，说同他们以往在一起的时候比起来算是达标，不过这话在他听来像是言不由衷的。

短暂性全面性遗忘复发的状况在我的职业生涯中很少遇到，不过这种可能性是的确存在的。单次发作是这种病症最常见的情况，并且即使溯源也很难追查到明显的病因。凡是得过一次的病人都会给我留下很深的印象，事后他们会向我感叹健康人离疾病如何只有一步之遥，还有我们应当多么庆幸自己还能享有健康人的生活。（别说患者本人，就连如今的我在目睹患上短暂性全面性遗忘的人时也会产生类似的感慨。）还有一些人会担心自己有过一次患上短暂性全面性遗忘的经历，是不是说明他日后更容易罹患痴呆，其实这两者之间并不存在关联。还有一些以往自信十足的患者，在恢复之后变得焦虑不安，也不那么开朗了。面对短暂失忆造成的深层次恐惧，大多数人至少还是能在表面上淡然处之的，然而也有些人因此发生了彻头彻尾的改变。

3

性交头疼：

『健将』是如何倒下的

"每次我们俩做爱，我的头就会疼。"马苏德坐在我面前，低头向我坦白道，"而且不是一般的头疼，那感觉就像有个人一直提着一把大榔头守在我旁边，认准我来高潮了，就给我后脑勺敲一记。"

"每次都是这样吗？"我问。

我内心还有些将信将疑，这个家伙到底是在拿我开涮呢，还是他真的有可能等到下一次和人上床的时候就突发脑出血了？他坐在他的女朋友萨拉身边，看起来明显有些不自在，但在女朋友的好言相劝下，他又继续讲了下去。原来两个人年龄相仿，都在25岁上下，是几个月前才在伦敦的一家夜店认识的。当即两人一拍即合，转眼便发展到如胶似漆的地步，经常为了对方连日旷工，甚至连饭也顾不上认真吃就再次投入对方的怀抱。

这等神仙般的日子过了不久，有一天这位年富力强的勇士正与恋人缠绵到当日的第三回合，忽觉颈部一阵灼痛，旋即连带整个颅脑也疼起来。他顿时没了兴致，双手捂住脑袋跟女朋友道歉，女朋友见状也表示安慰。他起身去了女朋友家的浴室，又取了两颗布洛芬吞下，回到床上躺下。等到片刻过后，疼痛渐渐消退了，他才稍稍放松下来。

如此不出一个小时，欲望之火战胜了方才的担忧，两人再度黏成了一团。这一回合他们顺利地持续到了最后高潮迭起的时刻（他本人的说法是："手上的牌好得不得了，眼见就要赢到手软了，医生！"），说时迟那时快，他的脑袋又一次像被劈开了似的，比头一回还要加倍地疼了起来。他说他这回前一秒还快活着，后一秒就好像有人直接在他的后脑勺敲碎了一大块砖头。他疼痛难忍，一下趴倒在女朋友身上——而他的女朋友此时还在九重天外逍遥着呢，哪里顾得上他。

　　他回过神来，听见女人的惊叫。他的语言能力没有受到影响，手脚还能动弹，两眼看东西也没有问题。他琢磨着大概是因为自己"消耗过度"，不知道抽到哪根筋了，于是把这点看法也讲给女朋友让她放心。不过那天，接下来的二人活动也就自然而然被搁置了。他再次躺下休息，又过了一个小时左右，才感到强烈的剧痛慢慢变为较为轻微的阵痛。如此休息了三个小时，他又恢复到平常的状态了，只不过心里还有些犯哆嗦。为了保全自己的面子（也有后怕的缘故），那天他再没和女朋友说起自己头疼的事情。

　　第二天早上，马苏德虽然心里七上八下，但还是决定再度冒险。萨拉见他忐忑的样子，又联想起昨天的意外情况，同意这回两个人可以慢慢来，还说跟他在一起的这几周已经是她来伦敦以来最快活的时光了，还有什么不知足的呢。

　　听了佳人一席话，马苏德得以如沐春风般地再次与她进入二人世界。随着快感一层层叠加，他感到后脑部一阵刺痛。他还不肯就范，继续老牛耕地似的吭哧吭哧，终于还是一蹶不振了。

　　这回恐惧战胜了尴尬的情绪——第一次发病之后十天左右，

他来到了我这个神经科实习医生面前，低头供认道："每次我们做爱，我的头就会疼……"当时我与这对情侣的年纪也相仿，不同之处在于我身上套着一件松松垮垮的白大褂，还有我脖子上挂着一副几乎从未使用过的听诊器。听完我关于马苏德病情的描述，在伦敦指导我实习的著名神经科专家笑着说："我亲爱的图布里迪医生，这个病例我知道非常合你的胃口。不过就算是这样，毕竟这里还是神经科，应当严肃认真一点才好啊。"我确实有点不严肃认真了，这点我得承认。

他微笑着跟我解释说马苏德经受的正是典型的性交头痛，顾名思义，即由性交引发的程度不等的头痛。我照他的嘱咐为病人安排了脑部扫描和血管造影，以此排除患者这样罕见的头痛是否有严重的潜在病因，如脑动脉瘤。

一周以后我兴奋地来到复诊室。我还是无视了导师的劝告——因为我手里握着大好的消息，一定要告诉马苏德和萨拉。病人的各项检查是我特别安排加急的，结果出来以后一切正常，也就是说这对恋人又可以无忧无虑地在一起了。

进了诊室一瞧，我的心立马往下一沉，马苏德竟然没有到场！是我判断错了吗？难道他的脑子里确实发生了致命的病变，却没有被扫描发现？我问了一上午的诊，他依然没有出现。我的心情已经从早上进门时报喜心切的愉悦逐渐变为了担忧和气愤——我气我自己如此煞费苦心地特别对待一个病人（尽管其中有满足我自己好奇心的成分，也有为病人着想的成分），换来的又是什么呢？

我猜想着他的失约是不是嫌复诊太麻烦，越想越气。我为这两个人做了这么多，他们却连来一趟都不肯吗？我作为神经科医生的高光时刻，难道就要被他们这样无情地剥夺了吗？（现在想想，我真是太虚荣了！）我再也坐不住了，于是拨通了马苏德的电话。

马苏德接起了电话，听起来像没睡醒的样子。不用想都可以猜到，他一定是把我先前叮嘱的在等待结果期间谨慎行房、尽量避免性生活云云统统抛到脑后了。

"马苏德！"我质问他道，"你怎么搞的，跑哪里去了？"

"不就在床上吗，还能去哪儿？"

我仗着实习医生无法无天的劲头，严词责令我的病人立马到我诊室来拿诊断结果。他在电话里道了歉，当天下午就和女朋友一起来到了伦敦市中心我所在的医院。

第二次见面他依旧是一副说话柔柔弱弱、谨小慎微的模样，但是有一点不同于上次。在他身上已经看不出恐惧，取而代之的是一种小孩做错了事的神情。我正在义正词严地向两人说明我做出的种种努力，萨拉用胳膊肘推了推马苏德，悄声道："你就跟他说了吧。"

他马上把目光移开，看得出来其中确实有隐情。我急急忙忙地追问道："什么事情？你有什么情况没告诉我吗？你要总是藏着掖着的话，我想帮你也无能为力。还有什么我不知道的，你赶紧告诉我。"

萨拉也推推他："讲嘛，你总得告诉人家的。"我觉得她也开始同情面前这位神经兮兮的年轻医生了吧。

只见马苏德缓缓把手伸进羊绒外套，从兜里取出了一枚小小的管状物，样子有点像装通鼻喷雾的瓶子。他拿出来放在了桌上，我看了看，发现瓶子上赫然印着"健将"的字样。这种特制的硝酸盐喷剂是他在夜店街淘到的，每次他要一展高超的床上技巧之前，就会悄悄地将其喷在恰当的部位。只要是用类似喷剂治疗过心绞痛的人都知道，硝酸盐喷雾不仅作用于心脏，同样也可以起到舒张身体其他各处血管的功效，并且时而会造成头疼的副作用。可怜马苏德实在太想提高自己的表现，买回硝酸盐喷剂时本想为自己增加些底气，结果投机取巧不成，反而招来了专门"棒打鸳鸯"的性交头痛。

性交头痛可能是一种比你想象中普遍得多的病症，这是因为许多患者会出于顾忌隐私或惧怕的缘故采取隐瞒的态度，除非状况过于严重，否则拒不就医。来我这里就诊的，年轻人也有，老年人也有，都是觉得自己已经因为头痛而到过一次鬼门关了才来医院的。性交头痛主要包含两种类型：第一种在性高潮到来之前发作，一般比较接近于紧张性头痛的症状，患者体感类似偏头痛（很多性交头痛患者确实都有偏头痛病史）。疼痛症状在几分钟内逐渐累积，并且可能与头颈部肌肉痉挛存在一定联系。第二种性交头痛几乎与性高潮同时发作，从程度上讲可能是很多患者经历过的最严重的头痛。对于此等程度的头痛，我们还可以称为"雷击头痛"，它有可能是由大脑血管破裂出血（即蛛网膜下腔出血）造成的。这是中风的一种类型，血液流入大脑周围的腔隙引起，会危及患者的生命。所以在问诊之初，只要患者出现性交头痛的症状，首先要排除脑出血的可能。

一旦猝发蛛网膜下腔出血，仅有三分之一的患者能够基本恢复良好，还有三分之一的人会留下一定的神经损伤，剩下三分之一的人则会失去生命。一些研究显示，多达 10% 的蛛网膜下腔出血病例以性活动为发病的诱因。所以马苏德的故事尽管引人发笑，神经科医生在碰到性交头痛的病人时仍然必须严肃对待。然而还有些人，只要人家想要和他亲热他就推托说"现在别了吧，我头疼着呢"。这样的人大概需要另一类医生来医。

4

幻视：巴伦小区里来了圣诞老人

哈罗德从厨房里打量着两个正在后院里玩耍的男孩子——这可真是奇了怪了，他一直住在伦敦的巴伦小区，却对这两个孩子没有一点印象。问及周围的老邻居，他们也都没有年纪相仿的孙辈。直到那天晚上，他还想着那两个混混模样的小子，越想越纳闷，怎么都觉得他们俩的相貌打扮像是维多利亚时代小说里的人物。然而哈罗德是个热情又和善的 73 岁老人，他寻思着，既然那两个孩子也没怎么过分调皮，就让他们继续在自己家后头玩得了，接下来几天便一切照旧。

如此过了几周，两个男孩子来得越发频繁，他也只是在心里犯几句嘀咕。又过了一些日子，来他后院里玩耍的又多了几个女孩子，身上穿的一样是灰扑扑的旧时代的装束。他有时敲敲厨房窗户，想要引起那帮孩子的注意，他们却根本不理不睬。他这才意识到这帮灰小孩儿玩归玩，却异常安静。

终于他再也遏制不住好奇心了。这天早上，天灰蒙蒙的，他的后院里一下涌进来十几个中世纪骑士打扮的小孩子。他兀自笑出了声，心想难不成这帮小家伙是在排演蒙提·派森[1] 的经典作

---

[1]　蒙提·派森（Monty Python）是英国六人喜剧团体，被称为喜剧界的披头士。——编者注

品。这群小孩来了后院里不吵不闹，也从没动过他精心照料的草坪和菜园，不过他还是决定去屋外一探究竟。他起身打开屋子的后门，到屋外反身把门关上，再回头往院子里一瞧，那一群小个子骑士全都消失不见了。

哈罗德的妻子伊迪丝在两年前刚刚去世。妻子走之前的那三年对于两口子来说都是折磨——刚开始伊迪丝还只是一会儿找不着钥匙，一会儿丢一条围巾，不出一年就演变为没法独自从超市走回家了。哈罗德先是一个人服侍着妻子，里里外外地帮她收拾烂摊子，但时间一长也感到力不从心。于是在伊迪丝生命的最后两年里，他只好每天两回去养老院里看望她。

眼见着阿尔茨海默病将妻子带去了遗忘之海，哈罗德也开始担心起自己来。不过他想自己的记忆力还远没有一塌糊涂。每月的杂费他定时交，每周二晚上他雷打不动地同老朋友聚在一起打桥牌——对于这档子事，他不光乐在其中，而且事后回想起来也津津有味。他的眼睛不太好了，有时候看不清楚牌面，但是朋友之间乱侃些什么他都听得明明白白，而且就算是前几次聊天的内容，他也能真真切切地记起来。

又过了几天，春意越发浓了，可是小混混也好，骑士也好，统统再也没有出现。他便料定自己是前些日子受了春寒，要么就是因为吃了医生新开的降血压药，才造成他的眼神出了差错。

如此平平安安地过去了几周，哈罗德向来不喜欢为了一点芝麻大的事情去看医生，于是便把这桩事搁在了脑后。要不是他有一天半夜两点钟爬起来，蓦地望见衣柜顶上有个幽灵似的圣诞老人开着直升机，恐怕当时我也不会遇见这位病人。

我和哈罗德初次见面是在查令十字医院的门诊部。他待我可谓祥和善意之至。面对我琐碎的提问，他始终带着笑。我了解到他是一名退休老教师，现年73岁，身体健康，从不抽烟，极少沾酒，从他的家族病史里找不到阿尔茨海默病的病例。从他简洁又富于涵养的答复可以判断，他的认知功能无疑是健全的。

令人惊奇的是，他讲起自己一开始经历的那些"幻觉"，好像它们并非多么异样。反倒是见到圣诞老人的那一次着实把他吓坏了，他这才连忙找到了当地的全科医生，又经其介绍来到我们医院的神经内科门诊。

说话间，他一边擦拭着自己的眼镜，一边问我能否为他开些新药。原来一年多前他刚刚动了白内障手术，同时他还一直在用治疗轻度青光眼的滴眼液。

这样一来，我可以判定哈罗德身上出现的即是经典的邦纳综合征的症状。此症通常是由视觉受损引发的，具体的诱因包括青光眼、白内障或视网膜黄斑变性这样的眼疾，另外还有可能是由于连接眼部和大脑视觉中枢（即枕叶皮质）的视神经遭到了损伤。当一个人的大脑接收不到清晰完整的图像的时候，也就是说视力或者视神经出了问题，临近的大脑区域就有可能临时承担受损部分的职责，结果造成错漏百出。换句话说，患者看到的幻象是由大脑的一部分临时"编造"出来，以此弥补受损的正常视觉的。

我们通过直接提问的方式，发现在视觉受损群体当中有高达15%的人患有幻视的症状。由于视觉经常随年龄增长而衰弱，所以幻视患者以老年人居多，尽管此症也可见于其他年龄层。有过幻视经历的人又常常会顾忌身边亲友的反应，生怕被当作精神异常或老年痴呆患者看待，因此在反映自身症状方面亦不甚积极。于是长此以往，他们对自己眼中所见的稀奇古怪的事物也感到习以为常，甚至日久生情者也大有人在。

这时对待前来求医的患者，我们一方面需要告知他们幻视本身并非精神失常的征兆，另一方面也要针对视觉系统中具体的症结进行治疗，比方说白内障或青光眼等眼疾。此外，用于治疗癫痫的药物也能起到一定的效果。

幻视患者所见景象之天马行空，往往令人啧啧称奇。我诊治过一名身患高血压的退休护士，她曾经屡次在自家客厅墙上见到成片的马赛克图样，细瞧里面全是电视剧《疯癫旅馆》中的角色；一名男患者描述说自己看见床单上出现移动的细密波纹；还有一位所见更令人大跌眼镜，据她讲，周围的人和事物全都好似微缩景观（这种症状我们称作视物显小症）。患者看到的离奇景象，有时可以归结为过往所见，但大多数情况令他们本人也感到一头雾水。这让人不禁想象，是不是我们每个人的内心深处都藏有一个来自洪荒世界的视觉宝库，只有等理性的秩序崩塌，我们才得以窥见其貌。

5

与病人初次见面：
我问诊的第一步

我在刚入职的那一阵子，最爱往那些罕见而奇诡的病例里头钻。没过多少年我发现，进了医护这个行业，其实我的工作中每天面临最多的仍是常规操作、专业中的"大路货"。当然，在神经科管辖的范围内，看似普通的疾病未必就不凶猛。像是多发性硬化、帕金森病这些疾病会极大地改变人们的生活，更有甚者如运动神经元退化症，一旦得上基本等同于坐上了开往来世的快车。所以尽管神经科学令我先前对于惊险刺激的追求落了空，但这门学科的深度和广度也是我未曾料到的。

算下来，每周我都要接待不下二十名新病人，外加将近一百名定期前来复查的"熟面孔"。光是每周二早上，整个神经科就要接诊三十多人。摊到每位医生身上，即从八点钟上班开始，平均每十五分钟就要接待一名病人，为了照顾提早到的病人，通常我还要来得比规定时间早一些。很多人对于医院的印象仍然停留在死气沉沉的等候室，以及前台人员用来招呼病人的那一句冷冰冰的"医生现在有空了——下一位患者"。其实这已经不太符合我们医院的现状了。一方面是医院环境确实有了改善，另一方面，恐怕如今再搬出以往那一套也不会有几个人买账了。现在来到医院看病，首先前台会整理出患者的资料，接下来，假如我之前没有接触过该患者，我就会查阅在我之前接诊的全科医生的诊断报告。在初步了解患者的情况之后，我才会亲自走到诊室外的等候区域，用患者正式的称呼请他／她进来。

有一回我出门叫的是一名中年男病人。那是我第一次和他照面。当时他正旁若无人地朝着电话里大呼小叫，搞得周围在场的人都不太愉快。我喊了他一声，他挂了电话，没事人似的转过来看了我一眼。

"吃了没，老哥？！"他紧接着就自己闯进诊室里，头也不回地撂下这一声招呼。这样的人便是自视甚高而且唯恐天下不知的典型。

其实大部分患者都会向身边的亲友默默颔首，等他们做出个"没事，去吧"的嘴形，然后一声不响地跟着我进诊室。接下来就是握手、自我介绍。结合初次见面的情形，大致即可感知到下面的问诊将会如何进行——一句"吃了没，老哥？"或者"早安，医生"，患者的个性特征立见分晓。通常一个等候室里坐了多少人，就会有多少种开场方式。当然初次评估要考虑到两重因素：患者长期以来的身心状态，以及他们当下的思想情绪。比如说有的病人有一条腿患有痼疾，并且因此长期困于轮椅之上，无法照顾爱人和小孩；再比如说有的病人多年前因为打橄榄球留下了旧伤，如今明明复发了，心里也会想何必拿这等事劳烦医生呢。那么各人态度不同，表现也不同：有些患者一伸手就跟我施展一番铁掌功，好像要极力证明自己还能活三百年都不嫌长；还有些患者却连头也不敢抬一抬。但是在迥异的外表之下，这两种患者的内心说不定都揣着同样的惶恐，所以我需要做到不让这些初次见面的表象影响我的判断。

我初次评估的范围还不止于此。当我走出去招呼病人的时候，还会留意他们是蛮不情愿地磨磨叽叽，还是异常热情地直奔诊室。我在下午接待复诊病人的时候经常会观察到他们身边摆满了大包小包，那些都是他们趁着一年一度的复诊"进城赶集"买来的高级百货——恐怕就是为了在来医院之前分一分神吧。还有，病人之前预约复诊有没有爽约？若有，事后有没有道歉？这也是我会留意的。

各位估计要说我了——明明你又不认识人家，怎么好以貌取人呢？但这恰恰是我工作中的一项要点。只有盯准了病人举止中的细节，我才能够尽快地在脑海中树立起一个鲜活的形象，接下来才能针对其特点更好地进行疏导和问诊。患者中有些人忧心忡忡的，恨不得提早几个钟头来等候见我一面，这就好比我出行之前提早好久来到值机柜台一样。有人在等候间隙一个劲嚼口香糖，多半是因为刚抽了根烟为自己压惊。还有些人倒是心大，来到医院之后不紧不慢地登记，接着就去买咖啡了，等预约时间到了，一杯热乎的卡布奇诺往桌上一摆，满不在乎似的，只差把两条腿也一并跷上来了。那些人要是真的担心，哪里有闲心顾得上去买咖啡呢？还有些人简直拖拉得不能再拖拉，非要等你在看了一天病累得不行的时候姗姗来迟，结果还要拖得你加班。

患者来看病时的仪容打扮也很值得分析。一个男子要是下巴一边有胡须没剃干净，可能说明脸颊一侧存在部分知觉丧失；若有痉挛症状，脸上则可能出现刮刀造成的或新或旧的划伤；两只鞋的磨损程度不一，未尝不是长期足下垂的征兆；衬衫扣子错扣漏扣，说不定并非无心之过，而是手部不协调造成的后果。所有这些小节都有可能是神经系统功能失调的外在体现，当然，也有可能是我脑补过多了。

下一步就是将患者领入诊室了。我会一边说"左边第一间，您先请"，一边伸手引路，示意让患者走在前边，以便我观察他们的步伐。这样一来，要是患者得的是帕金森病，通常不用等到进诊室就可以基本确诊了。只要在去诊室的过程中看到患者面无表情、走路拖着腿、一侧手臂摆动幅度过小这几点特征，就可以说其余的信息皆属多余。

就是这么短短的一段路，还能揭露出不少其他问题。有些人直接走过了左手第一间，转身去开右手边的门。不排除有时候患者确实是由于紧张才出岔子，但如果患者身上并不存在这样的情况，我就会立即把注意力放到认知功能障碍甚至痴呆的方向上。患者的配偶或者其他家属，面临类似的行为应该不下几周时间了，大概能够见怪不惊、轻车熟路地在边上引路。但是这样的情况让我在两个人还没单独坐下之前发现了，那么我就能对患者的病情做出一番猜测，同时定下我们接下来谈话的基调。

接下来的半小时问诊我会把它比作跳双人舞。患者可能已经隐约感知到自己的病情了，那么该怎样向他们反馈呢？就算知道自己得的是什么病，也很少有人会愿意抛弃仅存的一点侥幸心理，直截了当地替医生把诊断说出口。所以在这个阶段，我需要尽量配合患者的心理状态。

在有些情况下，患者本人没法配合诊断，反倒是家属能为我提供一些必要的支持。比如说碰见爱尔兰裔的女生由两位家长陪同来看病，我不自觉地就会联想到多发性硬化。提起多发性硬化这种病，似乎爱尔兰民族总有一种特殊的心结，这其中有什么缘由我倒还未厘清。反正一个年轻的爱尔兰女孩子一旦神经系统方面出什么差错，先假定她得了多发性硬化总归没错。多发性硬化在爱尔兰这个地方确实比较多见，且女性患者多于男性患者。我自己就听周围不少人提到过家里有哪个姨妈、外甥女或是外婆得了这种病，不仅如此，就连这些人得病的经过也能被当成家族历史口口相传。这种现象恐怕要追溯到缺乏相应治疗手段的年代——那年头大概常常能见到青年人因为得了此病而无法下地行走吧！还有一个原因就是在磁共振技术问世之前，有很多神经方面的病症都曾被一股脑地归结为多发性硬化，结果就是几十年过去了，不懂医学的普通人依旧沿袭着类似的诊断法。

我不大清楚一个人到底要长到多大才可以独自去看病，但是竟然有不少患者已经30岁出头了（还有年纪更大的），照样是由家长而不是自己的配偶陪同前来看病的。遇到这些患者，我就会猜测，是不是他/她的婚姻状况影响到了他/她的精神状况，进而造成了诸如手脚无力或者四肢易麻木的症状？或者是不是他们怀疑自己指不定罹患了像多发性硬化一样的重症，这才向配偶隐瞒？

如果我面前的患者是一名青少年，而陪在其侧的只有一位家长，那么又该如何解读呢？现实可能是家长分居或离异——这就有可能为孩子带来过大的压力，引发神经上的问题，但也有可能另外一位家长仅仅是因为工作没法抽身而已。说我心理阴暗也好，过度解读也好，这些可能性都是我需要考虑的，原因之一就是有太多十几岁的男生女生来看神经科，结果却查不出一点身体上的毛病。这时候就非常有必要另辟蹊径，从他们的生活、工作、家庭、人际关系等各方面寻找造成他们身心不适的根源。医生在追根溯源的过程中既有可能过度解读，也有可能同隐藏于患者人际环境中的症结失之交臂，所以在观察、聆听患者及其亲属的时候必须如履薄冰，时刻保持审慎的态度。

如果我碰到的患者是独自前来看病，却又怀疑自己患了痴呆的，那么不出意外我会给出乐观的意见。毕竟他不论预约问诊还是找到医院都靠自己完成了，这样看来，先不管他以前丢了几次钥匙或者怎么记不住人名，基本上不太可能被诊断为痴呆。我们神经科虽然每天都笼罩在悲苦交加、世事无常的氛围中，但是能够向患者说出"只是偶尔健忘而已"，对医患双方来说都是莫大的宽慰。

再回到刚刚领病人进门的时候。首先我会请他们脱下衣服、摘掉帽子，找位置坐下。病人刚进门要是一下摸不着头脑，可能光是解外衣纽扣和挂外套就要费好一番周折，或者在两把椅子之间迟迟挑不出一把坐下。有几次前来问诊的病人实在太过紧张，竟然坐到了我的椅子上，片刻之后回过神来才好一通笑。病人将外衣脱下来，一般交由陪同家属保管——说到陪同人员，其中有的人一开始就郑重其事地说自己就是陪病人过来、保证看病的时候不说话，通常不出意外他就是话最多的那一个。这实在是身不由己，个性使然。不过遇上这样的陪护也未尝不是件好事。碰到问诊的紧要关头，很多患者会一下子不知所云，仿佛自己在电视上参加知识竞赛一样，这时候旁边有位滔滔不绝的亲友团成员倒很能帮其解围。

等病人坐下来，我都会提前解释问诊的流程："接下来我会问你一系列问题，都是我作为医生需要了解的内容。不过在进入正式问诊之前，我还需要知道你的几项基本信息，避免到后头有哪方面遗漏。这样可以吗？"

我在问诊的时候时不时还会让几位医学生从旁观摩，不过事先我都会询问患者和患者亲属是否允许外人在场，并且明确告诉他们，如果不愿意，也可以由我单独问诊。其实多数患者并不介意旁边有学生观摩（"也算是给人学习的机会嘛"），也不乏乐于以自身为范例的患者。还有的患者觉得帮自己看病的医生多一个也好，不同的医生可以相互补足，何乐而不为？

还有些人在围观之下顿时戏精上身，仿佛终于能够一抒自己对于眼前的医生或者整个医疗体系的满腔怨念："我多少年求医无门，想叫人给我认真看个病，真是费了好大的劲。"遇上这样的患者，我一般会避其锋芒，设法把话题重新转移到他们目前的健康状况上。此类让人不太愉快的表达对于患者本人来说也是一种必要的宣泄，或许这来自某些负面的求医经历。而且说实话，很多患者的不满情绪的确是基于一部分医护工作者的失职。总之，遇见患者想要说说"心里话"，我也只是静静听完而已，等到他们讲得差不多了，我们也就该回归正题了。

6

共情的能力：
问诊是个技术活儿

不幸罹患癌症的英国作家克里斯托弗·希钦斯在收到诊断结果后不久写道，自己仿佛"被逐出了健康人的国度，彷徨于大荒之中、疾苦之国的边境"。这句话给了我很深的触动。随即我又想，要是病人在初次就诊时表现出极度恐慌和焦虑的情绪，那么这句话中的比喻兴许能派上用场。能够做到让自己感同身受，体会患者那种独自徘徊在荒野中央的状态，对于整个诊治过程都是至关重要的一步。

　　就像所有的故事一样，好的叙事线是让人掌握和传递病史的关键。医生的工作在某些方面就像小说家发掘故事的线索，又像音乐家分析一部作品的跌宕起伏。这名患者所经历的转折是一夕而就，还是经年累月呢？其后是有无数细枝末节的推动，还是一次事故的力量？它是不是一个反复出现的意象？什么因素会将它引向激烈，什么会让它回归平复？

　　在第一次同患者的交流中，我首先就要了解是什么促使他们迈出了"去医院看病"这一步（也可以说是前情铺垫）。答案可能是手部长时间麻木，可能是一条腿在步行几公里后突然瘫软不受驱使，等等。患者本人只要稍加留意，就会对病情的来龙去脉有一个大致的概念。有不少心思比较缜密的患者还会自己列出一张症状发展的时间表，同时能够向我说明他们此前求医的经历。已经在全科医生处做过相应部位检查的，则会带上他们的检查结果和初步诊断书。具体细节如有患者本人回忆不能及之处，则可以由陪同人员进一步补充及说明。

有些人就是比常人多长了几个心眼儿，而与之相反的情况也屡见不鲜。我遇见过有患者说自己也不知道为什么全科医生帮他挂了神经科的号，要么就是想不起来了（有时候也许是排号时间太长了，怪不得患者本人）。记忆会欺骗我们，让我们想不起来某种症状具体是何时开始发作的。但是话说回来，一名患者能够疏忽到对病情是怎样开始的一点印象也没有，在我看来也有点不可思议——（在多数情况下）从现在往前推，总归在某个时间点前你是好端端的、不用过来找我看病的吧？再由远及近，怎么就推测不出自己大概是在哪个时间点发现病情的呢？这时我不禁要在心里质问了，难道我们是用"没多大事"自欺欺人，对病情的发展抱有侥幸心理吗？如果你说是问诊过程把你吓得想不起来事（这种说法我听过太多次了），难道我一介书生能有那么大威吓力？或者说你是怕在人前说明自己的症状之后，那些关于病情最可怕的猜想就要变为现实了呢？

我们阅读一份神经科病人的病历，其中需要特别留意的一条是患者产生求医意愿的时间点，因为在此之前的病症发展初期，很多症状可能尚不易辨别。患者在咨询过多科专家后，几经周折，最后才来到神经科就诊——这种情况在我们这里是十分多见的。一个人要是感到腿部无力，他的第一反应极有可能是到骨科医生那里去检查脊柱（不过如果病人是爱尔兰人的话，可能事先已经向全国各地的指压按摩师、正骨神医、针灸大师以及其他各路民间大仙求教了个遍）；要是一个人眼睛出了问题，看东西模模糊糊，他去的第一家自然是眼科诊所或眼镜店；一个人经常眩晕、走路不稳，则想也别想，他会先去找人掏一掏耳朵再说。

从我的经验来看，在医生的循循善诱之下，病人一般都能克服心理或记忆力上的障碍做到较为精准的病情溯源，而且溯源的时长可能是以年为单位的。定位的结果可能是几年前在商店门口绊了一跤，或者是在某个星期三的组队球赛上踢空了一脚，或者是捡起落在地上的叉子时闪了一下腰。诸如此类让人笑笑就过去的小事故发生之后，其实很多患者当场就已经发觉有些不对劲了。病情之所以能一拖再拖长达数年之久，罪魁祸首又得提到一个词——"自欺欺人"。但是无论病人在此期间如何搪塞自己、讳疾忌医，面对身心异常状态的反复发作，最后总免不了被内心的担忧搅扰得彻夜难眠。

另外一些患者倒并非有意往侥幸心理的坑里跳。可能在他们身上病情极少甚至几乎没有复发，导致他们没法及早意识到病症的全貌。等到他们回过神来，病情已经发展到相当可观的程度了。不管来到我这里就诊的患者属于哪种情况，反正他们肯定都在某个关键节点上意识到了问题的严重性。

站在患者的角度考虑，坐在神经科诊室里从头到尾经历一次咨询必定是让他非常不安的——可以说我们就是在揭人家的老底。一个人就算他在外头混得再风光，到了医生面前照样得卸下防备，回归本真。那别扭劲好像小孩子被大人押进了教堂做告解，既然是来洗涤自身的罪孽的，也不便闷声不说话，话说出来了又怕罪孽太过深重，偿还不起。此时就算病人一言不发，光靠观察他们的肢体语言也可以拾获不少重要的信息。在病人答话的时候仔细盯着他们的一言一行，慢慢地就能拼凑出一个病人生活的总体背景。等到这个背景板拼出一个大概，那么医生就又向症结靠近了一大步。

我为病人建档的第一步就是询问他们的年龄。就是这样一个简单的问题，照样能够得到五花八门的回答，相反很少有人直接报数字。有些人不讲目前自己多少岁，偏要说下次生日的时候多少岁（"明年4月就五十四周岁了"）；有些患者七老八十了还要算清楚半岁（"七十九岁半了"），末了还要飞一个俏皮的眼神——"在我这个年纪，半岁也很重要呦！"有些人估计不过生日，也懒得记年龄了，于是直接丢给我一个出生年份（"1946年出生的"）。碰到最后一种，我就会盯着他问："如果你是1946年出生的，那么现在该多少岁了？抱歉，我数学不好。"这个问题问完了，我就需要评判一下对方的紧张程度以及认知水平，再继续问接下来的问题。如果病人在回答时还得向陪同人员求助，那么就要考虑到他患痴呆的可能性了。

接下来的问题会问到病人是左撇子还是右撇子。在这个问题后还要追问一句："您在出生时是习惯用左手还是右手？"说到这点就必须提到，在并不遥远的过去，小孩子如果生下来是惯用左手的，那么在爱尔兰地区（还有世界上的很多地方）的教育系统下会被勒令改用右手。爱尔兰在过去对左撇子有一个专门的称呼叫"轴膀子"，听起来是不太光彩的。假如您和我一样也是生下来就惯用右手，那么十有八九您的左半边大脑是占主导地位的。我们知道人的左半边大脑负责支配整个身体右侧，而右半边大脑负责的是左侧。在绝大部分右撇子中，左半边大脑还要担起语言功能的重任。但是在天生的左撇子身上（不论他日后常用的是哪只手），左右脑主导的情况更接近于四六开，也就是说十个左撇子中大约有四个是与多数人相反的右脑主导，余下六个是左脑主导。这一点在患者脑部出状况，特别是脑出血中风的时候，会造成非常显著的后果。比如说我左边脑出血了，我的右胳膊和右腿很可能就会出现无力的症状，同时我在说话以及理解语句方面可能也会产生困难。那么如果右边脑出血，我可能相应地会感觉左侧肢体无力，但是我的语言功能多半能够幸免。所以在开始正式诊断之前一定要确定患者的左右手属性，那么假如他语言功能有障碍，我们大致就能知道诊断治疗时应该关注哪个区域了。

再接下来，我还要询问患者是否有其他的健康问题。就算病人是因为腿脚有问题才来的，我也要逐一问他视力有没有问题，能不能正常说话、吞咽，排尿和排便情况如何。我这样做，一是为了排查患者是否有其他症状可以联系到腿脚问题上，二是很多患者除了讲腿部的问题，都不会主动跟你讲其他的问题。不讲的原因要么是他们认为（比方说）吞咽和腿脚的问题一首一尾，应该不会有什么联系，所以不想讲出来浪费时间，要么是他们怕万一自己从头到脚全是问题，那是不是说明自己已经病入膏肓了呢？这么一想便不敢开口了。

然后我一般还会问患者，他有没有长期服用某种药物，如果有，则须一一记录。这一点在开具药物的时候是需要考虑到的，一方面为了避免药效相互作用，另一方面也是为了进一步了解患者的健康状况。很多人可能口头上回答说自己没有服药，甚至还会颇为豪气地说出"医生你听好了，我们家几代人都不碰药丸子"这样的话，结果问到后头才一不留神提到自己一直在服阿司匹林，或者降血压药，或者降胆固醇的药物。有的人吃了几十年药，可能真的没有把彼药当成我说的药。如果对方是年轻女病人，那么她可能对避孕药也抱有相同的态度。

不同患者写出来的药品清单有长有短，很少重样。有的写出来洋洋洒洒能有好多页纸，那对患者、对医生来说都是折磨。有的患者很细心，能够给我写出一张自己从小到大甚至以后可能要吃的药物的总表，罗列得清清楚楚不说，还拿各种颜色标记。有些人觉得反正说也说不明白，索性把破药盒子、瓶瓶罐罐之类统统拿到我面前交差。他们想，你不是医生吗，我随便给你个红的绿的蓝的棕的药片你就应该能认出来这是治什么病的。抱歉鄙人才疏学浅，你把这一堆东西带来了，我也只好硬着头皮上下求索把每种药的名称、剂量、服用次数查个遍，一边找一边暗自惊叹某些人自己是怎么记住按时吃这么多药的。我自己以前受伤患病，人家给我开了抗生素，结果我没有几次是坚持服完一疗程的。（这点千万别学我！）相反有些人在一天里总共能吞三十多片药下去，每一片都能做到定时定量，和我一比，真可谓模范病人。对于这种人，我在心里默默给他一枚勋章。

如果患者从怀里掏出来的药还不是由之前的医生开的，那可就让人更加头疼了。来我这边的很多慢性头痛患者都在私底下服用着好几种从药店里买的止痛药，力求多管齐下。要是我问他："你平常头痛的时候服用什么药品？"一般他的第一反应会是说：

"哦，我就吃对乙酰氨基酚嘛。"然后过了一会儿又一拍脑袋说："对了，偶尔我还得吃一片诺洛芬或者戴芬胶囊，如果疼得厉害了，我会吃一片，那叫什么……酚咖片。"①现在我问了他，患者才发现原来自己每天隔几个钟头就会吃一片止痛药。这种做法长期持续下去的后果就是服药过量导致头痛——一边为了治头痛而吃药，一边因为吃药而头痛。

另外一些不把药当药的情况还包括服用各种保健品、维生素片。某些病人服用起这类药物来可谓海量，尽管在其药效上现代医学还未发现多少确切的佐证（尤其是针对顺势疗法的药物），但是就算病人平时服用的是没有太多医学价值的药品，为了全面地了解病人的情况，我也会要求他们把药名、药量、药效等统统报出来。

了解过病人服什么药之后，我也就大概明白了目前他的健康处于什么样的状态。常用降压药，眩晕时时扰；吃药治疗心绞痛，心痛过后闹头痛。有些人是听朋友说没事吃吃阿司匹林准没错，所以自己也跟着吃。有些人没什么毛病却认准了降胆固醇药，觉得这样是不是可以预防心脏病或者中风。再假如病人跟我讲他吃的药里有控制血压的、降胆固醇的，还有降血糖的，那么八成他应该是中风过一次才来找我的。如果病人的心脏血管原来就有问题，那么他现在的症状多半就是由脑血管里的类似问题引起的。排查下来发现因为药物导致的，更不必说。

我们提到一些患者身上可能存在固有的慢性病，比如说高血

---

① 诺洛芬主要成分为布洛芬，戴芬胶囊主要成分为双氧酚酸钠，酚咖片主要成分为对乙酰氨基酚和咖啡因。——译者注

压、糖尿病等等，它们的治疗周期可能相当漫长——长到就连患者自己都不觉得需要特别提及了，所以必须要靠我提醒。就拿糖尿病来说，这种疾病不管在爱尔兰还是世界范围内都已经十分普遍了。对于这么多年来坚持治疗的患者，我真是打心底敬佩的，尤其是一部分先天或者年纪轻轻得上此病的——十几岁的孩子，要天天按时打胰岛素、监测血糖。作为一个半大不大的少年，本身就已经够麻烦的了，还要年复一年跟病魔斗智斗勇，真是不简单。其实我们神经科医生对于糖尿病抱有很大的兴趣。有如下原因：首先，糖尿病会导致周围神经病变，从而使患者手脚产生神经性疼痛或者持续的针刺感；其次，糖尿病还会影响到视觉以及其他各种身体机能，所以一旦患上必须要严格监测血糖。

还有一种病看似老古董，可是我还是会把它放在询问内容之中，那就是肺结核。这种病至今仍在世界上一些地区为非作歹，所以绝对不容小觑。我们爱尔兰在 20 世纪五六十年代能够基本根除肺结核，实在要感谢诺伊尔·布朗医生以及他的继任者们的不懈努力。现在肺结核在爱尔兰的危害已经日趋减小了，我想如果布朗先生听见如今的年轻人问我什么是肺结核，应该能够含笑九泉吧。

目前我了解了患者的这么多方面，然而最能引起我兴趣，而且有可能最能帮到我诊断的一方面，其实还是患者的人际交往情况。这方面的内容如何发掘，其中就有讲究了。当时在医学院里，我们学到的流程比较简单粗暴，无非直接问患者结婚与否，有没有孩子，平常吸不吸烟、喝不喝酒。到了近些年，医学界慢慢地开始要求医生采取委婉一点的问法了。现在我可能还是会问患者结婚了没有。如果他回答没有，我还会继续问他身边有没有固定的伴侣和小孩。这样问有一个好处就是，医生只要稍加猜想，就可以进一步得出患者目前大致面临多少经济和情感方面的压力。比方说，患者是一名年轻的单身母亲，平时得靠一己之力带两三个孩子——这就可以解释她为什么会出现长期失眠以及头痛的症状。再比如患者是一名独居的老先生，家中的孩子全部移民去了海外，只剩他一个人"独守空房"，这时候他发现自己记性变差了，心里面一定想要从我这里得到些许慰藉，生怕自己果真得了老年痴呆，然后一个人被送进养老院。

这些私人生活方面的问题一路问下去，难免会触到一些患者的痛处。假如有一位患者，本来她就在为健康发愁了，这时候你去问她有几个孩子，她说现在有两个，原来是有三个的，你让患者作何感想？总之是问了怕刺到人家，不问又显得当医生的对病人漠不关心，但是一个人表面上的某些生理状况可能就是由生活中的坎坷引起的。一个人失去了自己的孩子或者兄弟姐妹，那可是一辈子也甩不掉的阴影啊！我试着从他们的角度去想，都不知道他们是怎样撑下来的。但是他们毕竟也走过来了，来到了我的面前——我必须强忍着不适再帮他们过一遍陈年旧账、新伤旧伤，然后将帕金森病这样残酷的诊断呈现在他们眼前。

私人生活问题，顾名思义，偶尔我会问到一些患者自己难以启齿的隐私。我经常琢磨，去一趟医院得引起多少家庭纠纷啊！比如一个爱尔兰的男患者来就诊，说自己用晚餐的时候喜欢喝一杯小酒，这时候他的妻子坐在一边就笑了，说："瞎讲，喝一整瓶还差不多。"说着两口子就吵起来了。类似的情感生活细节在问诊过程中简直层出不穷、引人入胜，而且我是认真当作重要信息来听的。假如说结果出来了，两口子坐在一块儿是手拉着手、互相拥抱着的呢，还是各自僵在那边、一动也不动？从中又很能看出两人的感情如何。还有两个人各自是以什么姿势坐着的——有没有双腿交叉、紧搂胳膊、目不斜视？配偶有没有抢患者的话，替患者本人发言？有一种丈夫讲话就爱压着妻子一头，来了就是一阵愣头青式的乱侃，时不时还要发表一下自己在医学方面的某些见解；有一种妻子特别热衷于打丈夫的小报告，丈夫说自己身体某些部位有点不适，她偏要横插一脚，说这个男人平时没事就爱紧张，办事情从来没有过痛快的时候。家庭纠纷一牵扯进来，一下子就会弄得气氛有些尴尬，等到人走了我还会继续联想：这两个人在回去的路上都会说些什么呢？

有些夫妻我一看便知道，他们是多年没有好好沟通过了。有位男患者由妻子带着来看病，我知道他是利物浦足球队的死忠球迷，于是故意问他球队中现在哪位球星正当红。他笑了笑，想把这个问题搪塞过去，结果发现自己是当真答不上来。这时他的妻子急了，说："你在家不是老谈这个吗？"慢慢地她才回过神来，意识到问题的严重性。这名妻子由于在家里根本心不在焉，多年来只当丈夫一心一意扑在球队上，于是对他不管也不问，直到来我这里问诊了一番才明白，原来丈夫竟已经糊涂至此。

我至今依然感觉相当费解，怎么一天到晚生活在一起的两个人能够疏忽成这样！有很多情况是患者在国外的儿女到了年底回家探亲，发现不对劲，这才送患者来看病的。已经成年的儿子女儿许久没见父母亲，反倒容易发现老两口本人未曾察觉的改变。

我也曾经在父亲重病期间滞留海外多年，因此如今我看到那些新年第二天还苦苦守在机场候机区没法成行的年轻人，往往特别能够感同身受——他们也许不光是在牵挂着亲人的安危，也是在为自己人生漂泊到尽头会面临怎样的处境隐隐担忧。

说到工作，不论海内海外，对于很多人都会意味着无尽的压力，而压力带来的首要影响就是睡眠不规律。再强悍的人，也顶不住长期睡眠不足这座大山。不少来到我这里的病人就是被这座大山压出了头痛和注意力不集中的问题。

来到神经科看病的年轻律师要是专门作为一个课题研究可太有意思了。律师这个群体，平时一个个都是叱咤风云惯了的，现在要让他们把角色换过来，谈何容易！坊间常常流传着医生怕律师的笑话，其中也确有真实的成分。有一回我问一位年轻人他是做什么的，那人冷冷地来了一句："我是保你们这些人不用坐牢的。"——不用我说，各位也应该知道接下来我俩的谈话进行得有多愉快了吧。更有甚者，在问诊前要求全程录音，这种人他不跟你来硬的，招数却比直接要求你还厉害。还有的人问题回答了一半，冷不丁地要求我把记录拿给他看。我这个医生可不管"黑猫白猫"，把病查出来治好就成，但确实有这么一撮人，他非要揪住这只猫看看有没有杂毛。

患者要求录音或者查看记录，我会请他自便——本来也没什么好藏着掖着的。不过要是出现这样的要求，我心里难免会冒一个疙瘩，因为对方这么做，很有可能他从心底就已经在我们之间竖起了一堵墙，医患之间那种无言的信任就被破坏了。你作为患者来看病，想看看自己的就诊记录，没有问题，记录里面又没有什么不可泄露的天机。但是在提出这种要求的时候，你的出发点为何、态度怎样，都会影响到就诊的氛围以及医生与病人之间的相互信任。我在这方面大概守旧一点，和现在一些人有了代沟。甚至可以说我这么做并非出于理智的考量，因为凡是记录在病人档案里的信息本就该由他本人认可。这就要说到在并不很久远的过去，医学领域也同多数领域一样有着森严的等级秩序和内外分别。你是患者，患者是"外行"，很多东西就不会拿给你看。就算是我上学的那阵，病人的档案也还是默认只能给医生看的。以前的医生还会就病人的脾性和社会地位进行批注，具体来说就是仅供同行参阅的关于病情可能如何发展以及病人能否承受治疗的一系列评语。像这样主观的评语放到现在，自然不可能写在书面上或者直接脱口而出，顶多我们医生自己放在脑子里想想罢了（毕竟我们也是人，难免有自己的判断），所以说患者看到医生做的记录之后拍案而起——这种情况是不应该出现的。

麻烦的不光是医患关系，其实同行关系处理起来也是很让人头疼的——这一点各位上班族应该都懂。特别是遇到有些同事，他们本来的专业并不是神经科学，和他们共事的时候遇到一些专业上的问题我就会犯难：解释太多，有损他们的自尊，并且显得我在卖弄学识；不跟他们解释一些事情，他们可能还真不知道。所以我作为神经科医生，在这方面也需要掌握一套平衡术。

刚才插了几句话，现在回到病人身上来。之前我已经问完了家族病史，接下来就要问病人平常有没有吸烟、喝酒或者服用成瘾性药物。这个问题里面不包含任何的价值评判，哪怕病人说他有毒瘾或者这样那样的瘾，我也不会当场语重心长地劝他把瘾戒掉。相反，我问这个问题纯粹是因为很多成瘾性物品会对患者的神经造成影响。

上了年纪的患者听到我问他们有没有瘾，大多数都会付之一笑。但是我也冷不防地碰到过好几位中年患者，物质条件属于中产，平时还会玩高尔夫，结果问出来有海洛因成瘾，所以我对所有年龄层的人一视同仁，这个问题必问。然而首先在烟瘾这个问题上，很多人就会拐弯抹角，回答各式各样，比如：

"我以前吸烟，现在戒了。"

我说那样挺好的，然后问病人是多久以前戒的烟。

病人满脸不好意思地回答："就上周。"

假如一位老烟民忽然一下子戒了烟，这也很值得注意。一定要一个劲地追问下去，像是"老是抽着没意思""浪费钱"这样的答案可以直接无视。问到后头，就会发现背后的真正原因是病人身边的亲友因为吸烟出了问题，或者就是病人某天早上起来狂咳不止，把自己都吓傻了，这才立誓从此与烟一刀两断，夺回生命的控制权。我们神经科治疗的许多病症都是潜行的恶魔，你要问病人他是什么时候意识到有问题的，他自己可能根本回答不上来。但是如果病人说自己在某段时间开始戒烟了，那么基本上可以确定在那段时间，病人至少在潜意识层面已经感受到了一些不好的征兆。

再来说酒瘾。前一天夜里喝酒喝高了，第二天记忆力就会大打折扣，这点想必不少人都深有体会。那么如果一个人持续一段时间饮酒过量，相应地就会导致持续时间更长的记忆缺陷，有可能看起来就像痴呆了一样。在一次聚会上多喝了几杯，人可能短时间会感觉有点头重脚轻，但是长期酗酒，人脑中负责平衡的区域（小脑）就会开始退化了，结果导致人每时每刻都是晃晃荡荡的。所以采集病史的时候，向病人询问平常饮酒多少、一周喝几回也是很重要的。

除此之外，还可以问一些细致的问题。我可能会视情况问病人平常看不看书、最近在读哪本书。这时候可能病人的亲友就会代他回答说："哎呀，他老爱看书了。"但是问患者本人，他如果出现了记忆方面的问题，就不一定能答出他最近在看什么书。其中有些病人说不定会和我扯谎，说自己喜欢把以前读过的书重新翻来读，还煞有介事地蹦出几句《呼啸山庄》中的经典段落，其实那本书他自打三十年前高中毕业以后再也没翻开过。

之前我说过，最后还要重申一次：我们这样"审讯"病人、揭人家的老底，从表面上看是不太人道的，但是神经学诊断需要找到问题的根源。我们作为神经科医生，需要看到病人除了肢体抱恙以外的问题，需要了解一个人生活的整体面貌，以及他本人的观察角度。当然，在这个阶段我们还没真正开始看病，基于目前收集到的信息——病人的人际关系、家庭关系、服药情况、过敏药物、慢性疾病、个人和家族病史——医生的判断仍然会存在错误和疏漏，这时候就要开始正式的检查环节了。

7

追溯病源：神经内科的诊断流程

操作一套完整、正规的神经科检查流程在我看来是人生一大乐事。凑近聆听一个人的心脏、肺脏和腹腔自有其美妙之处，但是同一次好好做下来的神经科检查一对比，立马就能看出前者的局限、后者的妙处来。怎么个妙法？只能说自打成为医学生的第一天起，我就觉得做检查精彩得好比演戏。环环相扣的检查项目为我们呈现的，不光是一种流动的美感，还有无尽的关乎人类语言、行为乃至思想的原理。成日参与其中，一个人很难不去思考生命本质的问题。现在就让我来叙一叙我们是怎样为病人进行检查的。

　　上一章我提到过我特别爱仔细观察病人的步伐——虽然如果换个角度想，病人不一定喜欢让你跟在后头看。我们当初在医学院是这样训练的：一大堆人跟在后面，看着病人独自沿着长长的过道走在前面，好似参加时装秀。具体的判断方法这里不再赘述。

　　接下来要做的，就是对病人的左右各十二条颅神经进行逐一检查，这些颅神经协调人的视觉、听觉、嗅觉、微笑、眨眼、点头摇头等感觉和行为。此外，还要观察进食、吞咽以及舌头的活动。这些动作在我们健康人看来都是稀松平常的，但这时候你就会发现，一个人的大脑哪怕小小地闹腾一下，这些功能也有可能统统报废。这边搭错一根神经，你的脸就僵成了死人模样；那边再来一处轻微感染，可能整个系统就瘫痪了。

再来查看四肢——这一步检查的是从大脑引向肢体末端的运动神经系统，以及沿反方向运行的感觉神经系统。我在认识里会将其简化为两条双向铁轨，一条连着左脑和右脚，另一条连着右脑和左脚，我们所要做的就是沿着铁轨逐步排查各种故障跟隐患，看看铁轨是否完好、哪一处会造成火车脱轨。如果出现损坏了，又要看是坏在哪个方向上。

检查运动神经的时候，要观察各个肌肉群的力量及协调情况。这个环节是经过精心设计的，能够探查出从头到脚任意一段"轨道"的保养情况。检查时我们会让病人按照指令做一套简易的全身操，这时候如果病人身上有明显的症状，一眼看上去就会更像是在跟人打架。过程中我会时不时地轻轻抓住病人的手臂和腿部，使其往不同方向运动，借此判断各部位肌肉的灵活程度。然后我会用叩诊锤，也就是一种长柄圆头的器具，轻敲关键部位来观察肢体反射情况。人身上从头到脚有很多这样的反射部位，它们就好比一棵大树上面的一根根枝节，枝节分杈的部位就是反射的发源点。如果观察到反射过弱或者过强，都表明某些局部的神经可能出了问题。

有些病人的膝部被我轻轻锤了一下，小腿立马弹得老高，跟他小时候自己敲的反应差不多，他就大感欣慰地说："原来（反射）还是有的嘛。"我会告诫我的学生，碰到这样的情况，不要自己马上也跟着病人起劲，因为这样做有损医生的职业形象，让病人也觉得你没有经验、不够稳重。

运动神经检查快到尾声的时候，我会掏出一把钥匙或一根小木棍，稍稍用力将其划过病人的足底。各位可能还记得，我在第一章里给珍妮做这项检查的时候，她的大脚趾立即就翘起来了，结果帮我做出了神经严重受损的诊断。这种条件反射我们称为巴宾斯基征或者足底反射，属于必查项目。第一次接受这项检查的人估计会感觉很奇怪，有可能你明明是因为头痛或者视力问题过来的，医生竟然要求你把鞋袜脱了，把脚丫子伸出来给他挠。我刚开始从医的时候，有一名女患者甚至问我是不是有什么变态的嗜好，现在我都会事先做好解释才开始检查了。人在刚出生的阶段，感受到足底被碰到，大脚趾会向上翘。长到大约一岁，伴随着神经系统渐渐发育成熟，这个反射特征就反转变为大脚趾向下蜷曲了。成年以后依然出现脚趾向上翘的情况，极有可能就是神经系统的某个区域受到了损伤，这背后的元凶可能是多发性硬化或者其他一些神经系统病变。这是临床神经病学里的一个重要体征，在我的经验里，脚趾向上张开永远可以视作不好的征兆。

　　运动神经系统检查完了，马上我就会再来看看感觉神经系统有没有问题。这里主要会用上两样器具：一个音叉、一根牙签。把音叉放在病人肢体附近，问他能不能感到它在振动；或者采用牙签轻刺的办法，看病人从头到脚的各个部位是否有知觉。感觉神经系统有两条主要反射线路，这两条线决定了一个人对他周边的环境如何做出反应：痛的时候会怎么样，摸到滚烫的物体会怎么样，乃至于两脚碰到地面时感觉怎么样。做这项检查的目的，同样也是排查出主要神经沿线有没有出现阻碍，如果有，成阻的部位具体又在哪里。

　　　　　　　你怎么了：一位神经科医生的30年诊疗手记

一旦确定了病灶的位置，下一步我们就要探明病灶的成因。二话不说——扫描器械搬出来，给病灶局部拍片，这就好比工程师来到事故现场拍照留作分析一样。只有把片子拿回去做出诊断，才能够进一步着手制订治疗方案。

　　诊断结果出来了，怎么跟病人讲、什么时候讲，在这些方面我们也需要多长个心眼。病人在外头焦急地等待着消息，自然想要医生立马把能告诉他的一股脑抖出来。有时候我会在等待结果的过程中跟病人说，凭我的经验看来，结果可能如何如何。但是由于我没有十分的把握，这时候我也不会同他们讲得多么细致深入。结果病人听我含糊其词地这么一说，还以为我掌握着什么不可告人的机密。可能他们判断得确实没错，只不过我就算有所隐瞒也不是出于恶意。我没有跟他们把话说透，也是为了避免他们产生不必要的焦虑，而且我这边的初步诊断也不一定百分之百准确。如果我把所有可能的猜想（即鉴别诊断）统统罗列一遍，恐怕又得把病人吓个半死。很多时候是病人自己忧虑过度了，导致他们对医生的一言一行都比平常敏感些，结果一感到医生有什么欲言又止之处，就觉得大事不好，估计医生也无能为力了。所以医生在和病人交流的时候一定要考虑到他们的这种不安全感，尤其是面对男病人，可能还要照顾到他们作为男性的自尊，尽量不要让病人感觉自己的命运被攥在别人的手心里。

　　除了掌握好传达消息的时机和传达多少信息，医生还要注意措辞。在用词和语气上面，一方面我们要让病人感到我们不是吃白食的，知道怎么应对眼前的状况；另一方面，一定要注意不能满口飙专业术语，搞得病人云里雾里。所以我们医生既要展现出专业和自信的姿态，同时又要平易近人——这其实不太容易做到。就比如我也跟多数医生一样，经常一不小心就做过火了。有些疑难复杂的病症，可能你作为医生已经研究了半辈子，可是当一个得了此症的病人来到你面前，让你一次性向他把病情讲明白，想想看还是挺不容易的吧。

在和病人沟通这个环节，面对每一位病人都要单独评估，采取不同的尺度。在这点上，我自己也常常犯错。比如说，可能前一秒我刚和一位病人解释我们马上要做一项检查，目的是排除他得了某种重症的可能性，结果后一秒我就听见他到外头对着电话讲："医生觉得我可能患癌症了。"还有一种情况：我在等着检查结果，可能话没有完全讲清楚，或者我自己想到病人可能患上了这样那样的病症，但还需要进一步检查结果的支持，此时就听到病人跟朋友抱怨："医生也不晓得。"

詹姆斯的父亲和爷爷都得了亨廷顿病，另外他的三个亲兄弟中也有两个患上了此病。亨廷顿病是一种脑部遗传疾病，患病初期的症状体现为非正常的抽搐舞动（又称舞蹈症），后期则会发展为健忘甚至痴呆。病人的其中一位兄弟在患病后选择了自我了结，时年 43 岁——当时他的脑功能衰退得非常严重，已经无法自主更衣了。詹姆斯来我这里就诊的时候是 46 岁，原因是他最近在公司上台发言的时候不自主地出现了抽搐症状。

病人走进诊室以后，同我握手并坐下开始详谈。他的脸在早上剃须的时候被刮破了，衬衫从上往下数第三个扣子也没有扣好。我让他描述一下自己的症状，发现他在讲述的全程都处在一种波澜不惊的状态，而且一直把右手藏在屁股底下，好像并不觉得这么做有什么不便——他说自己有时候控制不住右手。我又问他平时压力大不大，他说他的工作强度比较高，平时为了"保底"经常加班熬夜。他家里有三个孩子，最大的一个今年就要上大学了。总而言之，詹姆斯为了自己跟家人努力打拼，到头来也过上了不错的日子。

当我问到他的家族病史的时候，他整个人也是毫无生气的，只是从头到尾把情况说了一遍。可以听出来，病人对于亨廷顿病已经有了相当的认识。谈话过程中他还时不时地微微转一下胳膊（表面上看很像我们平时偷偷摸摸地抓痒），动作幅度虽然不大，但是仍能明显看出他是在抽搐。有时他的腿还会突然往椅子前冲一点点。

我问他这些不自觉的动作出现多久了。

"一年左右吧，不过是最近才变严重的。"

"那你的夫人有没有发觉什么不一样的地方？"

"这个我不太清楚，应该没有，她平时也不说。"

此时我依然十分肯定病人的妻子是有所察觉的。他本人说没有，有可能说明他对现状还抱着拒绝接受的态度。发现这一点以后，我决定适当调整一下问诊的方式。

于是我问他："那么你自己觉得呢？"

他笑着说："我不晓得——你才是医生啊。只要我没得上我爸还有我哥得的病，我觉得其他我都能挺过来。"

亨廷顿病在人一生中的各个阶段都有可能发作。然而病人却料定自己既然好端端地活到了46岁，已经不再有患上家族遗传病的可能。现实是残酷的——据统计，这种遗传病在患者孩子身上发作的概率高达 50%。现在我们只消仔细一查，就能发现这个人身上有没有致病基因。如果查出来有的话，基本上这个人就会患病，只不过发作的具体时间以及外在表现我们尚不能确定。詹姆斯的两个哥哥都是在 20 岁出头时患病的，所以可以理解他为什么会产生侥幸心理。假如他患病了，还要连累他的三个孩子过一趟鬼门关。所以遇上为人父母者前来看病是非常折磨人的——你要面对他们身体上的病痛，还要目睹他们因为得病（尤其是遗传性疾病）而背负起的自责。亨廷顿病患者初期会呈现出轻微抽搐，逐步发展为更大幅度的扭动，等到疾病侵袭大脑时就会出现痴呆。

其实我和病人只谈了几分钟，我就已经确认他的遗传病发作了，但是考虑到他长期以来拒绝直面这种可能性，我怕立马给出定论会让他一时难以接受。作为医生我一般尽量在照顾患者情绪的前提下直言不讳，但有时候结果已经显而易见了，再继续绕弯子就是对患者的不公平。所以当时到了这个关头，我直接就告诉詹姆斯他可能患病了，不过从他的症状来看，仍然有其他可能的病因，我们还会进一步检查分析。

我安排了后续一系列的血样检测和脑部扫描，满心祈求着结果不要像我初次认定的那样让人绝望，虽然我也知道这种可能性微乎其微。我们作为医生也怕看到病人被确诊为绝症，也需要一段时间去预先适应将最坏的结果通报给患者和家属的情景。此时我看着我为病人写下的家族病史，仿佛看见了坐在病人眼前的病魔。我将参与基因检测的同意书摆在病人的面前，又向他说明了一旦检测结果为阳性意味着什么。他在同意书上签了字。

他抬起头来，依旧笑着对我说："我觉得你这回判断错了。"我看出他这次笑得有些不自然，不过还是暗暗地希望事实如他所愿。

几周后我再次见到詹姆斯时，他宛若变了一个人。之前那位开朗又自信的商界大佬不见了，如今站在我面前的男子面色灰白、形容枯槁。上次回家后，他总算和妻子把事情摊开来聊了一回，此后两个人便在一起整日整夜地焦躁，几乎没合过眼。这次取检查结果也是两个人一道来的，夫妻俩看我的眼神里双双充满了乞求。他们自己也明白，现实已经没有回转的可能了。

眼见着诊室里相拥痛哭的夫妻二人，我只能轻声地向他们保证，等过一段时间他们的情绪平复以后，可以再来我这儿，我还会尽力帮他们看看有什么法子。这种时候还能说些什么呢？唯有说声"我很遗憾"或者"抱歉"。两人走后我怔怔地在原地坐了好一会儿。就这样过了几分钟，值班护士从半掩的门后面探出头来，说："外面的病人等急了。"我这才定了定神，大致看了一眼下一名病人的资料，随即起身走向等候区。

8

医学传承：
我的祖父与父亲

一天晚上，我作为住院医师在医院值班，遇上一名可爱的老太太前来攀谈。老太太说自己是从戈尔韦来的。一听到我的姓氏，她马上满眼放光，跟我讲了一件我祖父的事。我的祖父来自奥兰莫尔，叫作肖恩·图布里迪，当年就是在戈尔韦拿到了从医资格证。这之后他打算继续实习，最终当上一名全科医生，同时又需要挣点钱，于是成功申请调去康尼马拉偏远沿海地区一处叫作石城口的小地方。当地的高级全科医生正要休年假，需要有人接任。

肖恩在上任前一天晚上来到了诊所，与之前的全科医生交接工作，这时候突然来了一通电话，说是附近一座小岛上有人要找医生，而且要会说爱尔兰话的。我都能想象出当时我祖父那副兴奋模样——在那之前，还没有哪个病人请他乘渡船去家里出诊呢。但是他身旁的当地医生说不在走之前留下没干完的活儿，这回还是他自己出马。我的祖父目送着这位医生和几名船夫一同乘上了一艘古法制作的小破船（当地人称这种船为"海轱辘"），船身是全木质的，顶上覆以皮革。当晚的海潮异常汹涌，我的祖父一整晚也没有等到人回来。过了不久，人们在海岸上发现了全部遇难者的尸体。

靠着老太太的口述，这个因缘巧合的故事终于重见天日。假如当晚出海的是我的祖父，那么这个世界上便不会有我的父亲，也就不会有我和我家的兄弟姐妹了。在值那个夜班之前，我从未听家里人讲起过这件事情。后来我们四处打听，果然找到了这件事的确证，总算可以名正言顺地将其口口相传下去了。巧合的力量有时当真是毋庸置疑的，一件事情你觉得多么不可思议，可是事实就摆在那儿。我那幸免于难的祖父最终成了戈尔韦一带小有名气的全科医生，后来还当选了戈尔韦的地方代表，进了爱尔兰议会。

又过了一些年，我又碰到另一位从康尼马拉来的老年病人跟我讲起一个名叫"图布里迪石"的东西。

我一脸不解地问道："你说的那是什么？"

"哎呀，原来你不晓得啊？"她凑近了一点，压低声音问道。接着，她笑着说："你爷爷以前下乡看病，跑到叫不上名字的地方去。我们那儿的人家付不出几个钱，他来了就请他吃点喝点。那时候家家户户都还没通电，电线路灯都没有。有那么几次吧，可能人家给他喝得多了那么一点（此处表达很委婉），他还要回去。我们乡里人就沿着路，把一块一块石头涂成白的，这样一来他才好找得见路。"

我问道："当时他醉了吗？"

老太太答："没有那回事。我们那会儿都这么办事的。"

我祖父去世时年仅 42 岁，据说是死于心脏病发作。我联想起他死里逃生的经历，不禁猜想那次事件或许给他留下了心理上的创伤，使他作为幸存者默默地自责了半辈子。而他日后兢兢业业、过度奔波以及过度饮酒可能也与他的英年早逝脱不了干系。

　　我父亲在都柏林从事精神病研究多年，他的专长是帮助酗酒的病人。我的祖父去世时父亲才满3岁，我想他在择业时不论有意无意，也许都有顾念到我的祖父吧！

　　从前每到周末，我的父亲便开车捎上我们几个小孩，还有我们家那只活蹦乱跳的红色爱尔兰蹲猎犬，上各大医院巡诊。我的母亲一天到晚要在家带我们五个小孩，这么做也是为了让她能有几个小时的清闲。车子一到医院停车场停下来，我们就飞奔到医院各个角落疯玩去了。圣加百列医院和天降圣约翰医院有大堆的松果让我们捡，晚上回到家，我们就拿到客厅壁炉里头生火。从家里带去的狗狗则忙着四处赶鸟，搅得整个院子不得安宁。经常我们五个野孩子加上一条狗吵得过分了，不知从哪里冒出来一个保安或者修女或者神父叫我们好生安静一会儿。我父亲正在严肃安静的精神科正襟危坐着办公，我们几个却在外头大闹天宫，现在想起来都好笑。

　　其实，医院楼本身也并不总是一片安详的宝地。等到我大一点的时候，有一次到父亲工作的一所医院里面，亲眼在一片上了锁的病区目睹了医护全员出动、忙得不可开交的状况。想来这对我的父亲来说也是一种折磨——到了周六上午，既要管好自家小崽子和狗，又要全身心应付各种疑难危重的病例。通常一天忙到头了，我就会见到他独自坐到狭小的车里点起烟，一根接一根地抽——去他的五个活宝，去他的狗子！那活脱脱就是《广告狂人》里面的一个镜头。

那个年头没有无线网、移动电话，家里唯一装的就是一台座机，只要它一响，我们全家人都得来劲。有几次病人半夜三更打电话到我们家里来，原因无一例外是因为戒酒不成功，对自己和医生都满腹牢骚，于是趁着酒劲打来电话一通乱吼。最后父亲只好请人把我们家的号码从电话簿上删除。当时的电话铃声多响啊，这一通电话打下来，我们全家都被吵醒了。我那时年纪虽小，却也明白父亲遇到这种事是很受打击的，到了第二天早上，他总是一副闷闷不乐的样子，但我们的生活还是一如既往。

精神病学在 20 世纪七八十年代可谓经历了天翻地覆的变化，我父亲却仍旧坚守着自己的一套老方法。我后来遇到他的一些学生，他们都跟我说我父亲是"老派作风"，也不晓得这是在夸他还是在损他。不过父亲的原则我也明白，无非就是多听病人讲述，听一遍不够再听，两遍不够听三遍。70 年代中期还发生了一件大事：《飞越疯人院》这部片子上映了，给全世界观众来了一次不恰当的精神病学启蒙。

看过这部片子的人应该熟悉其中出现的电休克疗法（即俗称的"电击治疗"）。过去的精神病医院碰到重度抑郁患者，一旦喂他吃抗抑郁药不管用了，下一步就会上电击。世界各地的精神病院都是此般做法，在爱尔兰也不例外。电影里杰克·尼科尔森饰演的角色兰德尔·麦克墨菲无端遭受此等酷刑折磨，看完电影的观众在不住打着寒战的同时，也纷纷开始猜测真实的"疯人院"里上演的都是何等情形。在此之后，医院里的护士哪怕稍稍不那么符合甜美清纯的圣母形象，就会有病人肆无忌惮地叫她"拉契特护士长"，也就是电影中蛇蝎心肠的护士角色的名字。

我的父亲也参与实施过电休克疗法，这一点他从来没有瞒过我。而且他向我保证这件事虽然看起来像行刑，实际上远远没有像电影里表现的那样被拿来乱用一气，反而有不少常年受抑郁症困扰的患者只有在接受电击治疗后，病情才得到了缓解。

我的父亲很不愿意在外头和人家谈工作上的事情，其中有一部分原因，我想可能就是顾忌外人对精神科医生的看法。我记得他自己也说过，在外头只要和别人提起自己是精神科医生，对方没准会觉得你是不是没事就分析周围的人，所以说出来于社交不利。后来我通过亲身体验，发现大众对于神经科医生也有类似的偏见，据此来看，估计近来精神科医生的境遇也没有得到多少提升。既然都少有人能够正眼瞧着治病的医生了，那么患者平日里得到的都是怎样的对待，更是不言自明。想想在一个不那么开明的社会环境里，如果一个人得了什么精神或者心理方面的疾病，那该是一件多么不幸的事啊！一方面你自己都很难开口诉说，另一方面你要是说了，别人可能还觉得你这人意志不坚定，或者纯粹在自寻烦恼。

我有幸见过许多父亲从前收治过的病人，还有一部分病人家属。对于父亲，他们往往充满了溢美之词，因为父亲拯救了他们，或者他们的父母，或者他们的婚姻。还有不少曾经接受过我父亲指导的学生，不管是不是出于师生情谊，也会来向我诉说父亲怎样对他们谆谆教导，他们是如何敬重父亲为人处世的原则，等等。类似的话听来总归是让人舒心的。

当然，我父亲过去的同行中也有不那么待见他的，大概他们也不会专门来我这里说他的不是。大家不伤和气——这件事好是好，可是如果一名医生就此故步自封、自以为已经到达了行业的顶峰，那自然也是愚蠢的，尤其是他自己还处在学习的阶段，这样的态度更不可取。我也遇见过在我父亲或者他的同事那里接受过治疗的病人，多年之后还需要接受治疗。一些还生着病的人听说我是他的前任主治医生的儿子，也要当着我的面发一发对我父亲的牢骚。此时就算明白他们的话不好全部当真，我心里也是不好受的。毕竟他们身上的病魔顽固地肆虐了那么久，我父亲也无能为力，难免会让人生出一种深深的无力感。

随着年龄渐长，我在处理形形色色的医患关系方面也日见成熟，如今的我已经能够体会到诊疗顺利时的喜悦了。具体来说，就是作为医生可以和病患沟通无阻，并能为患者提高一点生活质量——如此就足以称得上完满了。有时候碰到一名患者比较难沟通，可能真的就是因为两个人不对路，那也不能指望所有患者都能和我打成一片嘛！

9

『守护天使』：
是神经问题，
还是心理问题？

杰茜卡比预约的时间迟到了一小会儿。她来到我在墨尔本的神经科诊室时，整个人有点紧张兮兮的。她在举手投足间很有些与众不同，穿着复古，尽管她本人是澳大利亚人，给我的印象却有点像一位名叫海伦娜·伯翰·卡特的英国演员。总之她是一名令人过目不忘的病人，虽然我们仅仅见过一面。这名病人时年32岁，满脑子担心自己的右手出了问题（她习惯用右手），因此去找全科医生的时候明确要求到神经科来看病。

　　她坐下来平静了一下，跟我说她手上的问题是慢慢有的。因为平时喜欢画大幅油画的缘故，她发现手上的力气逐渐变小了——有时候右手够不到画作顶部，只能换左手作画。一开始她还不想去管这个毛病，结果自打去年12月，问题慢慢变严重了，又过了半年她才来找到我。我问她怎么拖了这么久。她停顿了一刻没说话，往自己左边瞥了一瞥，然后才回答我说自己也不知道怎么想的，反正就是觉得问题应该没那么严重。

　　我又依照常规问了她的健康状况、生活习惯、个人病史等，也没有问出个所以然来。我问她家里有没有人得过神经方面的疾病，比如多发性硬化、帕金森病或者运动神经元疾病之类的，她又沉默了。

过了一会儿，她用蚊子似的细声说："我也不清楚。我和家里人快有半年没见了。"

在这个时候，我总会怀疑自己问得太多了，也不清楚继续问下去是好事还是坏事。我向来和家里人处得很好，不太能够理解一个家庭的关系是怎么会破碎或者疏远的。不过在我的工作岗位上，碰见像杰茜卡这样同父母亲、亲兄弟姊妹也许几年都不打照面的病人是常有的事，而且有时候病人自己也说不上来是怎么和家里"决裂"的——要么就是不愿意告诉我。

我问杰茜卡要不要和我讲一讲这里面的情况，她再次犹豫了。

只见她的眼神第二次向左侧游移了一下，接着她盯住我说道："不好意思，医生。我不太想提那方面的事。"

我认真做了检查，没发现她有什么异常。她右手的肌张力、肌力和协调性也没什么问题。她右侧的反射检查下来一个不少，而且和左侧基本均等。我继续查看了她对触碰和轻微疼痛的感知——全部正常。面对一名年轻女病人，我们一般还会考虑到多发性硬化的可能，但是在她身上我也没找到相关的体征。我改换策略，问她来看病之前有没有上网查过自己的症状，她答道："我平时不上网的，医生。其他人上网，我就没跟过这趟风。"

这个回答实属意料之外、情理之中——想来她就是这样一位让人惊奇不断的女子吧。这时候我第三次发觉她在往左看，而且看的是她左手的方向。我顺着她的眼神看去，竟然发现她瞧着的那只左手正在不时地轻微颤动。

"杰茜卡，有个问题我不知道方不方便问——你有时候会往左边看一下，看的是什么呢？"

她缩了一缩身子，连忙说："我不懂你指的是什么，你想多了。"

"我就是想知道你现在生活里有没有一些放不下的事情。有时候啊——我不是说你一定就是这样——有些人感觉不舒服，但是又查不出什么毛病来，可能就是压力在作怪。"

她又往左手看了一眼——这次她自己也察觉到了，脸上微微泛起了红晕。"没有，没有那回事。可能吧，之前家里有点事情，但是现在我也放下了。"

我决定给她一点空间，心想恐怕之前逼问她太紧了，于是改口跟她说接下来可以为她安排血样检测和磁共振检查，还向她保证说目前还没有发现她有什么不好的状况，问她这些问题只是为了了解周全、避免遗漏。此时她突然问道："检查费用大概要多少？"

"哦，这些项目是不收费的，用的都是我们平时纳税的钱。"

我说话间她又往左手看了。这次她还把手举到了左耳边，一边斜睨着它，一边做出与人说话的口型。我彻底迷惑了，眼睁睁看着她，等着她给我一个说明，却始终没能等到她开口。

"我真的要问你一下了，杰茜卡——现在是什么情况？你在拿你的手做什么呢？"

"我刚在请教它啊。我问它我应不应该跟你去做检查。"

她说着话就要站起来穿上外套。刚放下来的左手此时跟着她"飞"了起来，又开始和她"说话"了。我赶忙问："你说的是什么意思，杰茜卡？你的手是不是在和你说话？"

"它不是在说话，医生，它——"她举起左手说，"是我的守护天使。"

我让她坐下来好好为我讲一下此事的来龙去脉。原来就在六个月前，她发觉自己的左手"活"过来了，有了自己的思想，还当上了她的"守护天使"。此后每次她遇到什么事情就会询问它的意见。

我见她身上没有任何其他不正常的地方，不禁好奇她的这个怪癖是如何出现的。我问她："是不是过去一年里发生过什么事情让你不好受了？"

话说着她就哭了，一面哭一面用右手轻抚着左手，慢慢地开了口。她的父亲出国多年没跟家里有过任何联系，却在去年圣诞节前毫无预兆地现身了，一时间搅得全家鸡飞狗跳。就这样闹到了新年夜前后——她的左手对她开口了，从此她在这段难熬的日子里多了一个陪伴者。她也不觉得此事有什么奇怪，只是高兴自己找到了这样一个天使一般可依赖的"对象"，反而不那么焦虑了。如此累以时日，她的行为越发乖张，却也没受到什么切实的伤害。

可算是真相大白了——我也不用再费什么劲，只消拿来一面镜子放到杰茜卡眼前，她自己也就明白家庭纠纷对她的身心造成了多么大的困扰。她没让我帮她安排心理咨询，而且她虽然口头上答应了去做常规检查，最后却也没能赴约。类似的情况其实并不算罕见。我接触的不少病人都在第一次与我会面之后打了退堂鼓，明白了自己的毛病在哪里，可是终究过不去心里的那道坎。

我在换工作之后离开了墨尔本，与这名叫杰茜卡的奇女子从此也就再未谋面了，但时不时地我依然会想起她。她现在过得怎么样？像她这样敏感的人是否就受不了别人指出他们的心理问题呢？抑或一旦认清楚问题之后，他们凭一己之力就能够解决吗？还有一种可能：也许她安于现状，因此也不愿让他人插手吧。可惜我不是全知全能的神，如今一切也无从得知了。医生碰上杰茜卡这样的病人，是很容易在自尊心上受挫的。我在课堂上照样还会跟学生提起杰茜卡的故事，目的就是让他们懂得医生也不是全能的。

20世纪90年代末我在伦敦也碰到过一位类似的女病人，我们叫她黛比。这名病人的左手也是在新年期间忽然有了自己的"思想"。不过黛比的状况与杰茜卡有一点不同：她的下肢行动也受到了影响，所以是拄着拐杖来到门诊看病的。病人已经结婚，有两个年幼的孩子，可是看病的时候她是自己一个人来的。听病人自己讲，她的婚后生活十分美满，家人也都很关心她。

看起来黛比待人异常亲切，态度似乎也很诚恳，一看就很讨喜。我当即鼓足干劲，让她活动四肢，尽力配合检查，结果竟然没查出什么明显的神经系统的问题。我当时还很替她高兴——本来见她进门时就那么辛苦，我还以为查出来的结果会十分严重呢。

我跟她讲了，检查一遍下来，情况很乐观，还不忘附带了一句，有些病症潜藏得比较深，可能会被初步检查遗漏掉，可是我本人的意见是她身上的问题不大。没想到话音未落，对方的脸就沉了下来，笑容立马不见了。她瞪着我说道："你睁着眼睛说瞎话呢？怎么说我没病？你以为你就什么都知道啊？"

我见到这番变脸般的行为，顿时瞠目结舌。我再次向她解释说我是为她感到庆幸——没有发现多发性硬化或者运动神经元病的征兆，不过接下来我还会为她安排进一步检查。

另外我还发现，自打她变脸冲我发火之后，她那只不受控制的左手倒不再自顾自地往半空"飞"了。这时候我总算反应过来了，原来黛比患上的是我们专业中所称的"神经系统功能失调"。黛比确实表现出了症状，且这些症状源于她的大脑，但她的大脑和神经系统没有结构性问题。过去医院可能会为黛比这样的患者开具出"心身疾病"的诊断，现在我们不这样做了。我们试图避免这个说法带有的判断。坦白说，我们不会对病人妄加评判，因为有些病人表现出神经症状，即使不是因为实际的神经病变，也是有原因的。我们会尽力找到方法帮助他们。

假如这时候我为了给自己开脱，胡乱搪塞给黛比一个不明不白的诊断，那么一方面她不会感到满意，另一方面也没有真正帮到她。所以在黛比面前我换了一种策略：我用乐观的态度向她说明了我对她情况的看法，鼓励她耐心、积极地配合身体上的治疗，有可能的话也可以尝试一下认知疗法，这样经过一段时间，能够回归正常生活乃至工作的可能性还是很大的。

结果换来的是她的一通大闹："你以为我这样子还能回去工作？我问你，你会不会看病啊？！"

我很惋惜——我面前的病人只有 63 岁，可是为了这"想出来"的疾病已经五年没有工作了，只能靠着低保过活。这时的我仍不放弃，一脸认真地开导她，难道让自己重拾信心、继续为社会做贡献不是一件好事吗？生活重回正轨之后，一个人的心情也会好一些吧。此话出口我就受到了短时间内的第三次暴击——

"你去死吧！你这个浑蛋！"我的病人就这样大叫了一声，头也不回地冲出了诊室。

我花了一小会儿调整呼吸，这才重整旗鼓，起身去叫下一位病人进来检查。我又叫了一下值班护士，让她找找看黛比跑到哪里去了，她的拐杖还落在诊室里呢。

10

17岁为什么决心学医：
我与父亲的二三事

我长到了一定的年纪才开始思索一件事情：我父亲在为人方面是否受到了职业的影响呢？他这个人性情向来很和善，不急不躁。从医三十多年，我估摸着他大概跟成千上万名病人敞开了心扉，反倒抽不出空去钻研学术了。他也是善于聆听的人，时常还教导我们不要那么急于评判一个人。（不过他教出来的效果就是另外一回事了！）平时他话不多，一旦说起俏皮话来，又伶俐又尖酸，丝毫不留情面。

　　我父亲在体育方面极有天赋，在这点上我们几个孩子都没能继承他的基因。他以前在校橄榄球队里打的是边卫，1954年他的球队赢得了全爱尔兰高级杯球赛的奖牌，最后对阵的是著名球星托尼·奥莱里（日后效力于爱尔兰国家队和全英联合狮队）所在的美景队。父亲一贯极少提起这些往日的光辉事迹，不过他那些过去的队友可没少向我灌输那些溢美之词，讲他在校际决赛上是如何英勇阻挡奥莱里，使对方与奖牌失之交臂的。此外我父亲还是一位资深的水球选手，这一点也是我们好久以后才听说的。他当水手也是好样的，只不过我们都没有亲眼见过他上船。于是他的功力半点也没传到他的孩子身上，导致我们几个几乎全变成了旱鸭子。这些事情我全都向他问起过，他总是轻描淡写地答道：

"一个人动不动夸自己，那样虚得很。"

他当了父亲以后，没少去看我们几个小孩过家家似的，这边参加一场橄榄球赛，那边去踢一场足球，打一场曲棍球，或者其他什么令人一时兴起的项目，我们也没听见他发一丁点牢骚。每逢我们开赛，他总是风雨无阻地来到场边，一边看着，一边悄悄地点起一根烟。我们说有什么兴趣他都支持，不管是学音乐（家里那台老钢琴我们勉强弹了半年）、画画、修家谱，还是玩户外定向运动。现在回想起来，我觉得他是眼见着那些与我们同龄的少男少女又是沾染烟酒毒，又是闹自杀的，就认为我们不管玩什么，总比沾上那些玩意儿强。

当我和他说起我想去读医学院的时候，虽然他照常没有多余的表示，但我觉得他心里可高兴了。

他还问我："你确定你真想学这一行吗？"我看出他还有些顾虑，便问他有没有什么建议。他说："这条路很不错，但是它相当难走——这点你要准备好。"

我也晓得医学院要读满六年才能拿到证书，可要不是父亲接下来把整个过程一字一句地讲给我听，我哪里会明白获得"医生"这个称谓与成为一名称职的医生之间还有那么漫长的路。他告诉我，从医学院毕业一年之内首先获得的身份只是实习医生，也就是最初级的职称。在这之后一般会当两到三年的住院医师，在这期间你会被要求尽可能接触不同的医学领域，然后才能定下具体从业的方向。方向定下来以后，还得再做五年到十年的主治医师，最后晋升为主任医师。一旦当上主任医师，就要被派往海外各地行医，基本上很少有回家探亲访友的机会（考虑到路费，还有工作强度）。听他一口气说了那么多，我并没有气馁。

在读高中以前，我其实并没有认真考虑过从医的事。从小到大我都觉得自己挺聪明的，只是在上小学高年级和初中那阵子玩得有点野——那时候我光爱跟高年级的学生一起混，没什么心思放在学习上，一心就想着如何跟周围那些大孩子打成一片。我14岁那年便学会了抽烟喝酒。就这样混着混着，我的成绩一落千丈，而且我不光对学校里的科目丧失了兴趣，压根连学都不想上了。我原本就长着文科脑子，喜欢上历史课和拉丁文，对生物、化学提不起劲，上物理课简直等同于听天书。我过去在数学方面糊涂得很，直到现在还是这样。说起来我还挺欣赏那些有理有据、条条框框的东西，却对数学、物理一窍不通，这倒也是怪事一桩。我自己也没少在数学上花功夫，就是不想被留级，最后还是未能如愿。我的父母给我报了补习班，我也横下心来用功了，可是那些什么代数啊、三角函数啊实在占去我太多时间，搞得我其他科目也学不好了。

在这期间我也考虑过从事新闻、社会工作或者法律工作，所幸我在高中最后两年时间里把学习搞上来了，这才有了改学医的念头。而且慢慢地我也意识到这个专业是最合我心意的，只不过我在人前依旧表现得比较谦虚，就是怕我最后闹出个眼高手低的结果，引人笑话。

我父母的婚姻破裂也是在这段时间里发生的。这件事搞得大家都很不好受，特别是在20世纪80年代初的爱尔兰，离异家庭在社会上还是有些抬不起头的。当时放眼望去，见不到周围有几家情况与我们类似的，虽说从长远来看这个选择对大家都有好处，可是在最开始的那几年里我们兄弟姐妹没少受"不合群"的煎熬。父母离异还造成一个后果，就是我们兄弟姐妹学会了一方面抱团取暖、一方面各自料理好自己的事情。放到现在来看，我父母那代人结婚成家的年纪实在小得吓人。他们两个都是极富爱心的人，可是在性格方面实属南辕北辙、磨合不来，事后来看，他们俩分手也是一个必然的结局。

父母离婚时我已经能够自主选择跟他们哪个一起过了，我选择了跟着父亲。我私下猜想他是有那么一点不情愿的（主要是因为不想让我和其他兄弟姐妹分开），但是我态度坚决，他便由着我了。

距离高中毕业还有一年的时候，我在期末考试中的年级排名总算回到了我小学毕业时的水准，我对于成功考上医学院的信心进一步增强了。一连几天晚上，我独自尴尬地站在我那些狐朋狗友常去的酒吧或夜店门口，逐渐认清了我被同伴抛弃的事实。被排斥之后我又难过了好一阵儿，不过这段经历也塑造了日后的我——反正再也没什么杂人杂事让我分心了，不如好好学习吧。就这样很快见到了实效——我终于可以向父母坦白我要去考医学院了。

我的母亲毕竟跟着一名医生过了半辈子，医生这个行业里面有好有坏的各个方面，她不会不晓得。至于这个专业到底适不适合我，她还是尊重我自己的决定。我父亲虽然流露出肯定的意思，但在态度上和我母亲一样保持中立，只是提醒我这条路难走，却也没有明确支持或者反对。我估计他也不想为我在 17 岁做出的"一念定终生"的举动担责任吧。这也是自然的事——你让一个 17 岁的孩子去考虑他余下的一生要做什么，他怎么可能办得到呢？我父亲当时虽然正值壮年，但好歹也当了十年的主任医师，拉扯大了五个小孩，还有一份蒸蒸日上的事业。如今我有了亲身感受，明白一个人如果十年坚守在同一个需要极大情感付出的岗位上，那可是极其折磨人的。也许他在面临孩子做出人生选择的那一刻感到了一种隐忧：这些事情就连他自己都不能时刻泰然面对，他孩子能行吗？我总想着，当时应该和他再往深里谈一些的，有些话是应该当着他的面讲出来的。我还从没问过父亲到底为什么去当了一名医生呢。不过可能在我那个懵懂的年纪，就算他能对我知无不言、推心置腹地把他所有的从业经验摊开来讲，恐怕也和我不在一个维度。

尽管父亲当头给我浇了一盆冷水，我的脑子里依旧盘桓着对治病救人和解开人体奥秘的热烈幻想。高中最后一年，我铁下心来要考取医学院，一切努力都朝着那个目标迈进。我规定自己每天上学前用功一小时，放学之后再继续忙到深夜，就连周末也一个人闷头看书。我那四位兄弟姊妹现在周末来我家，还会经常绘声绘色地讲起当年我那副苦学究的模样——我周末待在家里学习，他们过来没人敢大声说话，全都贴在我父亲耳边跟他唠家常。想当年我这个兄弟当得也够糟的，看谁都不顺眼，老是嫌人家打扰我用功。

第二年 9 月我走进医学院大门的时候，还青涩得像个小孩子一样。开学第一天，父亲开车送我到高登街尽头，然后我们俩下车一同走了约莫一百米，就到了皇家外科医学院的门口。我看他那样像是乐开了花，而且可能内心还有那么一丁点羡慕——进了这座校门以后要吃多少苦，他比谁都清楚，可是接下来六年里的乐趣可就更多啦！他在酒后还偶尔会跟我讲一讲他的大学生活——这六年里我们俩还继续住在一起，颇有点两个单身汉搭伙过日子的味道。

与此同时，我倒和我母亲那一边不怎么来往了，跟我的兄弟姐妹们也是到了快毕业的那阵子才重新熟络起来。所幸我在我的同学中间找到了类似于家的归属感。毕竟我们都是十七八岁的年纪，整天待在一块儿学习、玩乐，到后来也建立起了相当深厚的情谊。我在学医之前以及从医之后都有认识别的伙伴，可是算起来我和那些在医学院结识的同伴的关系依然是最好的。

进了医学院以后，我仍然时常对我父母的离异耿耿于怀，而且只有到周末才能见到我其余的亲人，这点也让我怪不是滋味的。然而我在医学院的同学个个性情宽厚，从来也不说我家的闲话。我们一帮学生课下经常会挤到我父亲的小屋里去，名义上是学习，其实在我印象里我们不过是在互相陪伴的欢乐中消遣时光罢了。而且我虽然在父亲的眼皮底下读书，得到的自由却比那些住校生多得多，对于这一点我可是大加利用，也不顾我那孤苦伶仃的老父亲一个劲地在边上长吁短叹。刚入学的我真的放飞自我，校园附近的灯红酒绿处又频繁出现了我的身影——真不晓得我是怎么通过早期的考试的。

父亲一个人在家，每天晚上都会准备我们两个人的饭菜。到了周六上午，我经常下了课就自顾自地往酒吧里跑，事先也不跟他讲我要在外边浪荡一晚上，惹得他一个人生闷气。等到第二天见我醉醺醺地晃进家门，他就会漫不经心地来一句："烤箱里还有半只鸡呢。"话中的意思分明却是，小子你自作自受吧。

父亲似乎也爱让我的同学到家里面来玩，经常和我们一起喝着啤酒聊到深夜。我想在这段日子里，他既找到了自由，又在慢慢适应着内心那无处排遣的孤独感。二十多年的婚姻就这么结束了，步入中年的阴影压在他一个人身上，他的心里在受着怎样的折磨啊！难道那时的我真的那么迟钝，体会不到他的挣扎吗？现在的我想都不敢想。可能是如今我也年近不惑，这才能体会到这些中年人特有的感受吧。那时的我才20岁不到，就是全世界唯我独尊，眼里没有别人，可我的父亲却温和地退到了我生活的外围，很少对我指指点点。

刚入学的那几年我跟父亲还是经常一道出门晃悠的，基本上不会少于每周一回。到了外面，我就会口若悬河地聊起这周的见闻。父亲并没有在学习上给我太多的指导，在那几年里我反而慢慢地开始把他看作一位年长一点的朋友。在我内心动摇的时候，他帮我疏解内心的犹疑；我眉飞色舞地跟他讲起"内行话"的时候，他听着听着就会开怀大笑（比如说，新生第一次走进解剖室见到尸体时那种浑身冒冷汗的感觉，他肯定知道得一清二楚）。他从来也不以"其实没那么难啦"这样轻飘飘的话回应我，只是教我看事情要多看积极的一面。如此年复一年，我越发觉得当我还在跌跌撞撞地踏入医学界大门的时候，我的父亲才刚刚到达他事业的顶峰，并且热情丝毫未减。

我和父亲之间的交集也不全是我在单方面输出——毕竟当时他身边最亲近的人只剩我一个了，所以他在工作上遇到什么困难和考验也都会向我诉说。有时候工作顺利了他会跟我讲，但他更多放在嘴上的还是平时经受的挫败，以及他对一些病人（他不会指名道姓）的看法。偶尔我还会通过朋友圈打听到我又有哪位同学因为不堪课业的重负染上了毒瘾或者酒瘾，去了我父亲的诊所接受治疗。我找到父亲还想继续向他打探，可是他坚决缄口不提具体的病人，只和我讲一些泛泛的病例——这恐怕也是他趁机巧妙地教我这个时常不守规矩的儿子循规蹈矩。

　　每逢医学院周末没课的时候，我时不时地还会继续跟着父亲去医院值班检查。此时的我已经会定神观察院区里晃来晃去的病人了——他们有些人看起来像是在云里雾里地乱晃，可是只要父亲和他们打一声招呼，他们就会转过身来，微笑致意。我在医学方面的求知欲父亲看在眼里——我常常暗自期望着自己的这份热情也能感染到他，支撑着他一直干下去。到后来我学到了一些新的内容，就连父亲也不知道，我还感到颇不自在。碰到我拿本科生物化学课和生理学课上的内容去问他，父亲就会嘟哝着反驳说，你这些都是徒有其表的东西，你要看到你面前的病人就要被病魔夺走生活了，你能为他做什么，你要这样考虑云云。过了很久，我才领会到他这些话的道理。

11

多发性硬化：一千个人有一千种临床表现

平均算下来，我一周要向四位病人通报他们患上了多发性硬化。亲口向别人说出噩耗这件事情是很难做到驾轻就熟的，可能原本我认为自己已经摸到窍门了——不就是尽可能以积极的态度道出实情嘛，但也许结果并不尽如人意。到底怎样措辞才算恰当，这始终是一个难题。话要是说岔了，可能影响患者一生；话要是说得太好听，患者回去之后是有盼头了，但在某种意义上说也算是欺骗。而且同样的措辞，不同的人又会理解得千差万别。

　　不论如何，有一条宗旨是不能违背的：话不能说得太冗长，否则会给患者增加不必要的压力。我对着形形色色的患者唠叨过无数句话，也不晓得除了最终诊断结果之外他们都听进去了多少。经常能看出来，人家只等着听最后的要点，余下的时间都在神游。

　　多发性硬化可能带来一些突发的极端症状，包括双眼失明、下肢无力、丧失说话或者吞咽功能等等，一般容易引起患者的警惕；还有些患者感到的症状偏缓和，可能只是四肢有针刺感而已。大部分病例在初始阶段都有过单次发作的经历。在检查有可能罹患多发性硬化的患者时，询问病史与磁共振检查同样重要，这样可以更加了解多发性硬化在他们身上的具体表现。在我的询问事项里，有一些问题是专门为了辨别出患者此前的零星发作——由于患病早期的发作可能并不持续，而且时间比较久远，患者本人会以为是其他原因所致。这也属正常，因为很多发作性症状，至少在最早期，往往具有自限性，发病几周后不用医生介入就会自己消失。在这个阶段，一些患者在低头时会产生电流通过四肢的感觉。事后问起来，可能他本人觉得当时不过扭到了脖子，或者在病发前后正好有过运动损伤，所以就没有当一回事，歇一歇就过去了。

有些病人走运一点，正好初次发作就是典型的多发性硬化症状，结果其实并不是，而且发作一次之后也没有复发。像这样的病人，还真有被误诊为多发性硬化患者过了大半辈子的。可能他们在一开始看病的时候，医疗检测手段还不如现在精密，医生对于一些表面上相似的病症也不甚了解，于是让多发性硬化当了"替罪羊"。还有很大一部分确实患上多发性硬化的病人——他们则是发作一次，然后在余生间歇性复发。这些患者会在两次发作之间（缓解期）得到一段时间的康复，乃至病情完全消失，直到下一次复发。

多发性硬化的根源到底在哪里，现在仍旧没有一个完全确切的答案，但是通常我们认为它首先起源于免疫系统失常，进而影响到一部分身上携带有相关基因的病患。不过这个说法毕竟过于笼统了，不管用它来解释关节炎还是肠道疾病都讲得通，所以机体上（特别是神经系统）有什么疾病没法得到肯定解释的，姑且都能够采用这种说法。

安妮塔刚从医学院毕业，紧接着又满怀期待地进入了实习。工作时间长，还要值夜班，这些她都不介意；一晚上不合眼，或者刚合上眼又被传呼器叫醒，她也能坚持下来。她怀着十二分精力投入每一次工作，心里面除了享受，也就是偶尔担心一下自己会不会犯错。

有一天夜很深了，她被叫去看望一名身患癌症的年轻男病人。当时这名病人已经处于癌症晚期了，在多次治疗未果之后他的身体变得异常虚弱。安妮塔看着眼前消瘦不堪的病人，竭力想要安抚他，而病人只是止不住地呕吐。她回头想起来，依然会感叹这名病人不过大她几岁，却很可能撑不到年关了。接着她又循着传呼器的呼叫来到了下一个病区。

这回她要给一位老太太重新写一份药物清单。原本这项工作是可以留到早上做的，但看着老太太已经在病床上坐起来了，她觉得还是现在就把工作完成比较好。她一边将病人旧清单上的药品逐一誊写到新表上，一边得眯着眼睛才能看清楚药品的名称。她又开了一盏床头灯，可还是得费老大的劲儿才能看到字。她估摸着自己是操劳过度了，于是放下了手头的工作——明早再继续也不迟——然后径直回到了医院宿舍，合上眼躺倒休息。过了一个多小时，传呼器再次响起，她睁开眼却怎么也看不见显示屏上的数字了，同时还感到右眼一阵钝痛。她努力睁着疼痛不止的眼睛环视昏暗的房间，立即发现自己基本看哪里都是一片模糊了。她捂住右眼，光用左眼看——一切正常；再换另一边——几近失明。

在我带过的本科学生当中，安妮塔是我最欣赏的学生之一。她思维敏捷，天资很高，却丝毫没有恃才傲物。她和病人之间很容易建立起同理心，对人性也有不错的洞察力。她跟我在诊室里，经常会分析病例身上有哪些病理性因素、哪些社会因素，可见她在鉴别一个人的品性以及他如何受到周遭环境影响等方面有着高于同龄人的天赋。

每年至少会有五个实习医生来找我，担心自己患上了神经系统上的毛病。二十多年下来，这类人中真正患有严重疾病的，我能数出来的只有两个。很多资历尚浅的医生见到病人身上有什么毛病，就连带着怀疑起自己这会儿头疼、那会儿莫名疲惫、哪边又犯几下哆嗦，是不是也得上了什么不得了的神经系统疾病。结果诊断下来基本上可以归结于对病症的认知不足，以及长期缺乏睡眠、焦虑等等——说实话，误判了也算情有可原。

但是当第二天早上我一见到安妮塔，就明白她是真的出问题了。她在检查的过程中就一直哭，说自己之前已经上网查了两个多小时的资料（这就是所谓的"医者不能自医"吧），而且之前陪同我问过那么多次诊，也知道青年女性一边眼睛剧痛并伴随失明，最有可能的原因就是视神经炎。视神经炎是多发性硬化初期极为常见的一种征兆。结果是她自己说对了。面对确凿无疑的检测结果，我也没法安慰她什么。她的一侧眼睛辨别颜色的功能下降，只有有限的中心视力，除此之外倒没有检查出什么其他问题，于是我叫她当天稍后再做一次脑部磁共振成像。我们又给安妮塔开了一个疗程的类固醇静脉注射，几周过后，她的视力倒暂时恢复如常了。

当天磁共振成像的结果显示出来一系列白色的斑点，其分布特征与典型的多发性硬化症状如出一辙——即集中环绕在充满脑脊液的脑室四周。这一簇白色的斑点源于大脑左右半球的连接处并向外扩散，从侧面看就像是五指张开或是一个鸡冠头的形状——这也就是我们说的直角脱髓鞘征。

这些白色斑状的区块可以指出大脑与脊神经（或称神经元网络）受到的不同程度的损伤。在多发性硬化发病初期，多半可见包裹神经外侧的绝缘层（髓鞘）存在缺损，也就是我们所说的脱髓鞘——它还没有直接危害到神经，但对神经传导会造成一定阻碍。我们可以把这种情况比作一座用久了的台灯，虽然摁了开关还能亮，但是时明时暗。随着病情发展，外侧的绝缘层，也就是髓鞘受损越发严重，人体的这盏台灯也就忽闪得越来越厉害。最后等到病情极危重的时候，神经本身也将受到损害，随后台灯就再也亮不起来了。所以脑部磁共振成像中这些呈现为白色的高信号区域代表大脑中保护神经的髓鞘有炎症，不出意外说明病人得上了多发性硬化。

我又带安妮塔做了一系列检查，想看看她是不是得了与多发性硬化表面上相似的病，却依然没能动摇先前的检查结果。安妮塔患上的多发性硬化处在比较轻微阶段、间歇性发作的早期。在这之后各项检查还在进行，也只不过是进一步证实了我们的诊断，安妮塔也许再也回不到原来那副阳光向上的模样了。

几周之后，我坐在安妮塔和她情绪激动的父母面前告知他们诊断结果，不禁想起了珍妮——我在第一章中提过她是我接触到的第一位多发性硬化患者。基本上每逢我新确诊一个病例，脑海里都会浮现出珍妮当初的形象。如今安妮塔不过刚满24岁，患病前她每周平均工作超过70个小时，就是为了日后能成为一名合格的外科医生。但是多发性硬化的阴影笼罩了她，未来她将何去何从呢？安妮塔的父母都不懂医，所以在这件事情上并没有像大部分父母那样替孩子做决断，况且是她最先得知了自己确诊的消息，而且也上网做过研究。很多时候患者本人拒绝相信医生的诊断，这一点和他的专业或者学识都没有关系，因为他们自己感觉还不错，直到另一位神经科专家打破了他之前美好的幻想。然而安妮塔此时只不过沉重地点了点头，一言不发。她的父亲伸出双臂搂住了她，她的母亲则在一旁垂着泪。

过了一会儿，安妮塔开口说想要马上开始治疗。她自己列举出来一些可行的治疗方案，并指出其中她认为最佳的一条。这条方案得到了我的同意，于是我们决定先给她注射干扰素，此药在早些年来已经成为治疗多发性硬化的首批特效药物之一。干扰素的治疗原理是通过控制人体自身的免疫反应，减少日后症状的复发。

控制住病情以后，对于像安妮塔这样的年轻患者还有一件大事要考虑：她以后要怎么办？是不是要放弃成为一名外科医生的梦想？按照我的经验，在这点上我只能起到引导的作用，不可以对患者本人的选择妄加评判。但是她需要考虑，万一她以后在给别人动手术的过程中病情复发了怎么办？如果她费了无数心血终于当上了外科医生，却在入职时再次得病，她又该怎么办？还有许许多多这样的"如果……怎么办"，却没有一个肯定的答案。

她沉吟许久，最后说道："这么久了，我做梦都想着要做一名医生，却从来没想过自己会成为病人。"听到她这句话，我的心都快碎了。

长期患病的人的生活是艰难的，看到安妮塔的经历，我又发现诸如多发性硬化这样的神经系统疾病带来的还有巨大的不安全感。安妮塔在开始接受干扰素治疗以后很快出现了不良反应，比如注射开始不久就出现了类似流感的症状，致使她整个人都变得萎靡不振。在注射疗法的前几个月，患者有可能表现出抑郁倾向，但很难分清楚究竟是药物作用，还是患者在心理遭受重大打击后产生的自然反应。安妮塔的性情也变得比以前拘谨了，我眼看着她身上的自信一点点溜走，心里唯有难过。

随着确诊的日子渐长，安妮塔慢慢地也适应了一周注射三次的日常。据她说平常也有无忧无虑的时候，不过持续不久又记起来自己需要注射了。听起来简直和接受酷刑别无二致。

对于身患多发性硬化的病人，我们的目标只能是尽量帮他们维持正常生活。当然他们必须面对终生无法彻底痊愈的事实，并且要定期用药、检查以及参与其他治疗。这样一来他们的生活确实是再也回不到从前了，不过还是有很多患者会跟我说："得了病还是得照样过，对吧？"于是安妮塔成了每年前来我们医院治疗的七百多名多发性硬化患者之一。她来到我们这里，还会目睹比她严重得多的病例。有些病人在用药之后症状依然得不到缓解，有些病人终日抽搐、肌肉无力，早已无法自理。比起那些看过病又能回去继续忙活的轻症患者，像这样的重症患者会给人留下刻骨铭心的印象。

每次我请安妮塔进门，她都会笑着向我挥手，但没过五分钟她又会涕泪纵横。此时距离她的最初诊断已经过去两年了，有时候我会怀疑这样没完没了地看病用药是否比患病本身给她造成了更大的心理伤害。接连两年，她的脑部磁共振扫描都没有出现病情加重的痕迹，与此同时，她的病情也没有再次复发，其间她得以继续开展她刚刚起步的医学事业。可以看出安妮塔已经接受了患病的事实，加上检查结果显示她脑部的白色斑块并未扩散，她也逐渐变得乐观起来。可是过了不久，新的斑块又出现了（这种情况可能并不会伴随出现病情复发，但确实说明大脑仍在遭受更大的损伤。到底为何会如此，我们也不清楚，只能说我们对大脑仍然知之甚少）。安妮塔听到消息以后，直言不讳地对我说，虽然她敬重我，但是现在她不喜欢在医院见到我，尤其是在她状态不错的时候。我理解她的想法，一个永远都不会痊愈的人是很讨厌见到医生的，况且她还不像大多数患者——确诊之后她依然得和我一起工作。

如此又过了几年，距离第一批针对多发性硬化的特效药问世已经有几十年了，出现了一款不需要注射的口服药片。安妮塔立即选择了用口服疗法代替药物注射，尽管口服药需要每天服一次，并且同样无法达到彻底治愈的效果。我安慰她说未来的事情谁也不清楚，说不准过几年又会有新的药品问世，疗效更好且副作用更少。

口服治疗虽然实施起来比注射治疗更方便，对于患者的影响也变轻了，但依然存在它自己的问题。患者一开始都会认认真真服药，可是调查显示，有一半的患者会逐渐松懈服用，乃至出于各种原因停药。这样做的患者可能事后反倒感到解脱了，一方面不用经常忍受副作用，另一方面不用天天把病情放在心上。但是停药造成的后果就是病情再次发作，而且伴随每一次新发作，患者的机体都有可能受到不可逆的损伤，比如永久失明或者下肢瘫痪。虽说我们对每位患者都会如此警告，可是总有一些年轻患者，眼见着周围的同龄人都还在心无旁骛地享受青春年华，心中不免发痒，于是置生存大计于不顾；有些人是惧怕过度，放弃了对病魔的抵抗；还有些人干脆抱着"及时行乐"的态度，肆无忌惮地开始花天酒地，沉迷于酒精和毒品。

安妮塔并没有走上那些同龄患者的道路。自从改用药片治疗后，她的精神状态好了很多。此后的两年里，她的脑部病变再度停止了扩散。有次她来看病的时候还专门捎上了她的外行男朋友，就想让我当面和他谈一下她的状况，顺便再普及一些多发性硬化的知识。我能感觉到他们俩的感情很好，也替她高兴，但对于多发性硬化患者谈对象这件事我又不免在心里犯些嘀咕。于是我问她的男朋友，他对安妮塔身患多发性硬化有什么看法（问之前我特意征求过安妮塔本人的意见），以及他对这种病症有没有什么特别想了解的方面。他的答复颇有些出乎我的意料，因为他说话时态度异常放松，而且比起女朋友的病情，他更多提到的是他们两人之间的相处，总之是一个令我满意的答复。

他微微笑着说："我们是在'铜臭酒吧'（都柏林的一家知名夜店）认识的。我当时就觉得她很有意思，而且干的工作还那么厉害，之前我从来没有对哪个人这样佩服过。我为她做的事情都不算什么，她才是照顾我的那个。"

安妮塔在一旁听着，脸上直放着光。

她接着他的话道："我们打算去澳大利亚待一年。还有，以后我不打算做外科医生了，倒不是因为我身上的病。我就是不想再整天工作那么久，还那么累了。"

我再次听到安妮塔的消息时，她已经在新的专科任职了。有一天她突然发来一封电子邮件，说自己过得很好，和"在铜臭酒吧遇到的那个男生"结了婚。她还附带问了我她要小孩的事情。

　　在过去医疗手段不足以监测和治疗多发性硬化的时候，医生一般都会建议女性患者不要生孩子。患上绝症加上不能生育，可以想见这对患者是非常残酷的打击。所幸如今医疗科技进步了，尽管婚育依然会给女性患者增添不少忧虑，但终究并非遥不可及了。然而有些关于多发性硬化的旧观念至今仍阴魂不散。说到这点，我就想起另外一名女性患者，名叫妮可，她在确诊为轻度多发性硬化的时候还未成年。多年以后她有一次复诊是由丈夫和她刚出生几周的小儿子陪同来的，他们刚进诊室的时候我还激动了一阵。她说自己在怀孕期间一直没有复发，反倒是孩子出生以后有一位英国的助产士对她说："抱孩子的时候小心点，知道吧，你还有病。"当时搞得她心里特别不是滋味。我很清楚这名助产士心中不会有恶意，但是她肯定没有考虑到她说这话会对一个刚刚彻夜完成分娩、欣喜万分的母亲造成多大的伤害。而且一个有经验的医护人员都能这样说话，可想外行的人平时会怎样指指点点了。从一位神经科医生的角度来讲，我对于选择婚育的多发性硬化患者更多抱有一种实事求是的态度。像妮可这样的患者在有了孩子以后，不光在情绪上能获得宽慰，而且在照顾孩子的过程中也不会过多纠结于自己的病症，而会为了新生命积极主动地投入治疗——总归利大于弊。

　　回到安妮塔的事例上来。在刚刚得到诊断结果的时候，她心里想的还是日后不要小孩，只要在能力范围内专攻事业就好。所以在得知她的选择之后，我很高兴她能够转变观念，并且告诉她服药期间尽量避免怀孕，一旦尝试要怀孕，则可以暂时停用药物直到产期结束。针对多发性硬化的药物是免不了有副作用的，因此很容易影响到体内胎儿的发育。当然，她在停药期间也要做好病情复发的准备，至于是否要冒这个风险，只有她自己能够决定。考虑到目前她的状况依然稳定，我觉得她是可以要小孩的。

时间又过了不到一年，我再次收到了安妮塔的电子邮件。邮件里附上了一张她们全家人在悉尼海滩上的近照，上面分明多了一个两个月大的小姑娘。她依然健康如常人，工作生活都一帆风顺。邮件里她讲了未来的计划，说自己正在打算回爱尔兰发展，还请我为她几个月后要申请的职位写一封推荐信。我看出她往日的自信又回来了。我想她还是会有消沉的时候，但是我明白即便再怎么受到病魔的诅咒，她都能够步履不停、好好地活下去。

12

打标签：
确诊后的百态人生

"神经学？你费那么大劲学它干什么？"

这是来自一位早期同行的灵魂拷问。我回答说自己就是对这个领域感兴趣，结果他又说："我看过不了几年，脑部磁共振扫描就能把你的饭碗抢了。"其实此话不假。当时大脑磁共振成像技术刚刚问世，为我们呈现出了前所未见的脑部细节。整个神经学界就好像小孩子入手了一款全新的电子游戏一样，从上到下蠢蠢欲动。可是话又说回来，磁共振尽管广泛造福了神经科以及其他科室的临床检查，但光靠这项技术本身并非就能一劳永逸。

我当实习医生的时候，磁共振技术还处在萌芽阶段。当时想要靠它来做出多发性硬化的诊断，首先需要仔细对病人做一番检查，然后对照结果再做一轮详细的测评。如果病人只有过一两次疑似发作，主任医师一般连多发性硬化都不会提一下——也就是说，我们普遍会在病人发病的间歇期采取保守观望的策略，指望着病情不要复发，自己也就万事大吉。假使病人当真患上了多发性硬化，当时也没有相应的治疗手段，所以这样消极的应对方法实属迫不得已。最后病人恢复得如何，更多只能看他们自身的造化了。

技术发展到今天，哪怕有一位病人丝毫没有多发性硬化的症状，只是因为头疼之类的小毛病过来，我们拿磁共振一扫描照样可以发现多发性硬化在脑部造成的白色斑状病变。碰到这样的情况，我们也得跟着头疼——扫描结果固然发现了病灶，可是病人本身并没有出现症状，你说该不该给他用相应的药物治疗？目前我们通常不会贸然用药，但具体的措施依然要视病例的情况而定，有的专家就会更加青睐"先发制人"的法子。在这一点上可以说还没有一个全球通用的准则，况且还要照顾到病人自己的意愿。

不过在现阶段，如果病人已经有一次病发的经历，并且扫描也显示出情情发展的趋势，这样的病人我们是肯定会给他治疗的。于是现如今你能看到不少年轻人，他们可能表面上健康得很，就是在一次轻微的发作之后被检查出来日后有患上重度多发性硬化的可能，结果早早地就开始了治疗。

这样的做法对于年轻病人的心理来说并不能算一件好事。是不是科技让我们了解得太多了呢？到底我们的预测能力到达什么样的程度才算刚刚好呢？很多病人可能一辈子都不会复发，可是你给他贴上了这样一个标签，那也是一种不得了的负担。你要是去问这些病人自己的看法，经常他们又会回答说："你才是医生，这方面还得听你的啊。"我想来想去，实在也没办法再问下去。就像大脑疾病一样，许多事情确实不是非黑即白的。

现在网络普及，有不少病人在前来就诊前都事先在网上咨询过了。这样一来，我们如今遇到的病人比起以前来要么明白得多，要么牛头不对马嘴得多，总之比完全蒙在鼓里的时候要焦虑得多。他们之中有不少人有过我们称作莱尔米特征的症状，也就是前文所说的伴随低头动作出现的四肢从根部开始发麻的现象。只要上网一查，就能知道这是典型的多发性硬化早期临床征兆，所以很多人在来神经科之前就暗自神伤多时，觉得自己下半辈子都要瘫在轮椅上了。

有时候病人自行查阅过资料也是一件好事，好歹他们都能够对病症有一些基本的认知。但了解到的信息多了，往往心理上的焦虑甚至臆想就会来捣乱，到头来我不得不多花心思判别哪些症状确实存在，哪些是患者在长时间浏览相关病症之后"感同身受"的。

在向不幸罹患多发性硬化的病人通报病情的时候，病人在第一时间出现震惊的反应是可以预见的，但即使面对有心理准备的病人，我也无法预料他们听到我的话会有何反应。当场流眼泪是十有八九会发生的事。可能这对于某些患者来说还是一种宽慰，因为多发性硬化在他们身上表现得并不明显，平时可能只表现为疲劳或一些非特定的症状，就连他们自己的家人也以为他们只是无端担忧，现在专家一锤定音，总算才有了定论。

年轻患者在得知病情以后，通常都是他们的父母反应更为激烈。如果是一对夫妻，一般则是没有患病的那一方主动握住病人的双手（他们从此看自己的另一半也不再是一个正常人，而是"病人"了），往往还硬说着些有的没的、鼓舞士气的话。偶尔还有病人的伴侣光顾着一个劲替对方查资料、问药方，虽说是出于现实考虑，但这样一来反倒忽略了对方的情感需求。比如有人会问，自己的另一半还有多久就必须要坐轮椅了，或者什么时候得重新布置家具，以便满足残疾人的需求——类似的做法对于患者本人可以说是一种变相的伤害。

新的治疗手段已经显著降低了多发性硬化确诊后复发的风险，如今我们在宣读诊断结果的时候也不似以往那般艰难了，患者的预后情况也相应地乐观很多。针对多发性硬化可能造成的一系列症状，诸如身体各处疼痛、腿部痉挛、大小便不能自理等，我们也有了治疗措施。我们科室也和理疗师、职业治疗师以及语言治疗师建立了多方面的合作关系，可以在一定程度上改善患者的生活质量。这些办法可能对一部分患者终究起不到太大的作用，没法让他们摆脱失能和不能自理的命运。但是不论我们努力的成果如何，在病人和家属提出"以后该如何生活"的问题时，我们还是有必要向他们罗列出各种方案，在他们的漫漫夜路上多点起几盏灯。

不管我们做什么，患者在知晓病情以后都要面临一个全新的世界。他们以前再有什么天大的烦恼，此时与病情比起来都显得无足轻重了。什么房贷啊、工作啊、家里的老父母啊——自己都与死神面对面了，其他还有什么好顾虑的呢？他们现在考虑的是：老公/老婆怎么看我？工作累了，会不会有人侧目关心我一下？哪怕只是起床的时候发现自己的手麻了，也得担心病情是不是又严重了。

据有些多发性硬化患者说，自己的病情在热天发作得更严重一些（这种现象我们称为乌托夫征），也就是体温升高会诱发他们先前出现过的症状复发。有一位患者我记得很清楚：他年纪轻轻，非常热衷于网球运动，而且已经达到了专业级水准。确诊后他仍在坚持打球，慢慢地他发现自己往往打到第四回合就要在右方丢球。其实他的病对于打球而言并没有什么影响，只不过他自己心里发怵，最后放弃了这项运动。还有患者由于相同的原因，连和家人出去晒太阳也不愿意了。可见一个人哪怕病得没有多重，一旦往他身上贴一个多发性硬化患者的标签，就会平白从他生活中抽走很多活力。任其发展下去，最后不光患者本人会变成一具空壳，他周围的亲友也得跟着遭殃。

医生坐下来跟患者通报病情总共只有那么一点时间，在这段时间里既要观察患者的态度，又要向他们传递为数不少的信息。但是我们总归很难给病人一个准话，告诉他们这病就会如此这般发展。大部分的患者最后都会经历不规则的间歇性发作，只能说他们的情况会时好时坏。其中有些人在某次发作过后指不定就再也恢复不到常态了，并且就此进入病情持续发展的阶段，也就是我们所说的"继发进展型多发性硬化"。在这种情况下，患者会逐步失能，以至于必须借助拐杖或者轮椅方能行动。还有为数更少的一部分患者，他们得上的是"原发进展型多发性硬化"，也就是病情不断加重，每次发作之间几乎不存在任何间歇期，并且在各种治疗之下仍然没有丝毫好转的迹象。

鉴于医学界对多发性硬化的起因依然没有定论，患者在得病之后的心境无疑是彷徨不定的。没有一个神经科医生能够准确地告诉患者，他的病情过一年、两年、十年将会发展成什么样。我们可以根据经验以及患者的具体情况提供适当的治疗方案，至于效果如何，我们也没法打包票。有不少次我明明跟人家说他的状况还不算严重，结果没过几个星期或几个月病情又来势汹汹地复发了。相反地，可能有些年轻患者的病情一开始在我看来属于特别凶险的类型，没想到经过一段时间的治疗，他却平安无虞。

来我这里的有一些高龄患者，他们的病情可以说是十年一遇——五十年前第一次发作，四十年前复发，再往后也只是零星发作而已。甚至还有一些百年之后才被查出来患有多发性硬化的——验尸的时候发现了病灶，然而真正的死因则完全是别的病症，生前没有人知道他是多发性硬化患者。所以说这种病体现在每位患者身上的样貌是千差万别的，只不过世人依然有那么一个固定的印象，认为得了多发性硬化就等于半身不遂，必须靠别人照顾——这就是道听途说和真正与上千名患者交流过之后的差别。一个简单的标签之下，其实是无数种不同的生命体验。

尽管过去二十年里针对多发性硬化的治疗技术突飞猛进，但至今患者最常问我的问题依然是该如何改善膳食。可能他们觉得患病和他们的生活方式有关，其实并不然。

为什么会存在这种认知上的误区，我觉得与"江湖郎中"大行其道脱不了干系。20 世纪 90 年代末我在伦敦行医的时候，在英国有名"女神医"因为自创了一套能够"彻底治愈"多发性硬化的妙方大出了一阵风头，说白了其实就是把维生素 B_{12} 跟可口可乐和抗抑郁药混在一起做成"药水"。像这样打招牌、耍噱头，一旦抓住了大众的心理，往往就能流传甚久。还有一种说法是摄入汞会导致患多发性硬化，结果一大批人被唆使着拿掉了自己补牙用的水银块。诸如此类的风潮可谓层出不穷。几年前在意大利还有一名医生用促使颈部静脉舒张的办法，据说治好了他妻子的病。他给出的依据是多发性硬化源于血管栓塞，所以只要增强脑部的血液循环就能够大大缓解症状。此话一出，世界各地的多发性硬化患者又蜂拥前往欧洲大陆的大小诊所，指明要花大价钱做颈部静脉的手术。不仅如此，这种新疗法在网上也掀起了轩然大波，各方面都吵着要求神经学界加紧学术论证，最好尽快将该项疗法纳入常规治疗方案。论证结果显示这种治疗并不一定管用，随后相关的呼声便也逐渐淡下去了。

关于替代疗法和各种偏方是不是有效，也有不少人问我。最常被问到的一种就是大麻类药物。确实有过几项学术研究表明它对各种神经问题造成的抽搐可能会起到一定的缓解作用，但毕竟大麻制剂在世界大多数地区都被列为违禁品。我们还有许多已证实的其他有效药物，但是在患者和患者家属中间仍滋长出了一大堆阴谋论：是不是政府想让他们自生自灭啊；医生不给开，是不是大麻都被大资本家囤起来了啊；等等。说实话，目前在爱尔兰仍然有一种含有大麻的喷剂是不在违禁品之列的，只不过不知出于什么原因，我们没法把它开给患者。我跟医院的同事曾经想要从英国北爱尔兰弄来一批这样的药（底线是不去触犯法律），结果也没成功。至于医生背地里和制药公司沆瀣一气的说法同样不成立，因为我们到现在为止使用的缓解痉挛的药物基本上都是没有专利的，如有需要，我们也可以给病人开出一些平价的抗痉挛药品。

至于为什么合法地开到大麻类药物那么难，我自己也感到一头雾水。然而话说回来，它到底像不像大众说的那么灵，毕竟在临床研究里面能拿得出手的结果还是太少。现在网上不少人鼓吹大麻赛过"百忧解"，能根治帕金森病、多发性硬化，能全身镇痛，这种说法是否言过其实还有待考证。我个人还是信奉"黑猫白猫"，不会那么急于否定某种未经证实的疗法，但是世界上肯定有那么一批人纯粹是靠着"江湖医术"让自己的腰包鼓起来的。

有些患者身上的多发性硬化比较严重了，往往又会有亲友问可不可以做干细胞移植。一旦要做，他们有些人就能把自家的房产抵押了来付医药费。我看到他们一片救人的诚心也很受触动，奈何干细胞移植在用于治疗多发性硬化方面才刚刚起步，技术还不能算成熟，只能说未来这项技术可能有相当大的前景。有一些海外的私人诊所会打着干细胞疗法的招牌上网打广告，可我还没听说过有人被这种疗法治愈的。我一般劝患者不要跑到国外去找那些医疗机构，你可能光为了来回路费就得去社会上筹钱，治疗本身的费用更是贵得吓人——我听说最高有收费8万英镑的。患者基本上还是会回到我这里接受常规治疗。按照我的意思，最好他们能上网劝阻一下其他想要去海外治疗的患者，不过倒很少有人去这么做。我想就算有人在网上说这件事，大概还是会有很多人根本听不进劝吧。我遇到过一位患者干脆当面掏出一张照片，指着上面的四个孩子说："医生，这件事到底科学不科学我不管了。我为了他们，什么都得做。"

人家都已经是这种态度了，叫我怎么劝得动？医生告诉病人他得了多发性硬化，然后又说不出什么所以然来，病人自然要想尽一切办法去外面找更确切的方子。

我曾经有过几次让患者去接受干细胞移植，不过去的都是在英国国内享有较高信誉的医疗机构。如果到了必须采用干细胞移植的阶段，也就表明其他所有的疗法对于控制患者的多发性硬化统统不管用了。假如患者能够把握住时机，接受专业的干细胞移植治疗，在之前也不是没有成功的案例，只可惜我的那几位患者都没有这样幸运。总体来看，干细胞移植技术的前景比前几年更加光明了。

人总是不自觉地会选择自己想要看到的信息，这点我不会怪我的患者。我想哪天要是轮到我坐到病人的位置上，恐怕我也很难做到完全客观。我之前接触的运动神经元疾病、帕金森病还有多发性硬化患者里不乏本职是医生的，结果我还是会被问到替代疗法一类的问题。所以说人一旦被激起求生欲，哪里还分什么医生不医生。如今我也明白了，希望本身蕴含一种力量，而对于所谓的安慰剂效应也不应当完全嗤之以鼻。

在见识过这么多病人对于治疗的态度之后，我发现他们最主要的目标无非是保持对生活的掌控。之前我在讲如何询问病史的时候说过，病人被问到药物治疗史的时候，很少会主动提及保健药还有替代疗法，但事实就是有不少人会迫不及待地在那些未经证实的治疗上花钱。相反，你要是去和他们讲，我们正规疗法不光有政府补助，基本上不用自掏腰包，而且疗效可能还更好，这些人倒会满脸不乐意。从这点看来，我推测这一部分病人的心理就是在追求掌控感：正规药物是由医生开具的，再加上它的背后是他们可能一辈子都搞不懂的专业医疗研究；而另一方面，很多替代疗法是患者自己找寻、研究出来的。这样的心理甚至造成有些多发性硬化患者明明是因吃公家报销的药物有了效果，他自己却到处去宣称自己是被"灵气"或者普拉提训练治愈的。好吧，反正治疗有了效果，到底是谁的功劳也就是其次的了。

再说一点相关的。有些病人也是出于理性考量，过来开药的时候就会问这药有没有什么副作用。我通常会说，不出什么意外的话这些药肯定首先会缓解多发性硬化发作的症状，头痛、周身疼痛还有抽搐的症状都会在用药之后得到缓解。接下来我会提及一些比较常见的副作用，其实我说出来是有风险的，因为结果可能会带来我们所说的"负安慰剂效应"，也就是病人在得知身上可能出现的毛病之后更容易感到相应的症状。如果出现这种情况，那么就会有病人不太情愿吃药，也就没法获得正面的疗效了。所以医生怎么跟病人全面地讲一个治疗方案，还不能把他们吓得不用药了，这也是需要掌握好一个度的。

像这样关心药物副作用的病人，基本遍布各个年龄层、各类群体，但最让人瞠目结舌的还是某些年轻患者：问他们服什么药没有，回答说不定是他们周末出去玩一趟就要来一点氯胺酮（麻醉剂，亦有致幻效果），吸电子烟（部分产品含大麻），再加一点可卡因，还有几大桶酒。这些年轻人应该都清楚自己是因为"吃药"才进了医院的，或者至少这两件事脱不了干系。结果坐到我面前，就一脸狐疑地问我这个抗痉挛的药有什么副作用。这时候我忍不住想问问他们，在夜店或者音乐节大声嚷嚷着跟药贩子买"那些玩意儿"的时候，有没有顺带问一句副作用。

病人对药物产生非正常反应，这种事确实不能说不常有，所以我们在问诊中一定要问到药物过敏这一条。亚历山大·弗莱明在20世纪为人类贡献出了救命无数的青霉素，然而现在有些人在看病的时候说小时候好像有哪次打了青霉素过敏，结果就一辈子连这么了不起的药物也不敢碰了——我估计这要是被老先生听见了，肯定他在九泉之下也不得安生。如果确实出现药物过敏，那么对于治疗来说是相当棘手的，所以我现在训练医学生的时候就会让他们问病人：请你再三想想当初药物过敏的具体情况，说不定你不是真的对药物本身过敏，而是你在吃了某种抗生素、止痛药之后出现了正常的恶心反应。为了救病人一命，或者治疗一种严重疾病，我们——也可能是病人——甘冒风险。

13

偏头痛：
让医生头疼的，
可不止头疼本身

45 岁的马克犯偏头痛已经二十多年了，照他的话说，他的病"一天 24 小时，全年无歇"。这样的病例被年轻的医生碰上，会让他的心变得沉甸甸的；然而资深的医生见到同样的病例，则肯定会如获至宝，并且在第一时间迎难而上。马克也是条汉子——经历了这么多年的疼痛，居然还能在金融行业有一份稳定的事业。过去几年，他的工作压力比以往加大了，偏头痛发作得也越发频繁且强烈起来。来找我之前不久，他刚和妻子分居。他说和妻子过不下去的主要原因就是头痛过猛，搞得他一回家就异常暴躁。至于头痛的原因，他则说是和工作上的劳累有关；每次疼得厉害了，他除了往肚子里灌酒别无他法；酒灌下去了，往往事后头痛加倍、夫妻不和，如此循环往复。直到他彻底陷在头痛造成的怪圈里，眼见着自己的生活分崩离析，却总还心心念念道："要是头不疼，那就什么事都好办了。"可见他只是一心在责怪病症，而没有去反思自己是不是应该对患病之后的一系列连锁效应负一些责任。治好了头痛，立马就能万事如意，这样的想法在他的脑子里已经根深蒂固了。

　　马克从服用对乙酰氨基酚开始，后来用量逐渐增大，又嫌药效不够相继改用了诺洛芬和酚咖片。我见到他的时候，他则已经换成每天服用三四次麻醉用的镇痛片了。

我问他道："你这样吃药有用吗？"

他回答说："没有，就和吃聪明豆豆糖差不多。"

头痛二十年，马克在来我这里之前也没有少看过病，可是效果都不甚理想。我看得出他对于医生这个群体并不怎么待见，而且自己病到这个份儿上，我估计他看谁都不顺眼。他的暴脾气从一开始只是指向他头痛的老毛病，逐渐已经演变为指向全世界了。最近几年他一方面继续服用着药店的非处方药，一方面则开始在网络上寻求帮助。

马克在我面前摊开一页又一页他自己搜集来的研究论文，像做报告一样和我讲解了他病情的种种细节。他还自己编写了一个井井有条的 Excel 表格，一眼望上去全是各种颜色的记号，上面详细记录着过去半年里他所经历的每一种症状。一条条"科研资料"全被他整理成了柱状图、曲线图，末了他还热心地附带一句道："这些我可以改成散点图，那样看上去可能容易理解一点。"他基本上全天都会感受到低强度的头痛（"医生，请看蓝色曲线。"），但在此之外时而还会伴随有维持数天的剧烈头痛（"请看红线。"），一旦发作就会使他动弹不得。再这么下去，恐怕他的事业、妻子、孩子全部都得丢掉——现在他整个人已经落魄到了极点。

我听他一上来便连珠炮似的跟我讲了这么许多，似乎并没有想要听我讲的意思。过了一会儿，总算报告完毕了，他长吁一口气，目不转睛地盯住我道："我的事情说完了，现在你能为我做什么？"他就这样一直盯着我看，老实说让我感觉有些发毛。

我又翻阅了一遍他带来的资料，告诉他我很欣赏他的细致。他回答说："我是金融分析师，每天做的就是这类工作。"遇到像马克这样，想方设法用上自己专业领域的知识来化解病痛带来的危机的病人，总是让人耳目一新。比如我还有病人是当图书管理员的，同样也会用图表的方式来记录、归纳自己的病症。反而那些本职是医生的病人对自己身上的毛病倒不会那么较真，可能不屑于做什么考证就先得出了一个诊断。下面就轮到我对病人的判断做"批阅"了。

　　药物治疗偏头痛，不管是针对急性发作还是较为严重的慢性发作，对于神经科医生来说都是小菜一碟。然而头痛病人的情况往往没那么简单。比如说治疗马克这样的病例，就不光要检查他身体上的毛病，还要从心理、人际关系等方面入手，多管齐下。因为只要你对人性有一点基本的认识，就能看出病人的问题已经很严重了，绝对不是光靠止痛就能医好的。像马克这样一个月里至少有十五天都在强服非处方止痛药，肯定会诱发药物过度使用性头痛。也就是说，患者的一部分症状是由不当的治疗方法造成的。尤其是酚咖片这种药，药效既快又猛，可是一旦药效消失，患者马上就会头痛加倍，往往需要药效更强的药物才能止痛。长此以往，患者很容易对药物产生生理和心理上的双重依赖。伴随着药物依赖而来的，是患者变得越发焦虑、睡眠不规律。再进一步发展，有些患者就会和马克一样，通过把自己灌醉来逃避焦虑和失眠的困扰，可是这样一来，酒精又会加剧头痛的症状。现在我们把所有这些因素加起来，就会发现这个病例身上同时包含了他本身的偏头痛、宿醉、药物过度使用性头痛以及失眠，此外还要考虑到他在工作和日常生活中的种种压力。周围的亲友眼见着马克越来越失控，只能把原因归结为"又犯头风了"，对他的行为举止越来越无法容忍。最后病人不光浑身不自在，而且众叛亲离、郁郁寡欢，整个世界对他来说都是灰暗的。

这时我告诉病人，他的问题我能够帮助解决，只不过在他身上除了偏头痛之外，还同时存在着四五个大问题。这些问题需要我们携起手来、逐一击破。首先，他必须要少吃一点那些"聪明豆豆糖"了。他坦白说自己也明白吃那些药不管用，我问他既然明知不管用为何还要吃。"我要是不吃，那就一刻也不得安宁了。"他说。看来那些药在他身上依然能够起效。

马克听进了我的忠告，很快改变了对药物的态度。我们立下约定，在接下来的几个月里，从酚咖片开始，他逐步戒断对止痛药的依赖。

在喝酒的问题上，我们一开始还在弯弯绕。他告诉我说："我平时喝得也不算多。就是晚饭的时候喝几杯红酒，然后周末喝些扎啤。"没想到过了一会儿，他自己反应过来了，说："确实有点多，是不是啊？"于是我提议他酒饮也要少碰一些。

下一步我们又继续探讨了他晚上睡不着又不沾酒的话，他可以采取什么样的措施来助眠（如：晚饭后散一会儿步，减少咖啡因摄入，睡前列出思考的事项以免夜间出现思虑过多的状况，房间内尽量不要放手机、电视机之类的电子产品，等等）。我又跟他说："还有一件事，你紧张、压力大的时候会咬紧下巴，还会磨牙。这点我们已经在检查里面发现了——你的下颌关节已经出现了松弛。下颌关节开始疼痛以后，又会进一步影响到你的面部和头部。"

"哦，你说的这个我以前去看牙的时候就发现了。当时医生给我安了一个夜间戴的牙科夹板（一种固定在牙龈上的保护装置），不过是很多年前的事了。"

"那你有没有坚持戴？"

他终于面露笑容，说："没有。我老婆觉得那东西有点——破坏情调，就这么说吧。"

于是我们又立下了一条约定，也就是恢复夜间戴牙科夹板的习惯。这样一来，我们又去掉一条可能造成慢性头痛的可控因素。

看来这件事有进展了。我甚至觉得我们已经成功了一半——患者对我已经采取了信任和聆听的态度，而且对于在有生之年摆脱头痛的困扰也产生了希望。这时候我又向他补充说，不能指望病情好转得太快，毕竟你有二十多年的病根在这儿摆着，不过在未来几个月内将病痛减轻一半是完全可以实现的。

听到这话他立马叫起来了："你让我等几个月？！我根本等不了几个月——我老婆威胁我说，今天我要是不来看病，就立马和我离婚。"（之前他已经彻底放弃了找医生治疗，今天他本来是打算爽约的。）

不过我们还是继续分析完了减轻头痛的措施。我帮他开了用于舒缓肩颈肌肉的理疗。最后我又叮嘱他坚持记录自己的症状，不用太较真："每天上床前记录一次就够了。记录的时候注意当天头痛的类型、有没有比之前缓解、还可以怎么应对得更好——简单直白一点，多学学罗尔德·达尔（英国儿童文学作家），别变成陀思妥耶夫斯基那样了。"听我这么一说，他总算开怀大笑了。

我又向他推荐了一些他没用过的抗偏头痛药物。此时他整个人看上去已经比以前开朗得多了，以至于高兴得有点不知所措，好像光听我出谋划策一番就已经把病治好了，毕竟他这个人就爱做事列出个一二三四。其实可将马克的病例推广到大部分慢性疼痛患者身上，对于他们而言最要紧的事不光包括重拾希望，还有捡起对生活方方面面的掌控感。在我并不怎么高妙的劝导下，病人如今下定了决心要将头痛一治到底。对大多数其他慢性头痛患者来说，这样的方法都是管用的。

　　几个月后马克回来见我，整个人已经大变样了。他面带微笑，热情地同我握手。他的气色看起来很好，据他讲这是因为他一条一条地照着我们的约定完成了这些计划。我见他腰上还别着一台计步器，便问起他来，他说现在自己平均每天走一万五千多步。他的头痛病依然会发作，但不像往常那样会让他觉得天要塌下来了。他还大大赞赏了我推荐的理疗师，说去她那里治疗之后脖子已经完全不会感到僵硬了。

　　我见到他那副保健狂魔的模样，心想他确实像很多中年男患者一样，医生说什么他都要做得更过火一些。依我看那也是一种普遍存在的男性心理，就是为了证明自己还是头狼，至少在自己看来不比人家怂。他们也会听取医生的建议，只不过不会全听，尤其是不爱受同龄男性的指使。如果我提了什么建议他们听进去了，他们又会变本加厉地实施。如果我跟他们讲的是晚饭后少看电视多散步，那么保不准他们回去就买来一套运动服，天天跟少年似的去运动场上撒野了。如果我跟某些多发性硬化患者说的是稍微补充一点维生素 D，可能他们自己就要吃三四倍的量。

马克办了健身房的会员卡，天天夜跑还嫌不够，又戒掉了乳制品（这不是我建议的）。他戴起了牙科夹板，再也不碰吃了多年的非处方止痛药。

他又有点不好意思地跟我承认说，我给他开的处方药他看过说明了，结果决定不予服用——又是一条追求掌控感的征兆。一般病人不愿意吃我开的药我也不会强迫他们，要是实在又疼得厉害了，他们自己会重新来找我开药的。

他还告诉我说："我现在头痛每周发作一次，但是我知道自己有进步了。现在我打算在接下来的三个月里继续消灭剩下的一半头痛。"如今他的病痛已经消除了那么多，再等三个月他也心甘情愿了。我其实清楚这种慢性头痛是不可能完全消除的，但让我感到欣慰的是，我的病人找到了应对慢性头痛的方法，并且重新成为自己生活的主人。

不是每位慢性头痛患者都能像马克这样如此积极主动地配合治疗。很多人在取得一些小的进展之后，又会重新陷入往日的泥潭无法自拔。有些患者最终放弃了传统的药物疗法，转而到外头病急乱投医——有上网的、从朋友同事处打听的、去酒吧议论的——也不管什么证据不证据。他们自己找到的偏方大部分都会要求戒掉乳制品，紧跟着又有一连串的饮食禁忌，经常还要配合服用一些没有什么科研佐证但偶尔有一点实效的草药，例如金丝桃、蜂斗菜。还有人会在手上戴铜环用以"驱邪"。此外难免还要去针灸、做各式各样的反射区按摩。最近我听说颅骶骨疗法又流行起来了。但是不论他们去哪里求过医、问过诊，他们坐在我的

你怎么了：一位神经科医生的 30 年诊疗手记

面前就是我的病人。他们身上的问题盘根错节，可能我一个医生根本没法全部顾及，况且说实话，我管得太多也就超出了我的工作范围——就拿马克来说，我为他做得再多，也没法阻止他的婚姻走向尽头。我能够做到将病人往良好的方向上引，就已经是最好的结局了。

14

颅内高压：自己才是身体最大的责任人，而非医生我们大多数人都有过类似的经历：每次工作或者家庭生活压力过大的时候，我们的额头就会像被箍住了一样，不住地产生压痛。遇到这种情况，很多人吞一两片对乙酰氨基酚就能没事。然而这世上有为数甚众的一批人，他们的头痛一旦发作是很难立刻恢复如常的。

　　头部疼痛之所以比膝盖疼痛、肩膀疼痛更难解决，原因很简单，就是我们的头部不那么便于检查。你想知道自己脑袋内部有什么毛病，既不能靠看又不能直接去按摩它。此外，我们的脑袋里面还装着我们之所以为人并赖以为继的大脑——它不仅仅是自我意识的核心，又在许多方面不为我们所了解。所以一旦脑袋疼起来了，人们自然就会怀疑自己得了什么不治之症。

　　每个人的脑袋怎么个疼法，这其中又有了不得的多样性。有些人感到的是较为轻微也不太常发作的偏头痛，还有些人头痛起来就没法正常过日子。比较经典的严重病例会出现视觉先兆，也就是在视野边缘看见光芒闪动。更有甚者可能会感觉有话说不出口、手足无力或者发麻、意识轻度模糊，还有些患者则会呈现出对外界没有知觉的状态。大部分严重病例最后会陷入头部一侧的剧烈疼痛，同时对周遭的光线和声响异常敏感，因此只能一个人躲到黑乎乎的房间里,闭目塞听,独自受苦。不少病人因为重度头痛来到急诊室,一开始我们包括病人自己都会以为是中风了,结果一查没有任何病变。

我们当中有 10%~15% 的人都会受到偏头痛的困扰。偏头痛可能在一生中任何一个阶段发作,不过多半自青少年时期已有。患有偏头痛的病人,不出意外也会有相关的家族病史,所以在这一点上倒是方便了我们做出诊断。但有些病人的状况会复杂一些:偏头痛在初始阶段有时会表现为胃痛,这就致使许多患者连续多年一直往别的科室跑;还有些情况是患者在发病时视线模糊,反而感觉不到头痛,这就让他们误以为自己的视力出了问题。

偏头痛患者跟许多疼痛综合征患者一样,并不总是能得到周围人的同情和理解。我们作为旁观者,也没法直接体会到他们的病痛,这点在所谓的"头风病人"看来就好像自己无端被当作了天生孱弱、无病呻吟的那一类人。受到此症侵扰的人,发了病有苦说不出,经常还会伴随眩晕、呕吐、视力下降以及需要暂时远离喧嚣等症状。要是由于发病耽误了工作,周围的同事们在背后指指点点不说,病人也会对自己的能力产生怀疑。

当我开始学习神经学的时候,我发现自己治疗慢性头痛的能力有限,这让我非常沮丧,觉得我所取得的进展毫无意义。我想这是因为,作为一个年轻医生,学习神经学时会关注更令人兴奋的领域,例如,帕金森病或多发性硬化,这些领域有很多新颖的研究活动并且对病人和医生来说都极具挑战。我诊断的九成以上的头痛是偏头痛、紧张或药物滥用引发的头痛或者两者兼具。很快你就会意识到,你遇到的大部分头痛病人不会有性命之虞是多么令人庆幸的事。

由于头痛的病例实在多得数不过来，医生在看病的时候总是生怕自己会漏掉什么致命的病因。现在各路大众媒体和自媒体经常报道我们医生过度检查，这些批评也不是没有道理，但万一有脑部肿瘤或者脑出血的病例被我们漏诊了，后果则更加不堪设想。

安妮因为头痛找到我的时候，正在医学院读大二，学的是理疗专业。这个女孩子身上有一种独特的幽默感，对于我们医生的这种"婆婆妈妈式的话"抱着冷眼旁观的态度。她几年前刚刚为了上学搬来了都柏林，目前和另外三个女生同住。她跟我讲起生活中的各种细节，逗得我乐不可支。

安妮每周至少有三个晚上要出去晃荡。一般她和朋友出门的第一个项目就是"下料"（她把都柏林的土话学得很溜），也就是喝一点红酒或者杜松子酒给自己鼓鼓士气。等到几轮扎啤下肚，下一步便要去夜店"来点儿烈的"，一直玩到凌晨时分。偶尔她还要来半片摇头丸续命，她又赶紧补充了一句"只有玩疯了才会吃"。回家的时候基本上已经过了凌晨两三点，第二天早上九点她还会照样起床上课。

她还说自己的饮食已经变得跟她的身形一样，"都是梨形——头细尾粗"。热量集中在晚上以外卖的形式摄入，一周基本上有四五天都是如此。安妮的身高不过 1.6 米，可是体重已经达到了 90 公斤，其中有 20 公斤都是上大学之后贴的膘。她的皮肤也再度"焕发青春"，所以她一直在用全科医生给她开的一种治青春痘的抗生素，叫作米诺环素。此外，她还在服用避孕药。她总觉得增重恐怕是药物的副作用，但同时也承认自己的生活习惯确实有不太好的地方。

此时安妮主动掏出自己的苹果手机，给我看她前几年高中毕业时的照片。我看出她确实长胖了，而且她自己刚刚也这么说过，不过我未予置评。作为医生，我深知病人的体重是万万不可触碰的雷区，尤其是病人自己又在这个问题上比较敏感，我们都听过医生把病人的问题都归咎于体重的可怕故事。这种做法我也觉得不可取，一是你还没有彻底检查一个病人，不知道他患病的具体原因；二是你这样口无遮拦地"提醒"也不能切实地帮病人减重——本来爱尔兰的家人亲戚就特爱告诉小孩"你太胖了"，还说"这都是为了你好"。我的做法是，不管面前的病人有多重，我都只会问他在来见我之前的几个月变重或者变轻了多少。这么一问，很多病人立马面露喜色说自己最近轻了多少多少斤。如果他们这么说了，医生就知道原来病人是有相关的健康意识的，自己也采取了措施，那么接下来想要进一步对他们施以援手也就会更加顺畅了。

在过去的四个月里，安妮平均每个月就要制订一次新的节食计划——个中滋味她也对我毫无保留地分享了一大堆。她说："今年1月我试过戒碳水，坚持了两周。然后我又戒了麸质，那个比较容易坚持，因为现在就连外卖都有去麸质的选项。但是我到了周末还是忍不住想要早上起来吃点油炸的东西。"接着她提到的有些节食计划我连听都没听过，比如穴居人节食法、5:2节食法、阿特金减肥法（这个我倒听说过，是一种以摄入蛋白质和脂肪为主的饮食法）——这些尝试无一不以失败告终。她自己面色沉重地说："一般坚持不到周三晚上。"

　　每到周末，她都会回到阿斯隆的家中"休养生息"。把脏衣服带回去，她妈妈就会仔仔细细帮"宝贝女儿"洗好熨平，保准周日下午能让她带着一包干净的衣服回学校。安妮自己都说："我觉得我好像过着两种生活，在家的时候我就跟以前一样好好吃饭、按时睡觉，回了都柏林就有精神整夜去玩。简直不要太安逸哦！"可是没多久她发现自己上课的时候看不清课件了，她那无忧无虑的日子才到了头。她去配了副眼镜，但也只管得了一时，很快她又觉得这副眼镜戴得她头疼，于是又去检查视力。过了几周，她的头疼越发厉害了，视线总是模糊的，而且老是听见奇奇怪怪的声响，比如像是水龙头在滴水。"我朋友都以为我脑子出问题了，因为我时不时就要看一下水龙头有没有关。"这时她才觉得，自己的症状恐怕并非只是由宿醉引起的。

　　我给她做了检查，也看了她的视力，结果她戴着眼镜都看不见视力表下面几行的字。我查看了她的眼底视网膜。在每只眼睛的视网膜后部都有一个盘子形状的结构，叫作视盘。用放大镜观察这部分结构，应该可以清晰地看见大量的毛细血管，就好像面条落在洗碗池下水口一样向眼睛后部聚拢。正常人的视盘都有一个清晰的边缘，但是我看到安妮的视盘边缘是模糊肿胀的。这应该就是因为她的颅内压过大，影响到她的视神经，导致了视盘水肿。

　　于是我得出结论：视神经受压迫是安妮视线模糊的原因。这种病症我们称作视盘水肿，它可能代表大脑内部出现了严重的病变，其中最凶险的可能性就是脑部肿瘤。我有一些病人一开始只是去眼镜店做检查，在那里一看眼底，查出了视盘水肿，结果竟然就直接进了急诊室，等着被安排去做脑部扫描。想想看要是遇上这种情况，病人的心里该有多七上八下，好在最后检查出病情特别危重的也不占多数。

在安妮身上，体重增加、服用避孕药，还有涂抹抗生素这三项因素可能同时发生作用，造成了她颅内压过大以及视力、听力受影响的症状。此时如果不果断治疗，病人的颅内压进一步增加，就很可能导致失明。此刻我得知了真实的状况，想起刚才病人还在若无其事地和我聊着她丰富的夜生活，不禁有一种奇幻的感觉。我当即严肃起来，告诉她要抓紧治疗，并且当天就给她安排做脑部扫描。

安妮患上的是从前被称作良性颅内高压的病症，可是后来我们发现这种病症并不总是"良性"的——比如说从脑部流向心脏的静脉出现血栓，同样会造成颅内压升高。安妮的扫描结果没有显示出血栓，于是我们进一步给她做了腰椎穿刺，也就是从腰部抽取脑脊液检查。

凡是我见过的人，听到"腰椎穿刺"没有不打寒战的。这项检查要求病人侧卧呈婴儿蜷曲的姿势，后腰背对着医生，在进行局部消毒和麻醉后，医生随即向腰椎刺入一根又细又长的针管。病人感到后腰压痛的时候，代表针管已经刺入了脊髓外，正在进行取样。

做这项检查的主要目的就是对包裹脊髓的体液进行采样化验。我们称这种体液为脑脊液。顾名思义，我们人的脊髓以及大脑都是"泡"在这些液体里面的，所以我们做这项检查就有点像游泳馆的工作人员在检测泳池的水质，看看水里面有没有杂质、氯含量超标了没有。

腰椎穿刺吓人归吓人，但它能给我们提供异常宝贵的信息。在穿刺过程中，医生可以精准测量出整个脑部和脊髓之间的液压水平；在拿到样本之后，还可以通过化验脑脊髓液中的成分来排查脑膜炎、脑出血、多发性硬化以及其他诸多病症。可能你因为不同的原因、去不同的医院或者科室都需要接受腰椎穿刺检查。在急诊科，做这项检查经常是为了排查脑膜炎（也就是包裹大脑的膜性组织发生急性炎症）以及脑炎（大脑内部发炎）。

一次腰椎穿刺做下来平均需要 20 分钟，但是假如病人患有关节炎的话，由于关节间韧带硬化，导致我们得多花一点时间才能将针管刺入脊椎的间隙；遇到体脂层较厚的病人，也需要医生稍微多费一点工夫。一旦病人临场出现抵触或者其他激烈的情绪反应，我们也不会勉强，而是尽量在时间允许的情况下重新安排检查，或者改成在 X 光照射下进行穿刺。总的来说，大部分腰椎穿刺还是能顺利完成的，之所以这项检查的风评不太好，可能是因为那些术后体验不佳的病人更愿意去网上抒发不满的情绪吧。

做这项任务的时候要是医生都觉得困难，整个过程对于病人来说就甭提有多糟心了。侧卧在病床上，像待宰羔羊似的让一个看不见的人对自己做一项不明不白的手术；偶尔要是我们医生在插针时不小心碰到了神经，病人还会瞬间感到下肢一阵剧痛，觉得自己是不是马上就要半身不遂了，那样更会被吓得不轻。换成是我，肯定也不情愿躺倒做检查。只不过我很清楚，以目前的技术手段，腰椎穿刺确实是在很多诊断中绕不开的项目。

总算轮到安妮做检查了。只见她乖乖地躺下，侧过身来接受麻醉。这是我头一回见到她害怕的样子，真是打心底替她难受。刚才在诊室里她还竭力想装得无所谓一点，可是现在要动真格的了，她忽然挺不住哭了起来。护士见状，在一旁握住她的手，接着我们便在她的脊柱靠近尾端的部位选好位置将针扎了下去。

很快，澄清的脑脊液就进入了针管，叫人心中异常畅快。病人的脑脊液几乎是喷射出来的——我们接上测压管（正常情况下水柱沿着垂直摆放的测压管，顶多攀升到 15~20 厘米线），眼见着压力数升到了 20、30、40……最后直接突破了测压管的顶端，溅到了床边的帘子上。

这么高的脑脊液压我还从未见过。我们一房间的人就看着脑脊液继续流了将近一分钟时间，随后才慢慢回落下来。这时我们采集了一部分样本，好让测压管的示数降到 20 以下，然后才放心地拔出了穿刺针。幸而安妮背着身子，刚才的过程她丝毫没有察觉。手术结束后，她表示浑身舒畅多了，还说："脑子好像突然没那么迷迷糊糊，一下子全都清醒了。"

我让安妮平卧下来休息，过了一小时才来见她。她见了我就大声道："我的头不疼了，眼睛也能看清楚了！"我也感到很意外，通常患者不可能恢复得这么快。于是我猜想是不是病人因为自己没有被诊断出血栓或者脑瘤，顿时心中卸下一块大石头，这才引发了神奇的安慰剂效应。

我见她的状态确实好了很多，便坐下来和她定下了属于我们俩的"君子协议"——她得在力所能及的范围内改善自己的生活方式，我也会尽力做好我的工作。我又给她开了一些辅助降压的药，但同时也叮嘱她在近期内尽量还是控制一下体重，并且慢慢地也不要用避孕药和抗生素了，这样降压的效果会更明显。

几个月过去了，有一天安妮容光焕发地出现在了我的诊室。她的肤质明显变好了，体重也减下去 6 公斤。她那些饱受头痛困扰的日子已经成为过去，连带着视力也恢复了。我看她的样子很是自得，便问她大学生活进展如何。

她是这么回答我的："那我也不瞒你，我把夜店的会员卡借给了朋友一段时间，结果发现日子还不是照样过吗。野哥炮仗（一种调制的功能酒饮）我也不碰了。现在我星期一、星期二晚上都不出门，其余的时候嘛——我也不能总不出门吧。"她笑起来，又说："而且这回我是真的好好减肥、开始注意饮食了。"

安妮又变回那个我第一次遇见的开心果了。我真心希望，再过不多久她就能把整件事抛在脑后，这不就是我们要完成的任务吗？也就是帮助一个身体和心灵不那么健康的人重归健康。对于安妮，我最大的期望就是她能回归正常，而对于像她这样一个刚刚进城自主生活的乡下姑娘来说，夜夜笙歌再正常不过了。

15

颅内低压：
病人需要好医生，
医生更需要好病人

亚当的父亲在 20 世纪 70 年代赢得过一枚橄榄球高级杯比赛的奖牌，他在高尔夫俱乐部的朋友们中是传奇般的人物，当地的人也很尊敬他。亚当从小便发誓自己要变成和父亲一样的男子汉大丈夫。开始时他一个人夜跑，跑了一里又一里，磨坏了不知多少双鞋。后来他开始入队参加晨练了，早上跟队友一起训练，到了午休时间就自己一个人练。又过了一段时间，他觉得有必要增肌了，于是每天除了喝两次蛋白粉，逐渐地还吃上了在健身房人人都用的各种补品。

　　有一回圣诞节，父亲送了他一家健身房的会员卡作为礼物。亚当知道父亲也对他刮目相看了，眼见着他从学校的初级队打进了中级队，现在进入高级队基本上已经是板上钉钉的事。此后他更是用出十二分的力气来进行力量训练，很快也取得了自己满意的成效。

　　某天他正和教练在室内训练，那是星期四晚上，外头是湿漉漉的天气。教练在测评过他的情况后，觉得他可以加大举重练习的重量了。他试了四五次想把变重的杠铃举过头顶，尝试到最后一下的时候，突然感到脖子"咯噔"了一下——事后他说当时脑子里还感到有什么东西"噗哧"破掉了——随即瘫倒不省人事，幸而杠铃没有砸在他的身上。没多久，他从黑暗中苏醒过来，发现自己躺倒在地上，头顶上围了一圈他的队友。他努力着想爬起来，没想到立马感到一阵眩晕，只好重新坐到地上。此时他害臊得不行，嘴上一个劲地说着"没事，就是有点晕"，心里却想着肯定大事不妙了。

他想起前两周队里刚刚有一名预备参赛的球员因为在训练中失去知觉被禁赛了，所以他虽然心里发慌，却竭力不表现出虚弱的模样。他面不改色，脑筋一转，对周围的队友扯谎说自己训练前没吃东西——"恐怕就是低血糖犯了"。说完他独自到室外转了一圈，不出一会儿就感觉不晕了。

教练嘱咐他"多休息一会儿"，他也没有听。没过一小时，他又回到器械前，卸掉一点重量继续举。发现没什么问题，他索性放开胆来继续刚才的训练。他走到刚刚将他"放倒"的蹲举仪前面，仍然有些心有余悸，于是先调整了呼吸，各就各位。放松下来之后，他的内心又在跃跃欲试了，重量越加越大——眼见快要到达方才的重量了，这时那种不对劲的感觉又出现了。他一使劲，头顶就开始剧痛，慌忙之中他立即放下了手中的杠铃。重新起身的时候，他眼前一黑——再次瘫倒在了地上。

他的队友见状纷纷前来关心，问他出什么问题没有，可是他再三推辞说自己只不过一下子练太猛了，没什么事情。他急急忙忙去冲了凉，换上衣服就头也不回地离开了健身房，满心期望着朋友们别在背后把这件事传出去。他回到家已经没有不适的感觉了，转头想做作业，可是怎么也集中不了精神，于是早早地睡觉去了。第二天，他起来的时候还一切如常。他进了浴室，想冲一个澡醒觉，结果没出几分钟，他感到颅底那一块微微地开始犯疼，痛感越来越重。等到他穿好衣服，他已经头疼得几乎直不起身了。

他心想："妈呀，估计是脑子里的血管爆开了，这下比赛也打不成了。"他回到床上躺了一会儿，总算感觉头痛减轻了一点。他对自己说别一下子反应过度，冷静一下就会好。等到头痛消得差不多了，他又想起上课前队里还要集训，自己要是再不走就要迟到了。他缓缓地站起身，一切正常。可是在公交车上，他的头又开始疼了。等到他来到更衣室的时候，他的脑袋里又变成像列车开过一样，哐当哐当，同时还伴随着眩晕。他觉得这件事不得不说了。教练见到他的模样，还问他是不是前一天夜里出去喝酒了，亚当老实回答说没有——他的教练果断决定取消当天早上的集训，亲自开车把他送进了急诊室。

我们给亚当安排了脑部磁共振检查，在仪器运行到一半的时候给他的静脉注射了显色的试剂，很快一幅色彩斑斓的大脑影像就出现在了我们眼前。我们仔细观察这幅影像，没有发现任何脑部肿瘤、内出血或者炎症，却赫然看见包裹着他大脑和脊髓的脑脊膜在试剂的影响下发出了异样的光芒。

亚当的头痛是由颅内低压引起的，情况正好和前一章中安妮的相反。他在前一天训练中用力过度，直接致使他的脑脊膜上被扯出了一个小小的破洞。如果我们把大脑比作一颗橘子的果肉，那么脑脊膜就好比包裹着果肉的那一层膜。在这层膜和大脑之间还包裹着一层脑脊液，它的作用就是保护大脑和脊髓不会受到外力的侵害。我们又对他做了和安妮一样的腰椎穿刺，以便对脑膜之下、大脑之外的脑脊液进行采样分析。我们采完样拔出针头以后，在扎针处留下了一个洞眼。这个洞眼在正常人身上不用太多处理就能够自动愈合，但在有些人身上它就会像脸被刮破之后留下的顽固伤疤，不光无法自动愈合，而且还会有脑脊液继续从中漏出。如果出现后一种情况，那么病人一旦起身就会头痛剧烈发作，只能保持躺平的姿势。这种头痛的症状可能持续数天到几周不等。

现在我们发现亚当的状况是这样的：由于他的脑膜上有一个微小的破洞，里面的脑脊液就会时不时像水管滴水一样缓缓地漏出。只有在他躺平的时候，整个中枢神经系统周围的液压处在平衡状态，就像施工时用的水平仪一样，脑脊液才不会自己继续漏出来。然而他一旦起身，由于受到重力作用，脑脊液就会开始向洞外面漏。这样一直漏以后，大脑周围就开始"缺水"了，没有了缓冲的物质，头就开始疼。脑脊膜在注射试剂以后发亮，也是代表脑脊膜内的液压异常偏低，有力地证实了亚当颅内低压的状态。

面对做完腰椎穿刺后的创口无法痊愈，或者像是亚当那样脑脊膜有破洞的患者，我们的做法是取病人自己身上的一点血液，然后将其注射到破损的部位。血液能够在患处自然凝结，这样一来就能够堵住缺口，防止脑脊液进一步外漏。这被我们称作硬膜外自体血补丁，其实道理和某些管道作业没什么区别。

我旋即就叫来了麻醉师。这种操作交给麻醉师一般是最稳妥的，因为打无痛分娩针的过程和进行自体血补丁不无类似。麻醉师来到现场，用非常娴熟的手法采集了亚当的血液，然后麻利地将血液重新注射到了腰部下侧的位置，通常从这个位置注射是最管用的。整个过程虽然用时不久，但是会让病人很不舒服。亚当一脸决绝，一声不吭地接受了手术。然后我让他在旁边躺了好几个小时，其间我就近看了好几个坐着轮椅的病人。

等我回来看他的时候，亚当已经自己坐起来了，还微微笑着说："现在不疼了，我能回家了吗？"

从医生的角度来看，这次诊疗全程是相当成功的——在区区半天之内，完成了快速诊断，及时发现了未到达致命阶段的病症，最后用专业的手法解决了问题。

治疗过后不久，病人凡是像亚当和安妮那样年轻健康的，多半一回头就能把得病期间的忧惧心理抛到九霄云外，继续该吃吃、该玩玩，该拼搏便拼搏去了。

眼见着高级杯橄榄球赛又要开赛了。亚当恢复了正常——可是如果你自己的孩子经历了这样的事故，你还能安安心心地放他上场吗？我肯定不能。我这么跟亚当和他父亲说了以后，两个人都显得有些失落。

少年的父亲问我："你确定他不能比赛吗？"

我只好凭良心认真地回答说："这点我真的不好说。可是他要是上场的话，脑脊膜上的旧伤是有复发风险的。我建议他今年不要冒险，尽量静养。"

我这么一说，亚当都掉眼泪了，他父亲的面色也变得凝重起来，又问我道："但你是不是也不确定他会不会复发？"我知道他的脑子里在想什么，于是回答道："我真的觉得他不该参赛。"而且我还补充说之前的事情如果再发生一次，恐怕他就不会那么幸运了，有些病人做了几次硬膜外自体血补丁都没有彻底恢复，所以孩子能恢复成现在这样实属万幸。

　　过了几周，有一天周日下午我打开电视观看球赛直播，一眼就见到在半场线上奋力奔跑接球的亚当。只见他以迅雷不及掩耳之势接住球，迅捷地闪过对方防线，将球传给了全力进攻的队友。触地得分之后，我又眼睁睁地看着他和全队一起蹦得老高。看来我的劝说终究没能奏效，毕竟在这名少年心里，能够一战成名、赶超老爸成就的欲望实在太过强烈了吧！

　　我对于这种明知故犯、违背医嘱的做法始终百思不得其解。如果亚当在比赛过程中再次瘫倒，他和他的家人会不会追悔莫及，回头是不是又会怪我没有当面和他们讲清楚？但是哪怕我的态度再强硬，他们却听不进去，我又能有什么办法呢？这之后我一直留意亚当的队伍，直到他们打输了半决赛，我才松了一口气。虽说亚当没能当上球星，但好歹这个赛季他是平平安安地挺过去了。下一赛季又会如何呢？

16

医者不自医

我在学校里的橄榄球生涯结束于一次锁骨骨折事故。从前我对这门赛事的热情是很高的，可是你要是看见我和其他男生站在一块儿就会觉得好笑——人家都长得人高马大的，还在噌噌噌地蹿个子，只有我瘦得很，哪里能和人家对抗？那次事故里我在带球的时候被人用手绊了一道，倒下去的时候是一只手支棱着触地的，瞬间扯到了脖子。我当时疼得天昏地暗，转眼迷迷糊糊地被人抬下场送回了家。当天吃晚饭我连刀叉都使不了，这才跟我父亲说自己脖子疼。他临时拿了一条我的围巾用来做固定我右胳膊的绷带，又替我把食物切细了，让我用左手拿着调羹吃。

　　就这样在家休养了几天，我说我还是疼得不行，父亲总算同意带我去做一次 X 光检查——照出来发现我的锁骨骨折了。这几天里面，断裂的骨头自己恢复了一点，但愈合的角度不对，医生也无计可施，从此我一边的锁骨就是变形的。

　　后来我发现不少与我一样生在医生世家的朋友都有过类似的经历。以前我们还会一起拿这种事在背后调侃各自的父母，说他们平时在外面照顾病人，回到家来反倒对自己孩子的病痛视而不见。这其实并非我们的父母没有同理心，只是因为他们整天能看到各种特别危重的病例，自己孩子时不时打个喷嚏、磕磕碰碰什么的，比起那些来确实多半属于小儿科了。如今我们也沦落成和我们父母一样"冷漠"了，自己的家人要是抱恙，我们恐怕也不太容易当回事，要么跟他们讲不要随随便便就觉得自己有病，要么说自己每天都看到更严重的病例。我的兄弟姐妹中有人因为这里疼那里疼来找我，除非他们的症状持久并且剧烈到一定程度，否则我也是不太会从医生的角度帮忙的。

我父亲第一次犯心脏病的时候我刚刚结束大一的课程（当时我们称作医学预科）。那一年我是磕磕绊绊过来的，毕竟前面两年拼命用功把自己榨干了，差点没能坚持读下来。期末考我也勉勉强强，幸好通过了——要是第一次没过，秋季开学前还有一次补考机会，可是估计那时候让我再埋头苦读一个夏天，我保准得崩溃。

所以那时我当真松了一大口气。夏天来临了，我和我的一大家子开车去往康尼马拉海滨。车上还和往常一样爆满：父亲、我们五个子女（最小的才9岁，最大的都22岁了）、家里的红色蹲猎犬"路路"，还有满满一后备箱的行李（我们去的那一带是名副其实的穷乡僻壤）。出发是在星期六一大早，目的地是我们每年都要去待两周的"保留项目"——我祖父的老房子。我们全程开车一般要用六个小时（确实是龟速，可是一车子人难免要停靠在路边休息休息、吃喝拉撒，而且因为车里有狗狗，还要通通风，可能还需要清扫）。路程走到接近一半的时候，正在开车的父亲捂住胸口说疼，连忙就近把车停在了阿斯隆附近的一个旅馆停车场。

当时的我在别人的嘴里可是高才生，什么生物、化学、物理样样精通，其实我自己是个什么角色我心里清楚得很。真要抢救起人来，我半点用场也派不上，车子我也不会开。父亲冷静地控制局面，叫家里三个小的到城里逛逛（没有人陪！），只剩我和我姐姐两个在后头十万火急地劝他上当地医院。他压根不理会，最后只不过歇了一个小时，抽了根烟，然后我们就重新集体上路了。

车开到戈尔韦的时候，父亲的胸痛又复发了。我也不顾自己班门弄斧，一个劲地劝他去医院急诊科看病。这回他倒是同意去检查一下心电图。我在旁边也看不出个所以然，索性闭嘴以免问出什么低级问题。当时给父亲问诊的高级实习医生在我眼里，就好像是心脏移植术元老克里斯蒂安·巴纳德（1922—2001，南非著名外科医师）再世，因此我打心底相信他能治好父亲的病。我一心想让医生留我父亲住院，于是跟我姐姐合力做我父亲的工作，说我们自己能找到住处，照顾好弟弟妹妹。父亲迟疑了一会儿，终究没有听取我这个后生的提议。恐怕他作为资格比我老许多的医生，自然而然不大会听信从我嘴中冒出的话；另一方面，可能他也不想惊动在场的弟弟妹妹们。总之，他从医院里出来之后，又继续开车带我们来到了我祖父在大西洋畔的小屋。那附近偏僻得连电话都没有，去最近的商店和酒馆都要走上至少半个小时，而最近的医院，我们一个多小时前已经去过了——就是方才查心电图的那家。住下之后，接连三天我那生性好动的父亲都一反常态地躺在里间的床上，而我只能干着急。慢慢地，他的胸不再疼了。病发之后，他没有一句怨言，可我猜他自己心里肯定早就怕得没边了。我们其余的人整日在屋里踮着脚走路，可是这间小屋终归只有三间房，里面住着六个人和一条成天流着哈喇子追着羊跑的狗，环境多半是比不上心脏康复病房的。

没过几天，父亲又能下床转悠了，一副干劲十足的样子。他又开始隔三岔五地带我们一起去附近的湖上捕鱼。我们去湖上坐的是一艘破船，得随身带上一个小桶以便随时把脚边的泥水舀出去。我们六个人加一条狗就一起挤在那艘船上，救生衣也不带，那么多次下来没有出事故也算是奇迹。

那次我父亲看起来恢复得很快，但是许多年以后他再去检查的时候，医生发现那年夏天他身上犯的确实是可能致命的心脏停搏。现在想起来我都后怕：当时只差一点，就又会有一位图布里迪医生在戈尔韦倒下了。

那次我们度假结束回到都柏林以后，我还继续缠着父亲，叫他找人看看心脏，也不晓得最后他去了没有。我知道他在那段日子里对生活已经彻底丧失了希望，一方面有离婚的原因，另一方面他还有繁忙的工作要处理。自始至终他都没有说过一句自己不行了的话，有时候我很钦佩他这一点，可有时候我觉得他就是不愿意承认自己也会成为一个病人，实在是太顽固了。后来我只要一提到他发病的事情，他就立马摆出一副不高兴的样子，还叽咕着说自己好得很，没什么好担心的。常言道，医生看病最折腾，我父亲就是活生生的例证。回家之后，我们只当把这件事忘了，照样一起吃吃喝喝，照样时常买醉。他还像以前一样整天叼着根烟，如此平平安安过了很多年也没再犯什么毛病。不过按照我父亲的做派，估计这期间他犯病了也会瞒着我。

我在医学院度过了有惊无险的第一年后，渐渐地找到了自己的节奏，也有心思学习了。可是读到第三年，我的意志又开始动摇了。那年夏天我飞去墨尔本端了一个假期的盘子，感觉前所未有的愉快。客人的小费给得挺慷慨，我攒下来的一点钱能拿来还清我出国旅行的贷款。我是头一回尝到经济独立的甜头，因为在家的时候我要么在学习，要么去哪儿玩还得靠我父亲的"施舍"。我琢磨着自己读了三年大学，接下来还有三年呢，就算这三年我能坚持下来，毕业了又要从实习生干起，也就相当于还是在医学大厦的底层徘徊。我想自己才 21 岁，等到我的职业生涯起步，我怎么说也得有 29 岁了，在当时看来是多么遥远啊！于是我决定放弃学医，早早到外头开一家自己的餐馆，闯出一番事业来。

在灌了一通澳大利亚啤酒之后，我总算鼓起勇气打电话向父亲说出了我的想法。没想到电话那头传来的不是呵斥和勒令，父亲用平静的语气向我建议：暑假结束后回都柏林再考虑一阵子，到时再决定也不迟。他的这条建议让我感激至今。

17

重症肌无力：
我根本没有喝酒！

夜色中的巴黎，在离圣日耳曼街不远的一家高档餐馆里，乔安妮正在和丈夫尼尔庆祝结婚四十周年纪念日。一份喷香浓郁的红酒炖牛肉端上了桌，她刚吃了三口，突然呛到了喉咙。她咳嗽了一阵，想要拿起水来喝，慌乱中她感到呼吸困难起来了。她的丈夫平日里对她是很上心的，可不巧此时他正盯着穿白衬衫黑围裙的服务生，心想他们怎么忙活来忙活去就是不正眼瞧一下顾客。他这么张望着的时候，乔安妮已经变得面无血色，手中的杯子"咚"的落在地上。她试着起身，原始的冲动战胜了理智，她一心只想逃出这人声嘈杂的所在。

丈夫回过神也跟着跳了起来，完全乱了阵脚。据他后来讲，以前他无数次在电影和有关医学的影视剧里见过类似的场景，有几次还看到过电视上直接切开气管救人。他不情愿切开妻子的气管，于是学着电视剧里的豪斯医生站到妻子背后，想对她做"海姆立克急救法"。餐厅里的其他顾客见他乱救一气，纷纷赶过来帮忙，很快餐厅里就乱成了一锅粥。事后他回想道："看样子，电视上播的还是和当场救人有区别的。"

过了一会儿，餐馆里的服务生终于不紧不慢地走过来，从后面把乔安妮抱起来剧烈地上下晃了两三次，随即那块呛住她喉咙的牛肉就飞落到了地上。惊魂未定的乔安妮坐下来一阵大喘气，之后还怯生生地用一口磕磕巴巴的法语对服务生说："没事儿，是我自己咽的方法不太对。"她拿起丈夫的水杯喝了两口，又重整仪态开始用餐。那名服务生坚持要叫辆救护车来，可是她实在尴尬得不行，又把他打发走了。服务生法式十足地耸了耸肩，把甜点撂到桌上以后就不再管他们了。乔安妮对着面前剩下的菜，吃得又缓慢又仔细，东西塞进嘴之前全部都被她切成小小的一块，但她也想赶快把饭吃完了好走人。

接下来的几天，夫妇两人结伴逛遍了巴黎。每天晚上乔安妮回到住处就感到浑身乏力，她以为自己是逛累了或者酒喝多了。可是她心里已经有了些许不妙的预感。回到都柏林后的一周，她依然每晚刚过八点就一动都不想动了。虽然吃东西时没有再噎着，但她老是觉得吃饭的时候喉咙里卡着什么东西。她推测这可能只是后怕的缘故。

过了几天，乔安妮和身在悉尼的女儿艾利森通视频电话。艾利森是一名还在实习的肾脏科医生，听到关于"海姆立克急救法"以及母亲在一堆时髦的巴黎人面前出丑的故事，她忍不住笑了出来，说："妈，我看你回国以后还在夜夜笙歌呢。"

乔安妮听到这话好像被刺了一下，连忙问："你为什么这么说？"

女儿的语气里带着笑意："你今晚又喝酒了吧！"

"我认真告诉你啊，我们回家以后，我一滴酒也没沾。"

艾利森无辜地辩驳道："可我听你讲话都讲不清楚。"

"没有，我都和你说了我没有！"乔安妮愤然说道，还故意一个字一个字吐得很清楚。她突然觉得自己吐字的时候确实有点费力。

女儿只好叹了一声道："好吧，老妈，我不管你了。"接着两人就转到了其他话题上。

每回和女儿通完电话，乔安妮都感觉心口莫名堵得慌。她整天想艾利森，想得不得了。自从女儿出国后，她还经常跟老公抱怨，说从小一点点养大、尽心教育出的孩子，怎么一溜烟就跑到天涯海角去了。这次快要挂电话的时候，她想着回头自己又要难受一阵子了。没想到艾利森冷不丁地冒出了一句："妈，不管怎么样，我都会爱你的。"她的心头瞬间掠过一片阴云。以前艾利森是不太习惯对自己那么直白的，可是这回她都能看见女儿眼睛里写满的忧虑。

那天晚上，乔安妮跟丈夫聊起和女儿通话的事情。话说到一半，丈夫出其不意地插嘴问道："你喝什么酒了？要是没喝完，能不能给我也来一点？"

竟然接连有两个人说她没事喝独酒，这下她可恼了："你什么意思？我从巴黎回来之后根本就没喝酒。我这副样子像是醉醺醺的吗？"丈夫说："确实有那么一点。你说话稍微有点口齿不清，不过我估计是累了的原因吧。"

那一夜，乔安妮愣是没合眼。早上起床之后她冲到浴室镜子前面，想看看自己说话是不是有问题。她从头开始念字母表，念到"S"的时候，果然她的嘴又瓢了。她顿时感觉天昏地暗——"我说话真的像喝醉了一样！老天爷，我恐怕是中风了！"她去把丈夫叫醒，让他开车把自己送去急诊室。几个小时后，两人来到了我面前。

病人的脑 CT 结果出来了，谢天谢地，没有出现中风的迹象。可是就在做检查的时候，她口齿不清的症状却越发严重了。她孤零零地坐在硬邦邦的病床边上，一张脸没什么表情，好像得了帕金森病的病人一样。她跟我讲了一遍她的生平故事，我这才发现，原来她的女儿当过我的学生。于是我问道："可以让我和你女儿通个电话吗？据你讲她是第一个发现你问题的人，应该能提供一些线索。"

不久，电话里传出了艾利森的声音。我问她还记不记得我，她笑了："我的天，老师，我还能把您给忘了吗？当初主要就是因为您，我才没选神经学，改学了肾脏学。"

听了这话，我有点不高兴，又不便说什么，只好提醒自己以后上课的时候对学生态度好一点。我问她昨天晚上在和她妈妈通过电话以后有什么想法没有。她答道："昨晚我听她说话的时候就想起有一次我跟您去查房，有一名女患者说话就是我妈妈那样。而且那名患者得的是重症肌无力，她是我唯一一见过的这种疾病的临床病例，所以一直记得很清楚。后来她康复得特别好，说话一点都不像醉鬼了。"

听到艾利森这么毫无保留地和我谈工作，我真的很欣慰。看来去澳大利亚之后她确实有了长足的进步。她对于病情诊断的设想也和我基本一致，这是我唯一一次见到医生远隔重洋还能诊断得如此准确。

从病人吐字和吞咽困难看来，她患上的确实是我们称为重症肌无力的病症。这就要说到我们神经科学研究的诸多自身免疫病了，重症肌无力就是其中一种慢性自身免疫性神经肌肉疾病。它会导致全身骨骼肌无力，表现为呼吸、吞咽、眼部活动困难及手脚无力。

关于这种病症，我是这么跟患者解释的：你的神经就像从大脑伸出去的电缆，大脑向身体组织发出信号的时候，电缆里面就会通过电流。信号传到电缆终端之后跟机体还隔着一小段空隙（即神经肌肉接头），这就相当于邮差从邮局取了信，这封信就是告诉你这个身体部位怎么动的信号，但是邮差只能把信送到你门前的邮箱里。在正常情况下，邮箱上有一条缝能让邮差把信投进去，可是得了重症肌无力以后，邮箱上的这条缝就被堵死了，信投不进邮箱，也就是说你的机体接收不到大脑的信号了。

我们神经终端的这个邮箱是怎么被封死的？这就要怪我们自身的免疫系统。通常我们一旦感冒发烧，身体就会发生免疫反应。也就是说，我们的免疫系统会召集一批"好人"——抗体，来攻打入侵的"坏蛋"——病原。大部分时候，我们这一方的"好人"做的是"好事"，可有时候这些"好人"杀"坏蛋"杀得眼红了，就开始打自己人。这时候抗体就成了我们自家屋檐下的"内鬼"。免疫系统不受控制地攻击自身机体，这就是我们所说的自身免疫疾病。

要想控制自身免疫反应，首先我们要向患者身体里注射实验室合成的抗体来中和掉自身那部分不受控制的抗体。这种合成抗体我们把它叫作免疫球蛋白，具体的措施就是给患者打几天吊瓶。还有一种办法是用类固醇类药物来打击患者体内"变坏"的那一批抗体。

现在情况已经明了，我回到夫妻二人面前，跟他们说了我和艾利森通话的情形。两人听了我的叙述，对女儿啧啧称赞，简直要把她捧到天上去了。两人还开玩笑说女儿知道了情况不早点说，这下非得请律师告她不可。（我知道他们是开玩笑，可是心里还是一哆嗦——各位千万不要没事在医生面前开请律师的玩笑啊！）我当着两人的面又做了一番检查和治疗流程的说明，随即安排病人住院，开始为期五天的免疫球蛋白治疗。

治疗的情况很乐观。过了几天，乔安妮再次和女儿进行视频通话的时候，我也在一旁加了进来。艾利森见我来，诚心诚意又不卑不亢地向我道了歉："老师，前几天我跟您说了那些关于神经学的话，恐怕是对您不太尊敬。可能当时通电话的时候我心情也不太好。"

我让她不用在意，又补充道："你在澳大利亚怕要待腻了吧？可以回家来看看有没有适合你的岗位。"她的妈妈在一边喜不自胜。听到电话那头传来艾利森缓慢的回答："其实我自己也在想……可能不出意外的话……"我看了乔安妮一眼，发现她的眼角已经湿润了。

18

肌无力：
不幸中的万幸

来到我面前的男士名叫凯文。他如此向我描述他的症状："我爱人觉得我长得越来越像《猫和老鼠》里面的老癫皮狗了，就是我们家孩子小时候到了星期六经常看的卡通。那只狗你记得吧？就是那只哭丧着脸、眼皮垂下去、声音也老是无精打采的，像是抑郁了一样的老狗。"说话间，凯文和他的爱人双双忍不住笑了起来。

他的爱人补充说："还真是这样。原来我们俩是觉得他怎么两边脸皮垂得那么厉害，都有点像希区柯克了。后来想到那只狗了，回头一查，哦，原来它叫'德鲁比'，脸上总是看起来死气沉沉的，像要睡着了似的。我们家凯文变成这样大概有半年了。"

凯文的实际年龄不过 46 岁。他讲话特别急促，叫人听了有些云里雾里。他说起话来就像嘴里含着棉花球，整个人给人的印象就像《教父》里面的马龙·白兰度一样。[1] 他右边的眼睑比左边稍稍低了那么一截，不过要仔细观察才能发现。他清楚我在观察他脸上的异样，于是跟我说："你别以为这样子算差的了。现在天还早，等到晚上的时候，你看到我就会觉得我几天没睡觉。我自己

---

[1]　白兰度为了符合《教父》中自己所饰演的角色形象，曾经口含棉花。——译者注

不感觉累，上班也能照常上。可是每天晚上一过七点钟，我的眼睛就基本上睁不开了。具体的情况每天也不太一样，但一般刚起床的时候会好不少。还有就是我在工作时不管说什么话，一遍都说不清楚，统统得说第二遍——这是最近才有的状况。后来有天晚上我出去吃饭，吃的是土豆牛肉，我不知道怎么搞的就呛到了，然后我就觉得，这件事恐怕拖不得了。"

除了面容有些沧桑之外，凯文的外表并未呈现出过多的病态。可是他讲话的声音确实是含混不清的，不知道的人还以为他大清早起来就喝上酒了呢。这一点他还没等我发问就赶忙向我解释了，可见之前就有人拿他说话的声音做过文章。

我攥起一支铅笔竖在他面前，告诉他让目光跟着铅笔头移动，但整个头部保持静止。过了半天，他的两眼都没有动静，我以为他没有听明白我的意思，就又重复说了好几遍。结果他答道："我明明在盯着它啊。"他的语气颇为懊恼，两只眼睛却依然纹丝不动。我又将铅笔举高，靠近天花板，再让他将两眼上翻"朝天上望"。他挣扎了一分多钟，先是右眼皮不自主地垂了下来，紧跟着左眼皮也力竭下垂。又过了不到一分钟，他的两只眼睛已经眯成了两道缝。

接着我检查了他的四肢，结果没有什么异常。反射全部正常，力量没有问题。我又递给他一杯水，让他喝一口水，在嘴里含一会儿再缓缓咽下，这样我好观察他吞咽的过程。过一会儿我告诉他可以咽下去了，可是他却一阵剧咳，瞬时满口的水都喷了出来。他呛红了眼睛，抬起头连忙口齿不清地说："'坠'不起。"凯文的妻子见状没忍住笑，可笑完了脸上又浮现出忧虑的神情。此时我对夫妻二人说，病因是什么我已经基本清楚了，再接下来我会安排几项测试确认一下。

在做测试之前，我先去医院餐厅要了一块冰，让他再往上翻一下眼睛看看。这次我一看到他的眼皮开始往下垂，就立马把冰块放他的右眼皮上，叫他自己按住。他一声不吭地接受了"刑罚"，过了一分钟，我让他把冰块取下来，此时他的眼皮基本上重新睁开了。他连声赞叹道："这居然管用！不过我以后是不是要一直用冰敷着眼睛才看得见？"

有时看到病人像凯文这样，长期经受病痛带来的不便乃至恐惧仍能保持着幽默感，我也会受到触动。我心里一边这样想着，一边先帮他安排了抽血检查、脑部扫描检查，还有几项电极测试。然后我告诉他，他身上的问题完全能治好。他听了大松一口气："你是说我得的不是运动神经元疾病，或者多发性硬化？"

我回答道："不是，我认为你得的这个病比较罕见。你眼睛的神经没有问题，眼部周围的肌肉组织也没有问题。你的问题出在眼部肌肉和神经的连接上，就是我们叫作神经肌肉接头的位置。"

我见他疑惑地看着我，便把前文中"邮递员"的比喻翻出来跟他解释了一番。从凯文眼睑下垂、口齿不清和吞咽困难的症状看来，我认定他得的就是重症肌无力。有一位家喻户晓的人物得的也是这种病——杰奎琳·肯尼迪的第二任丈夫、"希腊船王"亚里士多德·奥纳西斯。我们看他在世时的一些照片，就会发现他的眼睑也有类似的下垂。后世医学界认为"船王"是死于这种病引发的呼吸困难以及其他一系列并发症。凯文听我这么一讲，意味深长地打趣道："把他的钱给我，我肯定愿意；至于他身上的病，还是算了吧。"

我刚才说的电极测试在学术上称作肌电图，具体说来就是向患部的肌肉组织植入细金属针，然后观察那部分组织神经中的电信号强度。刚才我在给凯文的眼表实施刺激以后，他的眼部神经又恢复了正常，但是没过多久流经那部分的电信号又变弱了。这一发现可以说证实了我的推断。

如果光看凯文身上出现的口齿不清和吞咽障碍，那么他很有可能得上的是运动神经元病。如今确诊了肌无力，他可甭提多高兴了——之前他老怕自己要变得像"霍金老爷子"一样。在爱尔兰境内，首先向大众普及运动神经元病的，是知名体育评论员柯木·穆雷（Colm Murray），几年前他自己不幸得上了这种病，便利用自己的公众人物身份在电视上广泛宣传相关的医学知识，同时还为各项医疗研究组织募捐。他在患病之后多次出镜接受采访，让大部分爱尔兰人第一次直观地接触到了运动神经元病，可以说影响深远。此后和凯文一般年纪的男病人，只要来到神经内科，基本上没有不提到他的大名的。同时这些患者之间还广泛流传着这种病的一个可怕别称："超级多发性硬化"。

从这些患者身上我也能发现，不少人在目睹别人受罪的时候不过就是凑个热闹，而根本没有细心听人家的陈述。在很多人的印象里，柯木·穆雷是得了某种非常吓人的神经疾病，却从未深究过运动神经元病和多发性硬化之间的区别（所谓的"超级多发性硬化"因此诞生了），甚至压根就认为两者是同一种疾病。

幸好凯文得上的是重症肌无力，而且仍然处在轻症阶段，不算太难医治。我给他开了五天的免疫球蛋白，此外还有小剂量的类固醇和为眼部神经除阻（给邮递员开路）的药物。他用药的效果非常好——为了不让人家说自己大清早喝酒，每天乖乖吃药打针也值了。很快，"德鲁比"这个外号也就没有人再叫了。

被确诊为肌无力的患者在发病初期有可能呈现出完全不同的症状。而且从治疗手段来看，有些患者只需要服几片药、打打点滴就能解决，而有些患者则需要用上免疫抑制剂，在其免疫系统得到抑制后，他们还会有感染甚至患癌的风险。

病人在怀疑自己得上肌无力之后，不出意外都会首先上网查资料。上一章中的乔安妮由于家里有专业人士的指点，所幸免了这一番折腾，要不然她可能就会被网上连篇累牍的信息吓到。我确实也见过严重一些的病例，需要连续用上几周的呼吸机；还有的患者四肢无力，无法动弹，乃至于抬头都很困难。所以这种病绝对不属于"小儿科"的范畴，一旦严重了会有什么后果，我也很清楚。

每个病人在得知确诊结果之后做出的反应也是天差地别的。先前的乔安妮一听到别人说她酗酒，情绪立马变得特别激动；而在她前后不久确诊的另外一位患者却几乎没有把这件事放在心上（当时这名患者的住处还没有装宽带，恐怕这也是原因之一）。这名患者叫弗兰克。他发病的时候正开着车回梅奥，那天早上他刚刚去都柏林的克罗克体育场看了一场球赛——"那天踢了好久，喏，结果我们队还是输了球。我想着，等明年吧……"

他早上天蒙蒙亮就起了床，开了三个小时的车去赛场。那天他没有喝酒，可是眼见着他深爱的梅奥球队即将输球（和往年相比不算意外），他还是情绪激愤地咆哮了大半场。和朋友回到车上时，他已经接受了比赛结果，整个人却也累得疲软了。当时是晚上六点。

"我们光出都柏林就开了快一个小时——这鬼地方你们怎么待得住？反正出城之后我们就抓紧赶路。快要开到金尼加德的时候，我看着路上的标识好像模模糊糊的。我就眨眨眼睛，没说什么。慢慢地我看一条线变成两条了，我觉得我这怕是要撑不住了，但还在继续开。我再看看，前面的车子一晃变成了原来的两倍多，我连开到哪儿都看不清楚了。"

我惊呼道："哎呀，太危险了。你都那样了，有没有跟车上的人说一声，然后靠路边停车？"

"唉，医生，我们这不是还得赶回家看电视上的精彩回放吗？我就干脆闭上一只眼，看什么都好了。之后我就靠一只眼睛盯着路，稍微开慢了一点，什么事也没有。后来又过了几天，我觉得我是兴奋过头，把自己整太累了。然后我又数了数我农场里的牛，好像一下变成了原来的两倍多。我想我这要不是发了横财就是害了什么急病，总之还是得去找格里（他本人的全科医生）看看。"

格里医生给我发来了诊断书，上面明确认定弗兰克得了第六颅神经麻痹。之前我提到过大脑两侧各有十二条神经，这些神经分管人的视觉、听觉、嗅觉、进食等各种知觉和行为。其中第一对颅神经掌控人的嗅觉，第二对掌管的是视觉，第五对控制咀嚼动作和面部知觉，第三、第四和第六对控制眼部运动。患者右侧的第六颅神经似乎受到了影响。他朝左边看东西没有问题，而朝右看的时候控制相关动作的神经就不管用了，这就导致落在他视网膜上的图像不是单一的，而是双重的。这时候他闭上右眼，就相当于"去掉"了受到影响的那一部分知觉，于是看东西又会像平常一样。

我在诊室见到弗兰克是几周之后的事了。当时他看东西还是会有重影。我给他做了脑部磁共振检查和血样检测，结果没有发现任何问题。他自己倒依旧满不在乎。而格里医生得知消息之后则大感欣慰，因为这表明他的推测没有出错，他的病人并没有患上中风或者脑肿瘤。

最后为我们的诊断一锤定音的，是患者跟我提到他看东西重影的现象会随时间变化——"我每天早上起来都好得很，就是到了晚上才会犯毛病。我还以为自己得老花眼了呢，但去眼镜店问了，那边的小姐说我的视力是1.0，不需要配眼镜。"长时间或连夜开车会造成视力疲劳，一般人在这时都会试图通过眨眼来放松双眼，以免在开车中途睡着。但是在肌无力患者身上，看东西模糊甚至重影的现象虽然可以通过休息双眼得到缓解，但只要眼睛稍有疲倦就会再度复发，最终只有通过直接对症治疗才能彻底恢复。弗兰克的问题出在他的神经末梢上，伴随着他一天下来的眼疲劳，从他脑子里传导到眼球周围的电信号（我跟他说的是"你就把它们想成一句话里面的一个个字母"）越来越稀少，最后他的眼部肌肉就会彻底不听使唤。我只给他用了少量的药物治疗，好在他恢复得很迅速，从此便一直过得"好着呢"。

19

吉兰—巴雷综合征：
身病易治，心病难医

苏珊来到我面前坐定，讲述起她的苦衷："刚开始的时候我正躺在马尔贝拉的沙滩上，那次我们一家人都去了海边，去了一周，我就开始拉肚子。当时拉得昏天黑地的，我以为自己食物中毒了。"她看在家人的分上，依然强撑着每天晚上参加他们的活动。可是渐渐地她的腰部也开始不舒服了。苏珊现年43岁，酷爱健身，到了那次假期的第三天早上她却没力气起来跑步了。她想待在屋里翻翻故事书，奈何腹泻来势汹汹，整得她也失去了兴致，只好养足一点精神等着跟丈夫和两个孩子一起去散步。两个孩子里面大的那个今年刚满15岁，整天对手机沉迷得不行，她巴不得时刻盯着他，好叫他做点别的事情。

　　到了海边，她就躺倒在沙滩椅上养神，不知怎的突然感到左脚有些麻。她换了一个姿势躺着，心想肯定是因为整天拉肚子加上和儿子斗智斗勇，这下累出毛病来了。换了姿势以后消停了才没一会儿，没想到下午她的脚又麻了。一开始她没怎么多想，可这回右脚也跟着麻了起来，她才有些发慌。

　　"那种感觉就像是有东西在皮肤底下爬似的。我脑子里那时想的全是非洲的那种寄生虫，就是钻到人身体里面，会在人眼睛里产卵那种。"

苏珊没有把自己幻想的场景告诉别人，只是自己找了个僻静的地方散了一会儿步，结果她的腰又痛得越来越厉害了。不得已她又回到刚才的沙滩椅边上，本来想要直接躺下，一不留神却绊倒在了椅子上，把丈夫的酒水撞洒了一地。

　　她回忆当时的情景道："那一刻我知道自己一定出问题了。一边是我的皮肤下面还有什么东西在爬，一边是我的两条腿明显变无力了。"

　　她的丈夫把她从地上扶起来，搀着她的胳膊，两个人磕磕绊绊地才回到了旅馆。"其他人看到了，肯定以为我们两个都喝醉了呢。"

　　苏珊回到房间躺下，随即抄起从儿子那里没收来的手机开始查自己的症状。她见到网上说腰椎间盘错位有可能导致她腿上的症状，这才暂时松了一口气。她说："我自己之前有坐骨神经痛。但是网上说休息一下就没事了，所以我就照做了。"

　　一整晚她都恍恍惚惚的，也不知道睡着了没有。早上她伸手想要摁亮床头灯，竟然发现自己的手也没有力气了，不禁惊叫一声。她儿子在隔壁房间听见了，连忙赶了过来。她吩咐孩子再帮她上网查一下资料，同时她的丈夫也叫了救护车。儿子查到她可能是运动神经元病或者多发性硬化，可顾虑母亲的感受，没有和她说。儿子又翻了几个页面，说她应该得的是一种叫肌无力的罕见病。

　　一家人去了医院，当地的医生告诉她发病的原因基本可以肯定是食物中毒，进而导致她的免疫系统过于亢奋，以至于影响到了神经。医生还给她做了腰部扫描检查，没有发现腰椎间盘突出，脑部扫描也没能检查出多发性硬化的迹象。

听医生这么一说，她顿时惊出一身冷汗："妈呀，人家要是不说，我都不会往那方面想。"

她当即将回程的机票改签到了当天晚上。当地医生叫她现阶段尽量不要出行，可她铁了心要回爱尔兰的家里。上飞机的时候，一家人租了一架轮椅把她送进机舱，此时她感到加倍无助和恐惧，于是决定回到都柏林就去找医生。第二天一早，她来到了我的诊室。

一上来她就问我："是不是肌无力？能不能治好？"

她没法自己一个人站起来。我让她抓住我的手，可是她连将拳头握紧的力气都没有。她的眼部运动仍然正常，说话倒也没有问题。我用叩诊锤敲击她的膝盖，她不等我发话就反应了过来，说自己的膝盖也"跳不起来"了，随即就哭着说道："看样子情况很糟糕。"

我又轻轻挠她的脚心，这下她又高兴了："我感觉到了——这应该是好事吧？是不是？"

这下我把病人的运动神经检查完了，按照流程，下一步就是检查反过来从四肢通向大脑的感觉神经。我将一把振动中的音叉放在她胸口上，问她能不能感觉到振动。她一副被冒犯了的样子，回我道："当然，怎么会感觉不到。"可是当我把音叉依次移到她的大脚趾、脚踝和膝盖附近的时候，她的脸色瞬间变白了。她哭着问我道："为什么我都感觉不到？它到底有没有在振动？"又问："像我这样是不是得一直坐轮椅了，医生？"

苏珊得的病我们通常叫作吉兰-巴雷综合征，真正专业上的叫法是急性炎性脱髓鞘性多发性神经病，为了方便，我们一般用前者。病症的起因是一种名为空肠弯曲杆菌的细菌，它跟沙门菌一样，经常能够导致食物中毒。这也就是为什么苏珊一开始会出现腹泻的症状。她体内的免疫系统在发现细菌感染以后立即组织反抗，可不料动员得过火了，波及了她的外周神经，也就是从大脑和脊髓附近通向身体各处的神经。慢慢地，这一部分神经外的髓鞘受到了损伤，髓鞘能够保证从大脑发出的神经信号畅通无阻地传递。如今负责知觉的外周神经受到自身免疫反应攻击，整个髓鞘变得千疮百孔，于是造成了她四肢发麻的症状。随着自身免疫反应愈演愈烈，病人的运动神经也开始不那么好使了，接着就出现了四肢无力以及深层反射丧失。病人感到的皮下异样活动以及肌无力的情况此时正在逐步从肢体向躯干发展，如果不立刻进行干预，病情一旦扩散到她的喉部就会造成呼吸和吞咽困难，以至于直接危及生命。

吉兰-巴雷综合征大体和肌无力有那么一点像，都是人体为了应对感染，无节制地动用自身免疫机制引发的。这两者的不同之处在于神经受影响的部位：肌无力损害的是神经末梢与肌肉的连接处，而吉兰-巴雷综合征却直接影响到了神经本身。现在我们重新搬出之前那个邮递员的比方来说，肌无力就相当于邮递员在将信件投进邮箱的时候受到了阻碍，而吉兰-巴雷综合征则是把前院通往邮箱的那条路整得没法走了，结果邮递员过来送信，发现门都没有。

回到苏珊的案例上，我们当即给她做了腰椎穿刺，随即在她的脑脊液里发现了过量的蛋白质成分。这一点通常表明大脑和脊髓四周的体液内出现了感染或者炎症。我们进一步通过血管造影（事先注射了用于分辨不同组织的显色试剂）确证了神经根发炎的事实，据此解释了她的腰部为何会剧痛难忍。

我们二话不说给她用上了免疫球蛋白的点滴。我们又给她安排了针对神经的电极测试，结果出来以后可以说彻底印证了之前的诊断。此后没过多少天，苏珊就开始康复训练了。在来看病之前，苏珊忍不住上网查了资料，好在她自己越往后看越害怕，便没再钻这个牛角尖。得了这个病之后，确实有的患者会恢复得快一些，而有的患者可能要瘫痪在床好几个月方能重新下地。

有一次我去探望一名患上吉兰-巴雷综合征的年轻人。这已经是二十五年前的事了，可是我现在仍然记得当时他眼巴巴地盯着在他左手上爬着的一只苍蝇，却动弹不得。眼见着苍蝇在他的小臂上溜达，一下又窜上他的脸庞，他也只能怔怔地望着。我轻轻地挥走那只苍蝇，他眨眨眼睛，样子像是在感谢我。原来他还是有知觉的——什么他都感觉得到，包括那只叮住他不放的苍蝇，可是他连一根手指都抬不了。当时这名患者身上的病情发展得极为迅速，主要表现在四肢以及面部肌肉无力，而且必须借助呼吸机才能活命。我感觉得到他极度苦恼，但是作为常人，真的很难体会落到他这般境地是如何无助。在二十五年前，针对吉兰-巴雷综合征的免疫球蛋白疗法还不算成熟，一旦摊上这种病，患者的确只能自求多福，但愿自身免疫反应慢慢消下去以后神经损伤能够自愈。当时得病的这名年轻人在重症病房待了几个月，出院后又进了一家康复中心。他最后虽然是扛过了最凶险的阶段，但此后很多年都没法靠自己直立，而且也丢掉了机修店的工作。他接连几年来我这边复诊，后来就没有了音信。

苏珊在打了免疫球蛋白的点滴以后恢复很快，一周以后就可以拄着助行架下地了。她脸上挂着苦笑对我说："我还以为我没到80岁就不用拄拐呢。"恢复了几周之后，她再来见我就只用拄着单拐了。我以前见过类似的病例，情况比她差的大有人在，也有人就此一命呜呼的，所以看到她这副模样，我实在感到万幸。她的丈夫也这么说：爱人几周前四肢都没法动弹，能够手脚齐全地活下来真的是奇迹。

苏珊本人却一直对这件事耿耿于怀。住院的经历不管给她的身体还是心灵都留下了深重的阴影。快到出院的时候，她整个人都比之前显老了。虽说她是稳步回归了健康人的生活，每每回想起什么都得靠别人照顾的日子，她的内心还是会不好受。之前她觉得生活里理所应当的事，经过这一番劫难都变得不那么确定了。她自己都说她在亲戚朋友面前都感觉矮了一截，就算一个人对着镜子，她都抬不起头来。如今她没事就整日闷在家里——可以说一场病情彻底摧毁了她的自信和热情。家附近的商店她也不愿意去，不是身上没有力气，而是她内心深处的恐惧感在作祟，让她觉得自己虚弱成这样实在没法在街坊邻里中抛头露面。

如此煎熬了几个月，苏珊才勉强找回了一点往日的自我。但是好几年过去了，苏珊的心理创伤可以说仍然没有彻底愈合。后来有次复查的时候我跟她说，目前她基本上已经恢复了，不用隔三岔五地再来面诊。说这话的时候，我满心以为她会喜出望外——以前我老是对患者讲，现在你要和我告别了，这是好事——可是她却伤心了起来。

"万一病又复发了呢？"她这么问我。

"那种可能性不是很大。如果有的话，我还在这儿嘛。"

"那你能不能还是每年帮我看一看，哪怕看一眼也好，就当让我安心一点？"

她的要求我自然也应允了。所以之后连续很多年，我依旧会安排给她复诊。每回她来的时候，我们谈天谈地谈生命，就是不谈她的病。熬了这么些年，总算把她那次得病的经历熬成了陈年旧账。

我在送走复诊的病人时经常会遇上这种状况，就是对方再三乞求我不要放他们走，仿佛走了之后他们就是一叶孤舟飘荡在苍茫天地间了。这些病人信奉"以防万一"，口口声声"别出差错"。尽管到我这里复诊不过是提醒他们忆起曾经患病的经历，他们还是会揪着我不放。这些病人是真的担心病魔会卷土重来，所以我这个医生就成了他们的拐杖，过去管用，就现在还留着，以备未来不时之需。对于这样的病人，我见到了也会替他们神伤——明明我已经不当他们是病人了，他们却还硬要给自己贴着这个标签，想要过正常人的日子也过不得。

很多我参与过救治的患者是多年以后才重新出现的。有些人蹦着跳着，过来就同我分享他们重见天日的喜悦——这样的情况我们在神经科总是喜闻乐见。不过很多得过诸如吉兰-巴雷综合征这样的神经疾病的患者都还是落下了一定程度的躯体残疾的。偶尔我逛超市，也会碰见一个这样的患者，见我推着车前来打招呼，连忙一瘸一拐地避让到一边，只当不认识我这个医生。我心里虽然感觉挺不是滋味的，但也能体谅他们的难处。我的病人能够成功战胜病魔，也是我的成功；而当他们在病魔面前败下阵来，身心俱伤的时候，那同样也是我的失败。

20

打嗝：
并非那么简单

打嗝是个什么感受，我想人人都晓得。它可能表明一个人在进食的时候吞咽不当，但还有一种可能，就是这个人的脑部正在酝酿着一场巨大的灾难。普通人要是开始打嗝了，顶多咽几口水、憋一口气，等它自己消下去；而一个神经科专家要是打嗝了，免不了就要担心自己的脑干是不是出了问题。在外人看来，恐怕我们医生就是这样一群怪人。

打嗝从生理层面上解释，就是人的横膈膜部位产生的痉挛收缩，进而触发声带不自主地快速闭合。医学上对打嗝有不同称呼，比如呃逆，本质上指的都是同一种生理现象。至于打嗝的具体起因为何，在物种演化过程中起到的是什么作用，这些我们目前仍不清楚。比较常见的情况是，人刚刚吃下了某些辛辣的食物，或者喝了酒精饮品，甚至只是热水，接着就会短暂地打一阵嗝。但是究其根本，只要横膈膜（也就是控制呼吸的肌肉组织）上的神经受到了刺激，不管刺激源是什么，一概有可能造成打嗝。

我们都知道，一般打嗝全程不会超过几分钟，能够连续几小时一直打嗝已属罕见。不出意外，一个人打着打着，自己就停下来了。此外还可以采取一些化解打嗝症状的措施，比如向袋子里吹气，或者喝凉水，都能起到立竿见影的效果。打嗝持续长达两天以上的，我们称为顽固性呃逆；持续一个月更多的，我们称作慢性呃逆。

大部分这样长期持续打嗝的病人前来问医，检查下来都没有什么大碍。可是有些病例止不住地打嗝，是和肺炎、肾衰竭或者胃肠道功能紊乱存在一定关联的。脑干底部有一个叫作延髓的区域如果受到神经损伤，同样也能导致打嗝，损伤的原因包括中风、脑部肿瘤以及感染。之前有些病人什么事也没有，就是因为连续打嗝好几天来找我，结果查出来是颈部动脉破裂导致的轻微中风。

有一回急诊科找我去给一名吞咽困难的病人会诊。病人是一名38岁的苏格兰汉子，名叫约瑟夫。当天早些时候，他在游泳池里来回游自由泳，上岸之后发觉脖子有些难受。一开始他没有怎么重视，因为他以前当过职业划艇选手，脖子上有旧伤。但是一个多小时以后他回家吃晚饭，食物竟然一直哽在喉咙里，饭菜切得再细他都咽不下去。接着他就开始打嗝，而且一打就停不下来了。

当时我走进乱哄哄的急诊室，一下就听见约瑟夫躺在担架床上发出的打嗝声。在场的夫妻两人愁眉不展，显得疲惫不堪。见了面，我向他们解释说我是神经科的医生，过来帮他看看有没有神经上的病变。

病人此时说话异常含混不清，我很难听懂他在讲些什么，于是我索性直接开始检查。从颈部疼痛、症状出现突然、口齿不清这三点可以判断，他不停打嗝的原因应该是椎动脉破裂，就是说他的颈部可能有小血管破裂了。也许他的颈部血管原本就因为旧伤的缘故比较脆弱，再加上当天他在泳池中用力过猛，血管在牵拉撕扯中进一步损伤以至破裂。血液随即漫溢波及脑干底部控制吞咽以及部分语言功能的区域，相当于造成了轻度中风。病人不停打嗝也因此而来。吞咽困难、言语不清、不停打嗝，目前看来这几个症状对病人造成了极大的影响。于是我们当即安排脑部磁共振检查，确认了血管破裂的位置。经过两天的治疗之后，打嗝的症状总算消失了。其间我们又给约瑟夫用上了抗凝剂，以防进一步损伤。不出一周，约瑟夫的进食、交谈已经恢复如常。

约瑟夫身上的病情算是清楚明了的了，有些打嗝的情况是当真让人摸不着头脑。我在墨尔本行医的时候见过一名病人叫伊恩，他过来只是为了做常规检查，等了好久一直没有排上号。最后好不容易约上号了——那天是星期四下午，外头阳光甚好，候诊室里人满为患。他的妻子陪在他身旁，两个人结伴进了我的诊室，面容异常平和安详。

我问病人他为什么来找我，他却反问道："你听没听见？"

"听见什么？"我问。

原来他自打十几岁的时候就开始打嗝，到如今 45 岁了还没有停过。

我吃了一惊，又问他："那算下来这样该有三十多年了？"

他回答说，确实有这么久了。假如此话不虚，想必他成年以后所做的事情——结婚、工作、生孩子——都是伴随着打嗝声完成的。我想我问也是多余的，而且也不太礼貌，但还是忍不住刨根问底道："结婚的那天你也在打嗝吗？"两个人面对我的刁钻问题，一点也没有为难的意思。伊恩的妻子云淡风轻地回答我道：

"到后来我们也就习惯了。而且你说，两个人相爱到要在一起，不就是要连好的坏的、光鲜的不光鲜的一并都爱吗？"

伊恩说不上来自己具体是什么时候患上"打嗝病"的了，只是依稀记得是十四五岁的时候，自己有天早上起来打嗝，之后就再没停过。多年来他找了数不清的医生，肺部和胃肠检查做了不知多少回，但就是没能找出病根在哪里。他又怀疑这是不是童年留下的焦虑症，还专门为此去找过精神科医生，结果也没查出个所以然来——谁叫他小时候就是那样幸福美满地过来的呢？如今其他的办法统统用过了，他只好到神经科来碰碰运气。一般来说，神经上的问题是不会引发打嗝的。在他之前我一例也没有见过，又过了这么多年也才见到一两例。

我给他的脑部做了磁共振检查，这才发现他的脑干下部有一道细微的伤疤。伤口看上去已经有些年头了，很有可能就是病人在十几岁时一次颈部血管破裂或剥离引发中风的痕迹。伤口附近的疤痕已经深深地嵌进了四周的组织，如果通过手术切除，损害到脑组织的风险太大，所以我们决定采用药物保守治疗。用药之后不久，伊恩意料之中地出现了反应迟钝、成日"半死不活"等症状，于是他自行停止了药物治疗，我也对他的选择表示理解。很快他又开始整日打嗝了。

事已至此，我也没什么能帮到他了。以前碰到这样的病例，我会认为自己是给轻视神经学的那批人送去了把柄，进一步证实了神经科医生除了做诊断和道歉以外，一无是处——到头来肯定是十分沮丧的。而如今我换一个角度想，像是伊恩这样的患者，就算我只能帮他做出一个诊断，至少也能给他和他的家人一个交代。他们知道了自己的病是怎么一回事，就不必再担心自己是不是得了脑瘤这样更棘手的病。况且病人自己也说，这么多年下来他已经习惯了身上的症状，只要不会致命，他没觉得有多么不方便。他还风趣地添了一句，说："看来不是我脑子不对劲——我这是独一无二。"我不敢说世上没有第二个和他一样的人，但他的确也离"独一无二"不远了。我们俩许久没见了——我猜此时他还在放心大胆地打着嗝吧！

21

医生的一生：
回忆父亲的过往

年轻的时候我与父亲同住，而对他的事情却基本上不怎么上心。后来我才开始揣摩我父亲的心思，想他在周末早晨独自一人值班回来，开着车猛抽烟是什么感受。爱尔兰这个地方不算大，很难想象父亲在工作之余就能一个人清闲，不与患者或者患者家属打交道。然而这方面的事他几乎从不细说，应该是顾及他那些身上沾了各种瘾的患者，很多细节不便透露。待在20世纪七八十年代的爱尔兰，他倒是从来不用为生计发愁——诊所里总是源源不断地有从四面八方来的人要戒酒，或是为了自己，或是为了家人。回到家，他只会跟我讲个大概，比如：夫妻中有一个人酗酒又拒不接受治疗，最后导致婚姻破裂的啦；家长整天酒不离手，拖着孩子活受罪的啦；还有家里其中一个孩子年纪轻轻染上毒瘾，连累全家受苦的啦；诸如此类，不一而足。

　　真的不是每位患者都能被救出苦海。我记得自己在不到20岁的时候，刚好过了可以合法饮酒的年龄线，父亲准备带我到附近的馆子里名正言顺地喝上几杯。每到一家酒馆，他都先我一步进门，四下环顾一番，再出门来悄悄对我说："这家不行。"只要他还在"筛查"，我就必须站在街上等着。通常他都要这样先淘汰掉一两家，才找到一家"保险"一些的。我奇怪他为什么会这样挑三拣四，他解释说他有一些患者自己酒没戒掉，会一股脑把责任推到医生的头上。要是碰见这样的患者，尤其是人家买醉买得正欢呢，你冒冒失失闯进来了，估计人家会不乐意。如果真有哪位以前的患者见到他翻脸了，他也不情愿我当场目睹。我心里想着，那样也太惨了吧。明明父亲对每位患者都尽心尽力了，那些人觉得自己没被治好，怎么也不能在光天化日之下蛮横无理啊。慢慢地我理解到这些人情世故原本就是作为医生必须面对的问题，尤其是一直待在一个小地方行医，更要注重这些人际关系中的细节。过了很多年，我问父亲遇到这样不讲理的患者会不会心里憋得慌，他却总也不承认。

有一天夜里，我和父亲正在一家酒馆里对酌，突然门口传来哐当一声，闯进来一个男子，我们定睛一看，他竟然是某位当时在都柏林混得有头有脸的人物。他看到我父亲，便微微点头致意，随即疾风似的绕场一圈，碰到角落处就凑近了瞅一眼。把整个场子翻遍以后，他又和来时一样，一阵风似的出去了。我感到莫名其妙，转头问父亲："他是来干什么的？"

父亲叹道："这人也很可怜，估计他是在找他的老婆呢。"他啜了一口啤酒又道："他现在出去了，可能又要把四五家酒吧翻个底朝天，直到找到人为止。"此时他顿了一顿，像是在考虑要不要说下去："明天晚上他还得来，后天他还得来……"我于是住口，没有再往下问。

父亲年纪渐长，慢慢地更加不爱出去和人交际了，只是时不时在家里安排为数不多的几个亲友小聚一下。当然，人老了以后交际圈总归是会变小的，心思也总要更多留给生活琐事、子女晚辈乃至于个人的事业。然而依我所见，父亲一心扑在事业上并非是他老了以后才有的事。在他的整个职业生涯里，他的生活和事业范围就从未出过都柏林的那一小片城区。如此经年累月，他也见了数千名病人了，恐怕这一带已经很少有人没有或直接或间接地跟他产生过交集。我觉得父亲变得深居简出，应该就是为了避免和各色"旧相识"打照面的尴尬吧。

我觉得父亲到最后确实对当医生这件事丧失了兴致。工作上的一些变动让他备感不自在，堆积如山的材料档案压得他喘不过气来（谁会喜欢这种事呢？），新来的医院管理层也整天对他这样的元老颐指气使，更是令他难以忍受。他也学会在我面前抱怨了，说那帮年轻的后生，医术也不见得多么精通，就急着往他的头上爬。类似的牢骚他也就在私底下发一发，可我看出他的热情明显比不上从前了。

我猜他也厌倦了成日无休止地帮病人收拾烂摊子。他在同一个岗位干了三十好几年，上班的每时每刻都要听那些身心抱恙的人在他耳边倾诉，而且说的内容总是离不了酗酒、吸毒、抑郁、家破人亡。如今想想看，谁能承受得了每天去面对降临在自己同胞身上的这么多苦难呢？而且医患关系的本质就决定了你作为医生必定是孤独的，这些压力全都要自己扛。

这也不是说他的工作不能给他带来快乐。我记得那时他偶尔还会请自己手下的实习医生来家里做客，一帮人欢声笑语直闹到深夜。我现在也变得和他一样，专爱和比我年轻的医生待在一块儿。年轻人身上的朝气、他们眼中理想的光芒、头一回在临床接触某种病症时又惊又喜的面庞，这些都仿佛让我穿越回我自己的青葱年华。不管父亲在离职前的那几年对自己的事业做何评价，他看着我总是满眼的自豪，觉得儿子历经考验当上了主任医师，如今到同一条街上自立门户了，还能继续接受他的指导和庇荫，好像这都是特别了不起的事。

到了父亲终于要退休的时候，旁人屡次提议要办一场盛大的欢送会，他一概不同意——他是独来独往惯了的人，一下把他放到聚光灯下，他也会不自在。我觉得他的老同事原本还是准备给他办一次仪式的，可是就在他即将离开医院办公楼的几天前，他的心脏病再一次复发了。当时我的工作还在地球另一端的墨尔本，所幸父亲发病时我正巧在伦敦参加一场会议，这才没怎么耽搁就来到了父亲的病床边。我满心惆怅地来到心脏科的重症病房，可是父亲看起来仍旧是一副乐观不服输的样子。那时距离我正式成为医生已经过去了好些年，我总算还能同负责诊治父亲的心脏科医生聊上几句，不像刚读完医学预科的那年夏天一般束手无策了。

父亲的情况并不太好。如果我转身回到澳大利亚，他会不会就独自撒手人寰了呢？难道这会成为我们俩的最后一次相见吗？如此想来，我是否就该留在家不走了呢？所有这些问题都在我脑海中盘桓不去，可不料过了几天，倒是父亲开口问我几时回去工作。我沉默了一阵，说本来过些天就要回去的，可是目前他的状况让我放心不下。

他立马指着我的鼻子教训道："你别在这边瞎琢磨，你还有你自己的日子要过呢，我这里用不着你操心。"

后来父亲虽然没能免得了让我操心，可好歹还是挺过了这一遭。几周之后他得以出院回家休养，但从此他的心脏也彻底落下了病根。我回澳大利亚以后也还老是惦念着他的病情，生怕家里的下一通电话就要报来噩耗。而当我在地球另一端接起那样一通电话的时候，肯定也就没法指望赶回去同父亲见上最后一面了。（在家里我主要还是担心父亲的身体，好在我的母亲身体向来康健。现在我在工作中碰见类似这样家人们天各一方的家庭，便越发能够感同身受，因为我见到太多病人都有家人远泊他乡了。这时我就会听见病人的家属互相问："妈妈病成这样，我们是不是应该把美国的亲戚叫回来？"面对这样的问题，实在很难下决断。一方面，家属当中没人愿意无事惊动亲友；另一方面，万一老人病逝了，自己没能及时给远方的亲人报信，又会追悔莫及。）

我的父亲在即将离职的关头第二次心脏病发作，当时他和我的母亲已经分开接近二十年，其间又和第二任妻子组成家庭。听说父亲准备续弦，我们兄弟姊妹几个都感到分外欣慰。毕竟父亲孤独了那么久，也是时候开启一段新生活了。我觉得这段姻缘也促使他下了决心，保持自己的身心健康，迎接属于自己的新家庭。他日后的成就出乎我们所有人的意料：再婚之后他不仅继续和心脏病抗击了许多年，最后还生养了两个小女儿，又眼看着她们步入成年，这才溘然长逝。

父亲于 2013 年逝世，至今我仍在思念他。作为父亲，作为医学界的前辈，他所留给我的恐怕是我一辈子都数不清的遗产。年复一年，他对于我事业的影响只会变得越发深远。

22

眩晕症：小疾病带来的剧变

"我睁开眼，转过头去刚想问我丈夫现在几点，突然感觉一阵天旋地转，整个屋子像是从我眼前飞过去一样，胃里也感觉翻江倒海。我赶紧坐起来，还没喊出'来人'，就'哇啦'吐了我丈夫一身，他还浑然不知。那时我觉得自己好像在浪里摇啊摇，要么就是坐在颠簸的飞机上面，简直就快要死过去了。我脑子里闪过一个念头——这肯定是比中风还厉害的病。"

接下来西蒙娜像抓着救命稻草一样紧紧抱住满身污垢的丈夫，坐着一动不动，呕吐才不那么剧烈了。可她只是稍稍晃了晃脑袋，便又开始不住地作呕。房间里孩子的相片纷纷从她眼前掠过，放在床边的书也一并自顾自地打着旋。救护车不出十分钟就赶到了她家门口，此时她已经弄明白了：只要支棱着脑袋，纹丝不动，她就不会继续满屋子地乱吐。急救人员当场给了她一针缓解眩晕的药，然后像抬着水晶柜子似的将她抬上了救护车。

那天早上我在急诊室里见到了西蒙娜。她面色惨白，宛如刚刚还阳的鬼魂。她从凌晨开始呕吐，早已呕不出什么东西来了，但只要稍一不坐正就还会继续干呕。我好不容易说服她站起来走几步，只见她冲左边跟跄了几下，活脱脱就像刚灌了好几瓶酒一样。（她还怕我误会，虚弱地对我说："我没喝酒……"）她又照我的吩咐把两腿并拢站直，立马两眼一闭，整个人就那么直挺挺地倒了下去。我在她面前竖起一根手指，叫她两眼跟着我的手指左右移动。结果她的眼球动是动了，却像是被什么东西拖住了一样，有点类似于刚下完雨开动车窗上的雨刮器的效果，叫人看了心发慌。她自己也感觉难受，于是又干呕了起来。

西蒙娜说话、看东西没有问题，两边脸也并没有出现不对称的状况，四肢活动均属正常。这样看来，可以首先排除中风的可能。这时我让她对着我把眼睛闭上，原地踏步，同时再学着僵尸把两手高举在前。她照做之后，没踏两步就自己来了一个接近180度的大转弯。于是等她睁开眼睛的时候，她就变成脸朝墙了。我扶着她到床上躺下，调整了一下姿势，让她的脑袋悬到床沿外，微微后仰，然后用手捧住她的脑袋左右转动——看那架势，说实话挺像要亲吻巧言石①。她的脑袋往左转的时候没有问题，接着朝右转的时候，她突然又一口酸水吐到了地上，而且两只眼睛似乎不住地在脑袋里打旋。

我们的耳朵是用来听声音的，这一点大多数人都晓得。然而很多人可能不会意识到我们能够保持平衡，靠的也是耳朵。人的内耳部分有三条叫作半规管的小通道，人在活动的时候，它们就会和双眼合作来帮我们达到平衡感——这也就是我们所说的前庭系统或者平衡系统。内耳是异常脆弱的一个人体部位，很容易在头部遭受重击之后失灵。比如说我见过一些职业运动员，很多年前得过脑震荡，其余症状基本上早已痊愈了，就是整天感觉

---

① 爱尔兰景点，据说亲吻这块石头能增长辩才。——译者注

晕乎乎的。具体是一种什么感觉，他们也说不出所以然来，反正就是不知道哪里难受，有点像西蒙娜说的那样坐在颠簸的小船上——关于这一点，不同的患者一般都能达成共识。

西蒙娜患上的是一种症状极其猛烈的眩晕症，它的全名叫良性阵发性位置性眩晕（或耳石症）。这种病并不像我们想象的那样罕见，治起来也不算难。只不过患者得上它之后，会感到全身的系统都受到重大的冲击。当时西蒙娜的眩晕发作，她觉得自己好像要不久于人世了。她后来跟我描述的时候是笑着的，说凌晨医院来人将她抬走之后，她躺在救护车里就开始在脑子里计划着自己葬礼上该放什么音乐，到时候希望哪些人来、不希望哪些人来。西蒙娜当真是个性情中人。她还这么和我说："你恐怕觉得我这人小题大做吧，"——其实我没有——"不过我猜你自己从来没有过像我那么无助的经历，不知道一个人遇到那种事会怕成什么样。"

曾经有数不清的病人都跟我说过这话。我知道自己确实不懂，而且我也不会依仗着我年复一年见识过上千名病人的履历就骗自己说懂了。作为医生，再怎么用心去体会，除非自己得过这种病，否则真的永远没法彻底理解一名患者的感受。而且就算你得过，一种病具体到每个人身上又不尽相同。同一种病，不同的人确诊之后可能会有截然不同的反应。你觉得这病不会有什么影响，可是它会对患者以及他周围人的生活造成什么改变是你无法次次都预见到的。纯粹从医生的角度看来，只要诊断里有"良性"两个字就属于皆大欢喜了。这么说吧，有时候可能你每天都要给几个人开"死亡通知书"，现在有个病人你能治，喜出望外也许谈不上，长舒一口气肯定是有的。所以我才会觉得，一名眩晕患者来我这里治病还是不错的，因为下一个进来的患者很有可能状况要糟得多。

西蒙娜得这个病，其实就是因为她内耳中一条半规管的内壁脱落了，结果造成管道中原本顺畅流通的内耳耳液当中混入了细小的杂质（即位觉砂，又称耳砂），在来回流淌的过程中产生了涡流。内耳周围的神经一面"聆听"着液体的回响，一面会传输信息给控制眼部运动的脑部中枢；现在液体的流动变得不规则了，那么在病人的头部处于某些特定角度的时候就会传出错误的信号。简单点说，就是在病人内耳的这条小水沟里落进了小石子，于是小水沟里便有了急流和漩涡，她的平衡系统感觉到了不规则的水流，就不好好工作了，这便有了急性眩晕的症状。

要治好这种病，我们采取的是一种看似奇异的操作，叫作埃普利复位法。过程当中需要病人侧卧，然后慢慢翻身。我跟病人解释的时候都会拿烤全鸡做比喻，虽然听起来怪怪的，可是这么一讲所有人都能懂。患者的头部在参与翻转的过程中，阻碍内耳道的杂质就会自动排出，耳道中的耳液也就自然恢复正常流通了。

西蒙娜在我们的治疗之下，不出几日就恢复到了往常的状态，并且也没有留下任何身心上的损伤。有些患者的症状可能反反复复几个月甚至几年才好，最后会给他们的生活带来巨大的负面影响。大多数患者都是在第一次急性发作之后，及时得到了有效的治疗，接着又过自己的日子去了。我们医生治好了人家，获得了成就感；病人得知自己没什么事，内心也得到了宽慰。这样一来，皆大欢喜。

女儿的婚礼仪式刚刚结束，晚宴时，埃迪借着举杯庆祝几轮下来的酒力，觉得自己虽已 68 岁，但未必不能再摇滚一次，就像 20 世纪 60 年代时他和妻子做的一样。此时比尔·哈利[①]的歌声响起了，埃迪青春焕发，将妻子挽上了舞池。他依稀听见"钟声敲过了两点"，忽然滑脱了妻子的手，整个人向后一趔趄，先是撞到了一辆甜品推车，最后仰面一倒，后脑勺直接磕在舞池的边沿上。当时他又一股脑爬了起来，顿时感觉在满堂宾客面前无地自容。后脑勺上的伤口倒没有什么，主要是自己为人父的自尊心受到了打击。旁人来问埃迪有没有事，他都坚称自己好得很，只是不敢再喝酒了。他在现场继续待了一个小时左右，便找了个借口回宾馆房间休息了。

埃迪第二天上午一睁眼，立即出现了同前文西蒙娜一样天旋地转的情况。他打心底骂自己小气，之前婚礼策划建议他们采购的便宜红酒，他从一开始就应该否决掉——活该现在受罪。他吐了一两回，过了几分钟之后天旋地转的症状渐渐演变为头部的阵阵隐痛，此外他还持续感到眩晕恶心。那天还有全体亲友参与的室外烧烤活动，他想毕竟是自己付了钱的项目，实在不能不去。结果去了之后他一口东西也没吃下，他的女儿又气冲冲地过来就他昨晚出洋相的事同他理论，搞得他里外不是人。

以上症状在接下来的几周里丝毫没有减弱的迹象，反而成了他日常生活的一部分。埃迪并不糊涂，此时他开始觉得自己恐怕不是喝了一回假酒那么简单，而是得脑震荡了。又这么过了几个月，他思考着自己近来的行为，觉得再也不能这样下去了：受伤

---

① 比尔·哈利（Bill Hailey）20 世纪 50 年代摇滚乐的奠基人之一。——译者注

之后他整个人变得暴躁易怒、行为乖戾，有事没事都要朝妻子和同事发火，这些都不是他原来会做的。

我时常会留意生理上的症状会对病人的情绪乃至人际关系造成什么样的影响：很多人会在受伤或者得病之后把身上的问题一股脑儿推给病情本身，见人就哭诉自己"一失足成千古恨，要不是当初摔那一下子，哪会落到现在这个田地"。周围人听了一段时间后必定厌烦，心想那人表面上看一点事也没有，没流血、没缝针、没打石膏，哪里会像他自己说的那样生了重病，估计是嫌自己人老不中用了，所以才没事发牢骚。（我说我有这种偏见，不知道戳中你了没有？）一个人变得如此充满负能量，旁人势必会避之不及。这样一来，病人就陷入了孤立无援的境地，容易变得抑郁。

埃迪来找我的时候，距离他女儿的婚礼已经过去了差不多一年。他一脸忧愁地来跟我说，除了来找我，已经别无办法了。他之前去了不知多少个医生那里检查，至少拍了两次脑部片子，也没发现什么损伤。人家除了说他有轻微脑震荡之外，再也说不出个所以然来。于是他理所当然地抑郁了。

我同意之前的医生对他的诊断，不过在检查之后我又发现了另外一条：他的半规管至少有一条受了伤，也就是说他的平衡系统发生了故障。这么一来，他持续眩晕、坐立不安的症状就得到解释了。他跟我讲，他看书、看手机的时候尤其感觉不适。于是我让他左右移动眼球，与西蒙娜相同的症状立马出现了——熟悉的"雨刮器效应"在他身上再次出现。

这次我让患者去见了一名专门帮助平衡觉受损患者康复的理

疗师。事先我给埃迪打了一剂预防针，说他身上的症状已经持续一年了，不能指望恢复得太快。你想，一名橄榄球选手摔断了腿，你也不能让他石膏一卸就重新跑到都柏林的英杰华体育场上打比赛吧？之前肯定得有一个缓慢康复的过程，重新增肌、训练协调性等等。而且对于这样一名曾经被病痛打倒、遭遇世界观崩塌的运动员，可能更重要的是帮他做心理建设，然后才能放他重新上场。

有时连我也讶异，为什么简简单单一个小伤就能带来如此排山倒海的剧变呢？埃迪自己也觉得不可思议，说自己身心上的健康被彻底夺走，不过就是因为一次失足摔倒。他最终找回身体以及心灵上的平衡感，已经是好几个月之后了。如今他回想起自己当时为了一个小伤变得那么情绪化，总是会羞愧难当。对患病期间无端受过他气的人，他也逐一道了歉。埃迪告诉我，他能找回积极向上的心态，全都得感谢他的理疗师——至于玩摇滚的日子，他也晓得再也回不去了。对于后面这一条承诺，我在心里还要打一个问号。我总是觉得哪天他要是在婚礼上听到《昼夜摇滚》这首歌，指不定又会尽情摇摆起来。

23

性格剧变……
都是肿瘤惹的祸

20 岁的汤姆是一名盖尔人，足球运动员。汤姆的父亲从前也踢过球，眼看着儿子不仅继承了他的衣钵，还踢进了当地 21 岁以下级别的俱乐部，脸上也总是带着光彩。汤姆球技好，人缘也不错，不管线下线上都有一大堆朋友（在他这辈人当中也不算稀奇了）。可是去年 11 月的一天早上，厨房里的母亲见他阴沉着脸下楼来，张口便说："我的手机被人黑了。"

母亲连忙问："什么意思？"

他用一种不知是哭还是笑的腔调答道："我的脸书账号、推特账号，所有账号都被盗了。"

母亲见他脸都气得变形了，马上一个劲地安慰他，生怕儿子又要发作。她发觉儿子不对劲已经有好几个星期了，以前她不会把儿子盯得那么紧，现在却得时刻留意着他的一举一动。前不久汤姆才和大学里的一个同学大吵了一架，这种事他在以前是做不出来的；上课的时候他也变得经常和教授针锋相对。类似的消息传到汤姆母亲的耳朵里之后，她也问过汤姆最近有没有哪里出问题了，儿子却顾左右而言他地说学校里的压力有点大，作业有点跟不上进度云云。

不管母亲怎样安抚，汤姆还是一口咬定网上有人在蓄意抹黑他，所以才盗走了他的社交账号。他当即将脸书、推特、Instagram 的账号一股脑地全部注销了。到了下午，他的情绪稍微平稳了一些，晚上他说要出去散散心，母亲也没太当一回事。哪想到第二天早上，儿子的朋友打电话来，问汤姆昨晚回家了没有，她才晓得大事不妙。原来汤姆昨天出门后先和几个朋友去了校园附近的酒吧，结果在那边待了一会儿，不知道怎的就一个人出去了，也不说要去干什么。他的朋友也知道他最近举止有点异样，便跟到后头去找他。后来发现他一个人跑到了足球场上，一边四面晃悠，一边口中念念有词，说什么周围的山都要塌了。朋友见状，觉得他恐怕是喝高了（可是他明明才喝下去两瓶啤酒啊），围上去一通好说歹说，他的神志总算看起来清醒了一点。他说要自己一个人打车回家，朋友们便放他走了，可是一个个的心里还在担忧着，所以隔天才又打来电话确认。

隔天上午，汤姆的双亲和姐姐焦急万分地来到了急诊室里。我碰到他们的时候，刚好是在小隔间外头。汤姆在房间里的担架床上睡着，似乎对于自己为什么来医院以及家人为何如此焦急一概浑然不知。在我之前，已经有一位精神科的专家来对汤姆进行了问诊，很快就认定汤姆是神经出了毛病，而不是精神有问题。

我把汤姆叫醒之后给他做了检查，发现他走路、说话都很正常，但无论做什么，他都好像跟外界隔着一层膜。我问他什么话，他都回答得非常缓慢，就好像我给香港那边打长途电话一样，总有几秒钟的延迟。我让他沿着一条线直着走，他也照做了；又长又绕口的句子，他也能准确复述出来。可奇怪的是，他一点也没有对眼前的事物表现出好奇。余下的常规检查我们一一做下来都没有找到问题，于是我又给他做了脑部扫描，立马看到他的大脑颞叶（记忆中枢）有一块发亮的区域。接着，我还给他做了腰椎穿刺。

根据全部的检查结果来看，汤姆应该是得了一种比较少见的自身免疫疾病，叫作边缘系统脑炎。这种病的根源同样在于病人的免疫系统产生了应激反应，抗体过多，因而损伤到了正常的身体组织。自身免疫反应可能是无来由自发的，也可能是某处炎症触发的后果，但还有一种可能性，就是在病人体内某些不易发现的地方发生了癌变。也就是说，目前我们还不知道癌变的位置在哪里，可是癌细胞已经间接地影响到了患者身心的各项功能。在这种情况下，患者首先显现出来的症状也许就是神经上的异常，诸如性情发生改变，再严重一些还会犯癫痫，这其实都是患者身体内过度亢奋的抗体所引发的脑部病变。

于是我们对汤姆全身上下进行了排查，终于在他的一侧睾丸内发现了一个小肿块，化验一看原来就是癌细胞组织。这样一来，只要我们把这个肿瘤摘除了，相应地患者体内的抗体也就不再会被进一步触发。可是还有一条：为了对付目前已经存在于患者体内、影响到他记忆中枢的抗体，我们还得给患者注射"良性抗体"，也就是免疫球蛋白。

谢天谢地，汤姆在一系列治疗过后恢复得非常迅速，几星期后他就出院回家了，还把他之前注销的社交账号全部恢复了。我再见到他的时候，他基本上已经不怎么想得起来当初住院那回事，之前我跟他说了什么，他也全忘光了。他的父母亲则一直没从儿子得病这件事中走出来。我猜他们以后是不是要一直盯住儿子不放了，生怕他再犯什么"羊癫疯"。唉，可是像他们儿子这个年纪的人，能指望他不做出点出格的事吗？

奥菲莉娅是英语文学史上赫赫有名的角色，在莎翁的《哈姆雷特》中，她与丹麦储君两情相悦，可她的父亲和兄长却告诫她不要与其接近。奥菲莉娅在极度挣扎之中患上了癔病，最后投水而死。然而医学上也有一种叫作奥菲莉娅综合征的病，是我到了澳大利亚墨尔本之后才听说的。当时我的诊室里来了一名43岁的男病人，名叫杰克。他的妻子在急诊室里就跟我说她丈夫原来斯斯文文的，整天就爱看书，可是过去七八个月来他变得与往常不太一样了。他曾经一天付过好几次房租，到了熟悉的地方也会迷路，还有就是平常隔三岔五地忘事。她觉得实在严重了，于是带丈夫去求医。一开始他去看了精神科，那边的医生给他开了一些抗精神病类的药物，这之后他的情况稍微稳定了几周。

然而好景不长。杰克这个人原来在家说话是很温和的，从来不跟人吵嘴，可吃了药之后没多久就有了暴力倾向。有一次他是被警察押着来医院的，原因是他对他的兄弟动了拳脚。他的妻子怎么也想不通：为什么这样一个从来没伤过人的男人，会突然变得如此暴躁易怒呢？

我见到杰克的时候，他总体还是处在一个平静状态的，甚至有点像之前的汤姆一样过分平静了——急诊室里那样忙乱，他好像都不为所动。看上去他对于来医院干什么，以及他家人看到他这样会有何感想，统统没有兴趣。我在做完检查之后，同样发现他的四肢活动没有受影响，而且无论走路还是眼球运动都属正常。

可是他说起话来吐字不清，另外他在喝水的时候也出现了一定的困难。

杰克在记忆上的问题也很明显。我们用蒙特利尔认知评估量表对他的认知能力做了一番测评，这其中就包括短期记忆，以及一些关于时间的简单问题。结果满分 30 分的测评，杰克只得了 15 分。

最终的检查结果显示，杰克的右侧第十、十一和十二颅神经出现了麻痹。这些神经对应的，就是人的说话和吞咽功能。我们再进一步进行全身检查，最后在他的颈部右侧发现了一个小而硬的肿块。接下来的问题是，杰克身上疑似出现的肿瘤到底是如何造成他神经和性格上的问题的呢？如果癌组织已经扩散到了他的脑部，难道不应该早在几个月前就被发现了吗？

我们在做了腰椎穿刺之后，通过对脑脊液进行化验，发现白细胞和蛋白质异常增多，虽然具体原因依旧不明朗，但此时已经可以确定：造成病人颈部肿块的罪魁祸首已经对他的脑部和直接关联到脑部的神经造成了影响。我们又在他的上半身检查出了胸腺和腋下淋巴结异常，脑部扫描也显示他的颅内产生了炎症。最后，我们仔细对他颈部的肿块进行活检，总算确认他得了霍奇金淋巴瘤，随即给他进行了化疗。

杰克在化疗几个月后恢复了健康，此时再问他刚住院时的情况，他已经完全记不清楚了。等到他快要出院之前，我们又做了一次认知水平测试，这次他的分数达到了 27 分。从他新拍的脑部片子上也看不出异样了。

几个月后杰克来到我这里复诊，他是一个人来的。原来尽管他在出院后恢复了生活自理和之前的全职工作，他的妻子却决定同他分手，并且不准他去探视他们的孩子。他熬过了癌症，却没能逃过意志被摧垮和"社死"的结局。

在整个诊疗过程中，我们一直没能在杰克的脑部发现癌细胞，所以之前我们都姑且认为是他的自身免疫系统受到淋巴癌的刺激，接着才引发了神经上的病变。可是之前在汤姆体内造成影响的那些抗体，我们经过几番搜查都没能在杰克的血样以及脑脊液中找到。所以尽管杰克的诊断报告上写的是边缘系统脑炎，但其实最关键的证据一直是缺失的。

我在医院有一位同事也参与了杰克的治疗，她身上那股打破砂锅问到底的劲儿让我由衷地佩服。当时病人已经出院几个月了，她还在坚持研究着这个病例。是她在一本神经学期刊上读到了有关奥菲莉娅综合征的报道，还专门过来告诉我，我说这病我连听都没听说过。那篇报道里提到了一种新发现的自身免疫抗体会对病人的脑部造成影响。这种抗体有可能出现在霍奇金淋巴瘤患者的体内，不过出现的概率微乎其微。当时杰克的脑脊液样本还剩一点保存在冷库里，我们拿出来重新化验一看，登时被惊呆了，原来他的脑脊液里确实存在报道中的那类抗体。

这下一切都说得通了：杰克的淋巴瘤在扩散过程中，逐渐导致他的自身免疫反应越来越活跃，以至于在癌症尚且处在初期阶段时他的神经系统就受到了影响，造成性情大变、记忆力衰退等症状。于是这名病人在前来求医之前就像莎翁笔下的人物一样，不知不觉地堕入了"癔病"的深渊。

24

最后的告别：
我们该如何面对
神经系统绝症

安东尼把车停到家门口，刚跨出车门的时候脚被绊了一下，顿时整个人面朝下地摔在了湿漉漉的人行道上。他的额头在混凝土地面上撞出了一个大口子，左手也被碰得流血了。妻子见他血淋淋地走进厨房，惊叫一声问道："你是不是跟人打架了？"

他悻悻地回答说："就是下车的时候摔了一跤。"他感觉自尊心受到了打击，倒不觉得身上的伤有多么疼。

安东尼在日后回忆当中才发现自己的病恐怕就是从那次摔跤开始的。自从摔倒之后，他手上的伤口迟迟不见好，握方向盘的时候也总感觉有些不太对劲。他心想是不是那次摔出内伤来了，但是也没跟其他人讲。他猜想自己的左手手腕恐怕是扭到了，再过一段时间应该就会好了。

如此过了一个月，一到晚上他上床之后就会明显感到左手在抽搐。平时他做木匠，受伤后他的左手干起活来也没以前好使了。他是天生的左撇子——现在他连电钻都不怎么拿得稳了。渐渐地，他开始担心自己手上的神经是不是出问题了。好多次他都计划去看医生，可就是犹豫着没有去。

后来他对我这么解释说："实在太忙了——现在我的工作量多得要死，我又是靠自己接活，没有那个底气说不干就不干了。所以之前没来找医生，纯粹是因为抽不出时间。"

　　除此之外，他也承认自己对看医生这件事情不太"感冒"。明明自己得了什么病，自己都晓得——无非就是扭到了手腕，用点消炎药，再休息休息不就没事了吗（不过他也没空休息），何必专门花时间花钱来医院呢？他这么想着，于是继续咬紧牙关接他的木工活，又抽空跑到药店买了一些绷带绑在左手和手腕上，此外还弄来了一些缓解手部痉挛的药膏。晚上实在疼的时候，他才会吃一点诺洛芬止痛。

　　要不是几周之后，有一次他没拿稳电钻把学徒弄成了重伤，恐怕他还不至于这么快找到我。事发之后，他一个人连忙将手头的工作收尾，然后联系全科医生做了检查。他对医生说自己的胳膊"老是闹别扭"。他说这话的意思并不是单纯指他的胳膊难受，而是一解下绷带，就能明显看到他前臂上的肌肉在皮下不停起伏，"好像在跟我打招呼，想要我注意到它似的"。

　　他的全科医生帮他拍了 X 光片，然后让他拿着片子去找骨科医生。骨科医生同意安东尼的说法，认为他多半只是扭到手腕了，检查了一下片子也没有发现骨折的迹象。至于为什么安东尼的手部不如从前有力了，那名医生也和病人持有相同的观点，觉得应该只是疼痛导致的，结果当真就让他服点消炎药，多休息休息。唯一在安东尼计划之外的是，那名医生还建议他去找理疗师。他在心里嘀咕道"这有什么用"，去做了三次理疗就不再去了。

　　在此期间，安东尼感觉手部不但没有恢复，反而越变越弱了。他一句话也没有对妻子说，只能在心里干着急。他觉得再去找医生也是徒劳，便自己上网开始查阅"关节炎""神经损伤"一类的词条。不多久他满心相信自己找到了答案——应该就是"腕管综合征"加上肌肉过劳损伤了，不过患上轻度类风湿关节炎也不是没有可能。总之他的左手变弱已经成了无可否认的事实，这就导致他必须抛弃多年以来左手使电钻的习惯，改用右手了。开车的时候，他的左手几乎已经完全使不上力，全得靠笨拙的右手操纵方向盘。摔倒之后三个月，他从车上下来的时候又被绊了一跤。原来，这段时间他光顾着气他那只不管用的左手，竟然没有注意到他的左腿也慢慢使不上劲了。他这才幡然醒悟："这莫不是中风了？"他立马抛弃了之前对医院的种种成见，重新上车直奔急诊室。

安东尼进了医院，一开始只是找到了一个没人的房间坐下，听着外头传来的嘈杂声。来之前他没有跟任何一个人说他要去看病。其实别说做检查了，光是回到医院就已经让他的内心饱受折磨。他就在房间里干坐着，心里是七上八下的。突然一名护士开门进来，立刻替他打消了"不过是多虑了"的幻想。那名护士一见他的模样就晓得状况不妙，二话不说将他架上了担架床。首先接诊的是一名年轻医生，当时看到他手臂上的肌肉在自己活动，一下也就明白事关重大，于是当面对安东尼说他的病情应该和关节问题没有关系——问题应该是出在了神经上。过一会儿我就被叫进了急诊室。

我在房门上敲了两下，里面传来一个男子细弱的声音："请进。"只见他一个人坐在那儿翻看着手机，眼泪不住地流。大部分病人来看病的时候都分不清神经内科医生和神经外科医生的区别，所以很多人见到我进来会浑身一哆嗦，以为自己马上就要被推进手术室动刀子了。这时我就会心平气和地跟他们解释，我们神经内科是负责听患者讲述、当面做检查以及安排仪器检查的。病人听完以后，不出意外会松一口气，不过很有可能还会在心里质疑，来看这个医生有什么用？还不如直接在脑袋上动刀子来得痛快。

他略微镇定了一下，接着就开始和我讲他的经历。这回说到第一次是怎么从车上摔下来的时候，他也承认可能自己的左手在那之前就出毛病了。后来他也注意到肌无力的情况已经慢慢地发展到了左腿上。他说话时的声音总是颤颤巍巍的，有时我仿佛能感到他的喉咙里有口水积在那里没有咽下去。他发觉我在盯着他的喉咙，立马插话道："还有，我嘴巴里老是有唾沫，就是怎么也咽不下去！这玩意儿特别碍事，现在我到哪儿都要随身带着餐巾纸，否则口水就要流到外面，活像个傻子一样。"

他说话间又提到他家有四个年幼的小孩，还给我看他们全家在爱尔兰徒步圣地糖包岭（Sugarloaf Mountain）下面的合照。每逢夏天他都会带家人去山下野餐。我说，那一带我挺熟的，以前我家也经常一起去那边玩。接着我让他从座位上起来，好让我检查一下他的步伐。他走了几步，整个房间都回荡着他左脚重重踩在地上的声音。他的脚上还穿着工作时的靴子，左边靴子的靴头已经磨坏了。从这些迹象来看，他下肢的症状也已经出现了几个月之久。他还告诉我，平时他上下楼梯、遇到地上有不平整的地方，甚至走平路，只要稍不留神就特别容易绊倒，随后叹道："必须盯着路才能上楼梯——我真没想到自己还会有这么一天。"安东尼此时不过 46 岁。

接着他褪去了上衣，随即低下了头。我见到他手臂和整个前胸的肌肉都在不自主地起伏。我总算明白了他口中所说的"浑身的肉都在和他闹别扭"是什么意思。这种症状我们称为"肌束震颤",一般都不会是什么好兆头,它表明患者全身上下控制肌肉组织的神经都出现了故障。通过进一步检查,我发现他的双臂、双腿甚至舌头上都存在相同的震颤。一眼看上去他还是一个相当壮实的汉子,可看他的双手就好像是另外一个人似的,又瘦又弱。我检查他手部协调性的时候,他连一张纸都抓不住。

这一轮检查下来,我心想,再这样用不了多久,这人估计就要完蛋了。他仿佛从我的眼神里看出了我的心思,知道我在努力掩藏内心的担忧。他问我:"我的情况是不是很差?医生你就直说吧,我真的得知道。我还有我的妻子要养,还有我的孩子、工作、房贷……什么都还没完呢。"我一时语塞——他到底能不能活过今年都还很难说。

各位可别以为,一个人病到这个份儿上就可以放下所有世俗琐碎的烦忧了。其实有些病情危重的患者计较起现实中的问题来,让我都不免大吃一惊。安东尼在面诊全程几乎一个字都没提过自己内心的感受,他唯一关心的就是他家人过得如何。我暂且没有当面对他提我的猜想,而是继续给他做检查。尽管肌肉力量有所减弱,但他的反射却十分灵敏。他似乎看到了一丝希望,问道:"像这样子应该算是好事吧,医生?"我挠挠他的脚底,他的大脚趾立马向上翘了起来。这些全都并非什么"好事"。

"运动神经元病"这个词语在大众媒体里俨然已经成为神经疾病中"大魔王"般的存在。在神经科医生看来,它的可怕程度的确也配得上这个名声。一旦确诊,很多时候就相当于给患者一纸死刑判决，不过具体到每位患者的病情，也会存在一些差别。通常患者在患病一年左右之后能够得到确诊，确诊后则能再活一两年。但我也见过一些患者与此种绝症鏖战多年，即使四肢无法活动，乃至丧失说话和吞咽的功能，他们也不愿意咽下最后那一口气。

到底应该在什么样的时机、以何种方式告诉一个人他得了绝症呢？是不是应该和他单独约在一个诊室里做一次长长的面谈？或者不要做过多的暗示，直接让患者联系亲友，等到所有人到齐了再一起宣布？要不然还是时不时地给他一点暗示，让他至少有几天时间做好心理准备？再或者干脆快刀斩乱麻，不要照顾什么情绪，一上来就告诉患者他得的是什么病？

以上答案自然没有对错之分，也不存在什么固定的章程指导我们医生什么时候应该怎么做。我们只能从每位患者的情况出发做出相应的判断，至于最后的方法到底合不合适，也只好指望自己不要弄出个烂摊子就行。安东尼这个人很富有理性，所以我跟他说话的时候他虽然看起来很不好受，但始终没有乱撒气。我明白他需要的就是立马给他一个答复。那么从我这边看来，他的症状虽然很像运动神经元病，但也还存在其他一系列不那么致命的可能。一般除非我把所有其他的可能性都排除掉了，否则我是不会直接对患者下运动神经元病的诊断的。排除和缩小诊断范围的过程就包括采血化验、皮下电极测试以及脑部磁共振检查。这些检查的结果会告诉我，到底病人有没有可能得上的是症状较为特殊的某种普通病症。

我对安东尼说的是，目前我担心他患上的病症有好几种可能。至于我最担心哪种，我没有明说——在尚未确诊的阶段，善意的谎言仍然是强于直陈观点的。也许有些人会觉得我没有给患者一个公道的答复，但我觉得既然没有铁打的证据，那么对患者说他得了绝症恐怕更是对患者的不负责任。

可惜的是，后来交到我手里的检查结果印证了最坏的那条猜测。不过由于现在安东尼还未确诊，我只能尽量用浅显易懂的方式向他解释发病机制，大意就是连接到他全身肌肉的神经，或者说电缆是如何一步步失效的。

他反问我道："那就好比电灯开关出故障了？这么说，我上哪儿能找到检修电路的技师？怎么才能把这些电灯修好？"

我跟他讲了接下来要做哪些检查，还告诉他最好住院一段时间，这样诊断可以进行得更快一些。他毫不让步地回答："我没时间住院，这周末我还得参加一场圣餐仪式，还有一场坚信礼，回头我还要去忙两个大单子。眼下我是真的没空坐在医院里干等，能不能多交一些钱，你们好快点帮我把检查做了？"

我无可奈何地对他说："那样不行。我们不需要你付钱，而是需要你花时间来配合检查，这样我们诊断起来会也会快一点。然后我们才能相应地开始制订诊疗方案——如果你的病能治的话，我们看怎么帮你治。"话音未落，我就意识到自己说漏嘴了。

安东尼果真立马揪住我不放，问道："什么叫'如果'？这个'如果'指的是什么？难道我的病你们觉得有可能治不好了？我是患上癌症了吗？"话问到最后，他的嗓音都提高了一个八度。那一刻，他的话音、眼神和动作无一不在告诉我，这个人在一瞬间感到了死亡的迫近。他可能一生都没有像这样害怕和绝望过。

此刻我没有别的办法，只好一字一句地说："我觉得恐怕……你有可能患上的是运动神经元病。"我稍作停顿，看着他默不作声地在我面前流出了眼泪。

我又接着说："有些病症表面上看起来可能会比较像运动神经元病，不过是能治好的。所以刚才我才让你在医院里住一段时间，就是好让我们这边的医生找找看有没有那样的可能性。"

"可这周末的圣餐仪式怎么办呢？还有坚信礼我也去不成了。要是我不在，我家孩子肯定会难受得不得了。"他这么反问我。我知道他又开始"舍弃小我"，顾念起别的人来了。依我看，这种行为也未尝不是一种逃避。

我告诉他："周末的活动你照样可以去。只不过你参加完活动，最好还是回医院来，我们再继续一道看看接下来怎么办。"

他终于慢慢在理性层面上意识到了事态的严重性，直呼"天哪"。又问我道："运动神经元病就是渐冻人得的那个病吧？那是不是得了这病的人都没救了？"

等到他出去办理入院事宜之后，我又接诊了另外几名急诊科的病人，其中有一名患有偏头痛的小姑娘、一位轻度中风的老太太、一位因为手部抖动不止而格外忧心的母亲，还有一名时常眩晕的32岁男病人。接待完这些患者之后，我收拾收拾手头的工作准备再去找安东尼。我没在神经内科的病区见到他。那里的护士告诉我他一个人到外头吸烟去了，还说自从和我谈话过后，他就一直在打电话。

我走出医院大门，看见他正在声情并茂地冲着手机说话："没有事的，他们就想让我在医院做一些检查。别担心，到了星期六，我照样会去圣餐仪式的。不过到时候可别忘了，一定要给我带几件睡衣和拖鞋来啊，不然我在现在这个破地方可待不下去啦……"说到这里，他瞥了我一眼，连忙用手捂住正在冒烟的烟蒂。我一边在心里苦笑了一下想，一时半会儿你还不用担心抽烟会对你有什么影响，一边挥挥手让他进医院来。

我没话找话地问他："你感觉怎么样？"

他有些不自然地笑了一下道："既然都这样了，医生……那就按你说的那样开始做检查吧，咱们也只能走一步看一步。刚才我在电话上跟人家谈好了工作的事，反正这周的工作都有人帮忙照料了。我老婆接孩子放学以后就过来看我。不管怎么样，日子还得照样过，不是吗？"

他说这话的时候，不过是我迫不得已泄露初步诊断结果之后几个小时。然而此时，他整个人几乎可以称得上是阳光的。

他又对我说："怎么样，我们就一起对付这个病吧？"

我们医生在面对患者的时候很容易自欺欺人，觉得患者能够表现出积极乐观的态度，那就意味着他内心真的是这么想的。医护人员会如此去想自己的病人，为的也是让自己在照顾他们的时候心安一点，不会觉得病人内心有什么抗拒或者纠结。面对绝症诊断，不用说患者本人了，我们医护人员都会时不时地陷入消极的情绪。尽管现代医学已经造福了许许多多的人，尽管来找我们的大部分病人都能被我们治好，但我们总会碰到在病魔面前败下阵来的时候。运动神经元病就是这样一种极端顽固的病魔。但是在病人面前，我只能笑笑说，那是当然的，我们一定会共同努力。

要不然，我还能说些什么呢？

在接下来的一周里，我每天至少要去看安东尼两回。住院之后，他很快成了他那个病区的"明星病人"，有一天晚上，他还组织了一场牌友聚会。有几次他刚抽完烟正往病区走，冷不丁地和我撞个满怀，还蛮不好意思地对我说："我保证，最近我抽得比以前少了。现在我每天抽几根就是为了缓解缓解压力。"医院对于住院病人来说，有时候确实像是一座监狱。在这里，你每天的生活作息都被安排好了：早上定时被叫醒，吃饭，服药；轮到你做检查或者治疗了，就要立马前去；每天都有医生护士排成一长串来你床边询问、说明病情；有时候碰到新来的医学生，还要看他们在听到你病情细节之后抑制不住流露出的神情。你就这样被关在一个回不了家、见不到亲人的地方，而当你的亲友前来探病的时候，一个个的眼神又都那么奇怪，聊天的内容又是那么机械而不自然——他们能跟你提起的都是在学校里干了什么、谁又打电话来家里了，跟你的现状一比，这些又有什么意思呢？所以有人来探视会让人不自在，要是没有一个人来，病人又会寂寞难耐。

在住院的日子里，你会和你的病友结为好友（也会有人让你格外看不顺眼），指不定你们之间就能碰撞出各种各样的火花。你会看着同病区的人陆陆续续回家，然后你又会想，什么时候就会轮到我了呢？这种坐牢般的日子什么时候会到头呢？对于有些人来说，在医院的生活也许就相当于监禁。一个人要是长期住院，很可能就会挨到病房另一边的病友逝世那天，眼看着屋子里涌进来一大群试图帮人起死回生的医生护士，顿时心里又会感慨万千。

隔天病房里又会住进一名新的病友，所有人就当前一天什么事都没发生一样，其实只是不愿去谈论罢了。吃早饭的时候，四下里一片安静——新的一天又开始了。到了晚上，牌桌边又出现了一张新面孔。新面孔也晓得不去问自己是怎么住到现在这间病房来的，只是跟着大家一道安心打牌。

　　大约一周以后，安东尼的检查全部做完了。他兴高采烈地跟我聊起为他做理疗的女医生："她使起劲来就跟军队里的教官一样，不过我感觉手上有力气了。"这次我让他和我一道进了小隔间，还把他的妻子一并叫了进来。我想他们也已经预料到了接下来我要宣读的结果。从现在起，他们再也不能停留在美好的幻想中了。

　　我开口跟他们说："从检查报告来看，我们之前担心的事情已经确凿无疑了——你患上的是运动神经元病。"在住院一周多的时间里，安东尼已经说服自己一切都会好的。

　　他的妻子一时难以自制，边哭边喊道："不对，不应该是这样的！你们一定搞错了！"安东尼在一边握住她的手，说："人家说的应当没错。"又转过头问我道："现在我能回家了吗，医生？还有以后我们应该怎么办呢？"

　　我告诉他们夫妻俩，一般像这样一个诊断都不是我一个人能做的，之后我也会请别的医生帮他看一下，总归会有某种可能性是我们还没有考虑到的。这样一来，患者能够多花一点时间来接受现实，也能冷静下来想想关于自己的病情还有什么需要问医生的。

他听完了这话便说："这又有什么用呢？"于是两人回到病房，打点好行装便跟病友纷纷道了别。他没有跟同房的病人提到自己的诊断结果，不过私下里他们应该都已经知道个大概了。道别的氛围总体是欢快的。病友们一个个都开玩笑说："你这小子命好，我们还在这儿受着牢狱之灾，你倒能回家享清福了。"安东尼也跟着笑，转身同妻子离开了病房。

我将安东尼的情况告诉了一家专门收治运动神经元病患者的诊所，又过了几个月，我收到了他们的回信。那家诊所同样没能发现除了运动神经元病以外的病因。至此，针对安东尼病情的诊断总算告一段落。在此期间，病人自己去了我朋友开的另外一家诊所，并在那里参与了一项针对运动神经元病的实验性治疗，同时还主动为他们诊所的研究募集捐款。像这样的实验项目事先都会有一个筛选患者的流程，并不是想参加就能参加的；而且很多实验主要是以学术研究为目的，并不是为了给患者提供治疗。但他还是履行了自己"要一直努力下去"的诺言，不咽下最后一口气决不放弃。

那年快过圣诞节的时候，安东尼来医院找我。此时他的状况已经恶化到令人不忍直视了，而且必须得用上轮椅。他对我说什么话，我都很难听清楚，多半只能由他的妻子在我们之间代为传达。他手边时刻放着一盒纸巾，我晓得那是他依旧无法吞咽口水的缘故。他对我讲，如果哪天他心脏骤停了，他不希望别人对他实施抢救。

他用尽全力、一字一句地对我说："他们受的苦已经够多的了。"他转过头向妻子微微点头，又说："我不想他们再继续遭罪。"他都已经落到这种境地了，竟还在一刻不停地替他人着想。听了他的话，我只觉得心里沉甸甸的。

一旦患上神经方面的不治之症，尤其是在患病临终的时刻，无论对于患者本人还是他们的家人，都是异常刻骨铭心的体验。届时患者步履艰辛、口齿不清、无法自理，这些都是日日夜夜无法逃脱的现实。像这般令我作为一名医生都觉得难以直视的遭遇，很难想象对于患者的爱人和孩子会造成怎样的折磨。

即使患者本人业已过世，留给亲属的依然是毕生挥之不去的阴影：尽管运动神经元病很少出现遗传的情况，但是毕竟身边如此重要的一个人被它夺去了生命，这怎么能叫活着的人不担心自己也会遭遇相同的命运？怎么能叫他们不在平日里手脚麻木、磕磕绊绊的时候突然感到一阵心惊胆战？所以我们医生询问家族病史不光是为了了解一个人是否携带有相关的致病基因，也是为了弄明白他会不会经常因为某种疾病而担忧——就算他本人对自己担忧的事闭口不谈。

我们谈完话往院外头走，安东尼一面开着电动轮椅，一面对我说："谢谢你，医生，这段时间你也确实够尽心尽力的了。不过我觉得，要让我干你这个行当，我肯定死也不愿意。"

我表面上没说什么，心里却想道："老天，怎么连一个绝症患者都会来可怜我？"

一个月后，躺在病床上的安东尼在家人和众多朋友的陪伴下永远地合上了双眼。

25

神经内科医生的一天

在懵懂无知的年纪，我曾经天真地认为长大以后就不再会有"马上就要周一了"的幻灭感。现在才发现原来是我想多了！随着我年纪渐长，这种感觉反而来得越发猛烈。每个工作日我都会提前至少30分钟来到办公室，不是因为我特别勤劳，而是为了有时间一个人静一静，顺便再处理一下公文和电子邮件。如果是周一的话，到了8点我们科的医生会集中起来开一场研讨会，把上一周比较新奇或者疑难的病例，以及这周要接待的病人的X光片和脑部扫描片放在一起，大家探讨交流一番。会上一般会来20个人左右，其中有神经内科主任医师，也有年轻的实习医生，另外还会有几个别的科室的医生。借这个机会，我们得以对各个病例的诊疗方案各抒己见，互相吸取经验的同时也能帮助患者找到最佳的治疗手段。会议告一段落以后，我们会给自己科室的医生点名签到，这样做主要是为了及时发现科室内部的人员调动，以及是否有人缺勤——这些"例行公事"全部搞定之后，关于接下来一周有什么工作、每项工作由谁来负责，大家就都基本上有一个概念了。

到了8点45分左右，我差不多就要去急诊科了。周末积压下来的从各处转来的病例，此时便如潮水一般涌来。每年尤其到了冬天，各大媒体就特别爱到急诊科来报道医院如何如何人满为患。在那些诸如"紧急！担架床短缺"的标题之下，其实掩藏着我们在急诊科全年到头上下开工的事实。其实这里周末的人流量也并不比平时少。在这里我必须要说一句祖护医院的话：我们全体医护人员在面对极端压力、人命关天的情况下，往往都能够做到互相协作、上下一心，这是一件非常了不起的事。病人在熙熙攘攘的人堆里挤来挤去固然辛苦，可是他们当中很多人在急诊室里待一晚上，目睹医护人员的劳累以后，都会对自己的生命有更深一层的理解与感激。

这天我见到的第一个病人是一名56岁的妇女。据称她在过去三个月里总共减重了约19公斤。此前她刚刚出院不久，就在当天凌晨4点钟，她的丈夫被她粗重的呼吸声吵醒，可是丈夫起来见她没什么事便又倒头睡下了；到了6点30分的时候，丈夫起来想要叫醒她，却怎么也叫不醒。现在两个多小时过去了，她来到我面前时已经浑身插满了管子——必须要靠人工方式才能维持生命了。这种情况很有可能就是因为她几个小时前心脏病发作，但由于没有及时得到救助，此时再想让她受损的神经得到恢复确实也不太可能了。我见到她瘦骨嶙峋的手上沾满了陈年的烟油，这一点表明病人在心脏病发作以前，很有可能已经患上了癌症。像这样的患者，我觉得其实不如减少医学上的干预，让她好生躺在家里的床上直到过世。

病人很快就被拖去实施进一步抢救。此时我再次回到急诊大厅，环顾一周，满眼尽是躺在担架床上受着各种病痛折磨的芸芸众生。从人群中我又领走了一名60岁的男病人，资料显示他可能刚刚猝发中风。他告诉我他感觉自己的右手没了力气，但是在检查过程中我没有发现任何异常。看不出任何外显的神经方面的问题，这一点说明病人多半多虑了。话虽如此，为了避免误诊，我还是让他去做了脑部 CT。结果出来了，脑部确实没出问题，他可以放心回家了。

接下来是一位现年 68 岁、患有严重头痛的女士。我在问诊后得出结论：她的头疼应该是枕神经痛（这是一种疼痛程度较强的神经病症，主要会影响到患者头部的某些特定区域），虽然体感比较明显，但对健康的影响没有她担心的那么大。接着从大厅的另一端走过来一名 21 岁的女生，说自己的左臂变得没有力气了。她有一位很近的表亲就是多发性硬化患者，所以担心自己也会有危险。我综合考虑她的情况，觉得她在健康方面没有多大问题，不出意外也属于想太多了。不过看她这样担忧，不做磁共振检查就把人家打发走似乎也不太合适，所以我还是给她开具了入院检查的单子。由于平时做磁共振检查的人数实在太多，入院之后一般还要等上两三天才能轮到。这种情况不住院也可以，不过那样一来排队等候的时间又要延长到不知什么时候，很多病人便认为不值得。我站在病人的角度考虑，也能理解为什么有些人宁可选择在医院病房里住上几天，哪怕夜里睡不安稳，又吃着水平参差不齐的伙食，也不愿意浑浑噩噩地待在家里。然而对于一部分前来就诊的患者，我是打心底觉得他们压根没有必要住院——条件是我们医院能立马给人家出检查报告。话题扯远了，我们再回到我这一天的安排。

我花了几分钟分别给两位全科医生打去电话，询问关于他们介绍到我这里的病人的事情。有时候病人事先没有通报就自己来了急诊科，这样就没有在医生的评估表上留下记录。所以稍微费点事、打个电话确认一下，也是为了避免不必要的麻烦。

打完电话之后，我抽空去见了一位由我负责的高龄帕金森病患者。患者今年刚刚年满90岁，之前在家摔倒，造成髋骨骨折，目前正在老年科病房休养。我去见他不为别的什么，就是跟老人打声招呼，不要让他觉得周围的人都把他撂在一边不管了。跟他寒暄过后，我觉得老人和我的情绪都好了不少。

我出了老年病房，一拐弯又到了 CCU（冠心病重症监护室）。那里刚刚通知我有一位48岁的华裔患者出现了左侧手脚无力的症状（轻偏瘫）。CCU 的护士凑在我的耳边对我说道："已经给他用上美沙酮① 了。"我问护士病人的心血管具体出了什么问题（病人都进 CCU 了，这个问题肯定不得不问）。

她回答道："应该没有，之前的医生认为是中风。"

这时旁边有一名年轻的实习医生恰巧听见我们的对话，立即纠正护士说，病人的心电图和血液检测都表明他最近有过心脏病发作。那名护士不卑不亢地接受了指正，说病人的各项指标确实表明他有心肌梗死的可能。看样子这名男子是中风和心肌梗死同时发作。我和护士两个人往病房外面走的时候，我还瞥见那名年轻医生不屑地翻了翻白眼。

我心想，这名医生看样子入行不久，竟然就对周围同事的能力那样不信任了吗？但愿她能尽早明白，在医护行业里面，没有

---

① 美沙酮为阿片受体激动剂，药效与吗啡类似，有镇痛作用。——译者注

一位从业者或者一项经验是完美无缺的；经验再丰富的医护，就比如刚才在 CCU 的那名护士，如果碰上这种多种重症齐发的状况，都有可能一下反应不过来，出现误判。

我们探讨了一会儿这个病人的治疗计划，随即去了 AMU（急性医疗单元）。我们医院设立这个医疗单元还没有很久，和急诊科相比，它的不同之处主要在于氛围比较缓和，病人可以躺在舒服一点的床上休息，接受专门的医疗团队的诊治，有必要的话再进一步办理入院。到了 AMU 之后，那边的医生告诉我们，暂时还没有新的神经科病例，因为之前来到急诊室的病人都已经被我们收治了。今天的情况看来比较特殊，一般我们都要在急诊科和 AMU 两头跑，因为两边都会有病人。

现在时间已经到 11 点 30 分了。我跟同事喝了点咖啡，然后便一齐去往神经内科的住院部查房。不过在我们去逐一检查住院患者之前，还得再审阅一遍各个患者的诊断和治疗方案。我们队伍里有一名主治医师已经来了一年，居然对目前住院患者的情况一问三不知。我心里特别恼火，觉得知晓这些事情本来应该是他分内的任务，于是忍不住当场批评了他，大意就是说这一年实在也没见他有什么长进。我对他这个人并没有什么意见，不过他在工作上的确表现得太自大了一点。年轻的医生只要有点理智，就知道读完六年医学院不代表自己就是全知全能的了，应该认识到自己在医学上仍然处于起步阶段。但是少数人——这名年轻的主治医师就是其中之一——可能格外想在病人面前展示自己的知识储备和才干。资历不够的医生对病人显示出高人一等的姿态，这一点是我无法容忍的。我对他发火还有更深一层的原因：那就是整天面对着一群形形色色的神经学病例，他居然没有表现出一丝一毫的探究欲。这些我全都跟他说了。看到他一副面红耳赤的样子，我立马在心里责怪自己："你怎么不想想自己当初又比他好到哪里去呢？"于是好声好气地让他晚点单独过来找我，然后默默地对自己许诺：回头一定要好好向这名年轻人道歉。

多年以来，我的午餐一般就是在办公桌边吃一份三明治。近来我变得更爱交际一些了，于是改去食堂跟同事一道吃饭。凑在一起的，有年长的，也有年轻的主任医师，现在我虽然已经步入了前者的行列，但跟各个年龄段的医生共进午餐我都乐意。每天我们这些医生也就只有中午这半小时的空档能够坐在一起发发牢骚，比比那天谁受的苦多一些。不管是哪个科室的医生，高兴和苦恼的都是差不多的事，所以知道自己并不是一个人在战斗，会感觉好很多。

午休结束之后，我先给院外的患者、患者家属和全科医生们打一轮电话，处理待回复的信件，给需要更改处方的患者新开药方。这些统统完成以后我就要再次起身，去面对一天中最棘手的环节，也就是接待门诊部的病人了。

第一位病人43岁，本职为牙医，目前患有药物可控的轻微癫痫；第二位，70岁的女性患者，被确诊为帕金森病；下一位，63岁的男性患者，同样也患有帕金森病。这三名病人在身体方面目前都没有什么大碍，但全都因为终身患病的事实而备受精神上的折磨，绝对不是花5分钟说几句安慰的话就可以打发走的。

第四位病人：81岁，男，患有轻度帕金森病。与前面几名患者一样，这名老人所受的困扰也更多来源于"帕金森病"这几个字眼，而不是由于病情本身。我和他耐心地长谈了一番，并没有给他任何新的治疗建议，可是我见他离开诊室的时候，身上颤抖的症状分明变轻了。

下一位病人：58岁，女，目前为了预防中风正在使用抗凝血的药物（华法林）。她得的病比较罕见，叫作抗磷脂抗体综合征。这种病损伤了她身体各处的血管，不过所幸她看起来暂时还没有大碍。她待人非常和善。我从早上接诊到现在，她是头一个让我感觉聊起天来很愉快的病人。我们从她的病情谈到她平常的爱好。她还给我推荐了几本她个人最喜欢的书。最后她起身离开的时候，我在心中连连感叹，为什么得了相同的病，有些患者依旧能够云淡风轻地笑对生活，而有些人就一蹶不振了呢？

接下来的病人是一名年轻的韩国女士，来医院是因为头痛。她说英语不是很流利，但是她的性格让人觉得亲切。我们两个比比画画了半个钟头，我最后才弄明白她有偏头痛。把她送走以后，我又花了半个小时帮一名30岁的职业铁人选手看病，结果是他患上了多发性硬化。这名病人的父亲正巧也在我这里看过病，而且患上多发性硬化有30年了。现在这名患者唯一的症状就是一条腿感觉沉甸甸的，而且一旦跑步超过5英里就会变得越发严重。于是我就长篇大论地解释了一番乌托夫征，大意就是：当他的身体处在放松状态时，他的症状并不明显；然而在运动过程当中，他全身的体温上升，接着他神经受损的部位就暴露出来了。本来他神经外侧的绝缘层，也就是我们说的髓鞘已经遭到了多发性硬化的破坏，再加上他的腿部在运动中温度升高，神经信号传导到那一部分的时候就会明显受到阻碍，这就是为什么他跑步6英里之后，双腿就开始完全不听使唤，连步子都迈不开了。我跟病人说明病情的时候，基本上都以简明扼要为首要原则。但说了这么一大通话，我自己也开始感到疲惫了。算下来我这一天工作的时间并不比别人长，可是我在理智上要全神贯注地研究每一个病例，在情感上又要照顾到病人和病人家属，这一天下来，全身的精力就都用光了。

下面进来的病人是一名 29 岁的语言治疗师，她的父母也陪在她身边一道进了诊室。不过值得注意的是，她的未婚夫并没有到场。他们三人问了我一大堆问题。这名病人患上轻度多发性硬化已经有四年了，对于上一位负责她的神经科医生，她觉得不太满意，这才重新找到我。一般来说，如果患者是过来另寻治疗方案的，应该对于自身的病症和可行的治疗手段都已经很熟悉了；可是当我和他们说起和病情有关的事情时，三个人就好像从来没有听过多发性硬化这种病一样，满脸的惊讶和茫然。之后的 45 分钟可真算得上漫长。好在我和他们刚碰面不久就发现自己高估了他们对病症的认识水平，于是我及时调整了谈话的方向，改从最基本的内容说起。这对我来说也是宝贵的一课，以后我再也不敢随随便便就假定患者的知识储备了。

这天的最后一个门诊病人是一名 62 岁的在职教师。自从一年前他有次午休时在学校操场上散步之后，他的左眼就一直在跳。一开始他去找了眼科医生，结果医生说他可能脑子里长了肿瘤，着实把他吓得不轻。不过回头他又找了全科医生，这次的结论是眼性偏头痛。对后面这个结论，我表示赞同。本来咨询到此也就差不多了，不过由于这名病人特别好奇偏头痛在细胞层面上的产生机制，最后我不得不大费了一番口舌。他离开的时候，我觉得我的答复并没有令他感到多么满意。我也是冷不防地被问了这样一个问题，所以我也嫌自己回答得不是太好。

面诊告一段落之后，我给我们科室的主治医师打了个电话，问急诊科或者 AMU 有没有送新的病人过来。主治医师告诉我新来了一名年轻的女病患，可能中风了，现在正躺在担架床上。他在电话里还一本正经地和我说："患者惯用右手，目前有言语困难，身体左侧不能动弹。"——右撇子的语言中枢不出意外都在左脑。所以，这样的病人如果出现言语困难，那本该说明是大脑左侧中风。大脑左侧中风，那么应当是身体的右侧丧失行动能力——这就和主治医师刚刚向我描述的情况完全相悖了。

我听见他的这套说辞，瞬间蒙了。"惯用右手的人，大脑左半球占主导"，我想这样基础的知识点，怎么还用得着我去提醒他？难不成是我之前对他说的那通狠话把他吓蒙了，搞得他一下子忘掉了神经学最基本的内容？待会儿见到他，我一定要向他问个明白。和年轻医生沟通对我来说一直是一项挑战，要是我能把用在患者身上的精力挪一点到我手下的医生身上就好了。奈何一个人到了精疲力竭的时候，难免在处事圆融方面就要大打折扣。我真心希望我手下的主治医师能够不靠我的指点就干好自己的本职工作，而且最好在遇到别人指正的时候，别那么容易就绷不住面子。但作为前辈，我不能不对他负责，所以我还得想办法帮他多建立一点自信，将他的潜能激发出来。

说话间，又从另外的科室来了一名老年患者，他的初步诊断是帕金森病早期，但我迅速浏览了一下他的医疗记录以后便发现有地方不对劲——又是一例误诊。这下子我对年轻医生的职业态度是彻底心灰意冷了。我猜想他们就是觉得上面还有人帮着把关，自己干脆草草检查就完事。外头天色渐晚，我的耐心也开始变得不够用了。

我跟病房护士说了一会儿话，这时从我们身旁经过了一位29岁的女患者。她患上的是脑静脉血栓形成，上周我才诊治过她。当时她还整天呕吐不止、昏昏沉沉呢，现在她已经在和身旁的男朋友像正常人一样谈天了。她患病的原因是脑子里的血管出现了结块，有些人坐飞机坐久了也会在腿上出现类似的症状，不过她当时还受到了口服避孕药的影响。患者的男朋友见到我立马就认出来了，反而是她，见到我就像见到陌生人一样。我和她的男朋友相视一笑——看来患者对于那次生死攸关的经历已经没有什么记忆了，这倒是好事一桩。

我回到办公桌旁，坐下来处理这天余下的文件。之前被我当众教训的那名主治医师此时敲了敲我的门，说想要进来跟我谈一会儿话。他说他感觉我对他抱有很高的期望，所以一直以来压力特别大。我对他说——而且我确实是真心诚意的——让他感到有压力，是我的问题，而且我之前当众让他下不来台也确实不对。可能是我对他的要求太高了。我向他道了歉，说我以后会更多关注他做得好的地方，并及时给予鼓励。几个月以后，我们俩之间的关系果然比从前融洽多了。

我接着又做完了笔头工作，这一天的任务至此总算清零了。我一打开家门，顿时长出一口气，终于能够一个人清静了。我想着那些有家有室的医生，真不晓得他们回家之后怎么还有力气应付孩子和家务活。我是极其需要时间来独处和放空自己的，恐怕别的人会不太一样吧。到了这会儿，我的晚饭还没有着落，不过在刚刚忙碌紧张了一天以后，通常我的胃里都像打了结一样，没有一点食欲。有时候要等好几个小时，胃里的那道结才会自己重新解开。于是我拿出日记本，开始写下明天的日程、早晨开会的议题，然后喝了一杯红酒便躺下了。

凌晨 4 点，我毫无预兆地醒了过来。前一天接诊病人的面孔一张张浮现在脑海中，令我辗转难眠。我想起 24 小时前那名在睡梦中心脏病发作的女士，她的丈夫听见了她生命垂危时的呼吸，可是没能及时搭救，现在她还活着吗？算起来她并不比我大多少岁，几个月前还好端端的，如今却在死亡的边缘徘徊。

在这似梦似醒的时刻，我又接连想起前一天的另外两名病人：有一位是 78 岁的老太太，心神不宁地带着女儿一道过来。老太太跟我说她有个 83 岁的姐姐得了帕金森病，现在自己的手也开始抖了，会不会得了和她姐姐一样的病？我看了她的情况，她的手是意向性震颤，也就是集中注意力做某个动作的时候震颤才会变严重，比如拿茶杯的时候会手抖。虽然她这样子会造成不方便，但肯定好过静止性震颤，也就是典型的帕金森病患者身上抖个不停的症状。我跟她和她女儿说她没有患上帕金森病的时候，两个人都激动得当场哭了出来。为这名病人做诊断，可以算是当天的一抹亮色。

还有一名病人令我印象深刻。那名病人叫安妮卡，是荷兰人，来我这边看病已经有十多年了。她为各种原因都来过：偏头痛、轻微癫痫、关节痛、间歇性眩晕等等。安妮卡是退休邮递员、老烟枪。每次见到她，她的脸上都是浓妆艳抹的，像极了《兰闺惊变》（*Whatever Happened to Baby Jane*？）中主演贝蒂·戴维斯的扮相。我们次次见面都很愉快，而且看得出来她也很乐意往医院跑。我觉得有时候她不过是一个人待着觉得寂寞，并不是真的身体上有什么要紧的问题。

那天安妮卡过来跟我说她的头痛最近发作得越来越频繁，而且比以前严重，吃药好像也不那么管用了，所以想来找我看看有什么别的法子。当我们讨论可能的替代方案时，平时沉默冷淡的安妮卡问我，是否有可能是受到了压力的影响。据她讲，以前她还不至于这样，现在她的脑袋隔三岔五地就会"爆发"一次，整得她好几天都做不了事。接着她告诉我，她和老家那边的一位女士相恋已经四十多年了。她的恋人现在还在世，只不过因为疑似患上老年痴呆症被家人送进了养老院。然而安妮卡却坚决不这么认为，时不时地还跑去养老院探望。她恋人那边的亲戚怀疑她们俩的关系已经很久了，只不过一直心照不宣，见着她就给她脸色看。

其实相恋那么多年了，两个人一直还没有确定关系。她如今想到这一出，悔恨便如潮水般涌上心头。我问现年78岁的安妮卡，现在回头再看，会不会想当时干脆抛开两方家人和外界的眼光，奋不顾身地就和恋人在一起了呢？

她沉默了一下，说："是的，当时要是这么做就好了，可惜现在已经太迟了。"

经过片刻的思索之后，她又开口道："再说了，她是一名修女，我知道她还一如既往地爱着我，可她要是违背了自己的宗教信仰，是要遭受万劫不复的谴责的……"

　　安妮卡的头痛不是由于别的什么，就是因为她这场注定以悲剧收场的恋情。有时候神经上的病症归根结底就是源于生而为人的种种苦难和不幸，一旦弄明白了，你就会发现，它是那样简单，那样真实。

26

医生如侦探：
认真倾听病人的故事

我从当上主治医师起就开始教学，直到今天，我在给新学生上课之前还是会紧张。不过我一旦站在讲台上或者病床前重新适应了当众上课的状态，再加上对学生听讲的热情有了一定的感知之后，其实都不用学生有多么灵光，我自己就能放松下来，把上课当成一种享受了。刚开始教学生的那阵子，偶尔我还会放松得过了头，只不过自己意识不到，是我之前的一位导师告诉我的。当时我往往早上看完了门诊，到了下午便会图一时口快，当着学生的面说一些比较尖刻的话。现在回想起来，我会有些后怕。特别是到了近些年，学生们都变得更有主见了。有些话以前放在课上讲，那是你这名老师的特色；现在你要是随便说点什么，动辄会触碰到某位学生敏感的神经。在照顾他人感受这方面，我还在跟我的学生们学习——我觉得学会了应该也是件好事。

　　作为教师，你整个人的情绪和状态都是跟你教的学生息息相关的，很难说会一直情绪高涨或者兴致低迷。一节课上完之后，你要是感觉教会了人家一点东西，那肯定心里是满足的；要是什么都没教会，那估计你就要消沉一阵子。

　　不论学生的水平和才智如何，有一点是普遍存在的，那就是对神经学的畏难情绪。这种现象还有个专门的名字，叫"恐神经症"（neurophobia）。这几年我一直在研究这种现象，发现它广泛存在于刚刚入门的医学生乃至其他科室的医生当中。他们会抱有"神经学很难学"的态度，连自身的恐惧都战胜不了，更别说学习许多未知领域以得到回报。这种态度我自己就深有体会，因为多年以来我就是这样跌跌撞撞过来的，哪怕偶尔自满一小下，很快又会被某个新的病例难倒，然后我才又会理解其他科医生面对神经病症的感受。

有些人对神经学望而却步也是因为顾及一个事实：大脑这个东西，你很难直接对它"望闻问切"，不像你要检查心脏，可以听心跳、摸脉搏，或者直接观察颈静脉的搏动。但是对我而言，大脑和神经的不可知之处恰恰就是神经学最迷人的地方。关于大脑，我们不清楚的地方太多了，要我说，一个人怎么可能会对这些未知的领域不感兴趣呢？所以我一直以来都在努力把学生的好奇心激发出来，让他们也觉得神经学是很好玩的一个东西。

我们现在固然没法彻底弄明白大脑和神经的工作原理，但我们有磁共振扫描帮我们给大脑拍片，我们可以运用神经生理学的知识对神经和肌肉组织做电极测试，我们可以通过腰椎穿刺的方式对大脑和脊髓周围的液体直接进行采样研究……这些都能够辅助我们对整个人体神经系统的探究。但除了这些辅助工具以外，我们神经科学在过去150年里，最主要靠的还是临床检查和询问病史——这就和"人"脱不了关系。为什么我觉得神经学是如此优雅的一门学科？就是因为它再怎么变，也离不开真实的人性。

我还认为神经学尤其适于言传身教——它里面既包含了科学的严谨，又有戏剧化的人性冲突，而始终不变的一条宗旨就是要倾听病人的故事。我告诉学生，你们在问诊时一定要变成一名侦探，要像福尔摩斯一样在病患身上寻找各种蛛丝马迹，然后将它们串联成一个整体；我告诉他们要格外注意病人的一举手、一投足，此外还要了解病人在意识到发病之前都有哪些习惯。做诊断就好比拼图，有些碎片式的信息一开始看起来没有什么意义，只有当图片快要拼全的时候才会展现出它们的作用来。他们要学着神探可伦坡那样，所有问题问到头了还得来一句"还有一个问题……"直到穷尽所有必要的信息为止。

我特别爱在做临床检查的时候观察周围学生们的反应。我告诉学生们大脑是怎么运作的，我们平时是怎么看到和听到周围的世界的，又怎么能说出话来、走起路来——这些都能在最基础的生理层面得到相应的解释。这么一解释之后，往往课堂的气氛就被调动起来了，学生们也乐于踊跃参与讨论。我的一堂大课上可能有 150~200 名学生。上课的时候，如果有患者愿意，我就会带他们到讲堂里来亲身示范检查的流程。在示范的过程中，我会向学生强调，一定要跟病人建立有效沟通，而一般最有效的沟通方法就是动作：你想让病人做什么动作给你看，你就自己在他面前示范一下，不要光口头跟人家说。我让病人抬一抬眉毛（"做出吃惊的表情"）或者皱皱眉头（"就像生气的时候那样"），肯定我自己也会做出相应的表情来，这样一来就会比面不改色地要求病人做这做那要高效得多。（不过万一病人在模仿你的过程中突然发现自己的动作明显跟你的不一致，也有可能会给他增加过多的困扰。）

上课的时候，我会尽量保证让学生参与进来，也就是说，我如果刚刚做了一个示范，接下来立马就会请某位同学上来重复一遍。至于请谁上来，都是随机的，谁也不知道自己什么时候会被点名。这样虽然看似不怎么给人留情面，但如果一名学生上来做得不错，那么下面的同学也能受到鼓舞；如果上来出了丑，可能余下的人倒会觉得自己的水平还算说得过去（除了被点上来的那一个，不过就算出了丑，那也是一个学习的机会嘛）。自愿过来做示范的病人通常性格也很大方，往往还会跟在场的学生们分享自己患病的经历，这样相当于进一步加深了同学们对疾病的认识。

这样我就把最基本的询问病史、神经系统检查的方法教给学生了，接下来我们才能进入更为引人入胜的神经系统病理机制的学习。

现在我在教年轻一辈医生的时候，我的首要目的肯定是让他们有能力去应对上岗之后最常出现的各种情况，这就绕不开做医生面临的一个最基本的问题：医患关系。说到这儿，有些人可能会觉得吃惊了：我会在课上跟学生讲个人礼仪和仪表。我还会把接诊比作相亲——第一印象这个环节是至关重要的。如果你第一次跟约会对象出去吃饭，出门前不照照镜子、全程吧唧嘴、使刀叉好似舞刀弄枪，估计人家等不到饭后甜点上桌就找个借口开溜了。很多病人来到医院也会打量医生，要是看到你衣衫凌乱，或者态度恶劣，那么多半你们之间也就没法合作下去。

我在给读到医学院最后一年的学生上课的时候，通常就会附带讲到医生来到病床边上，怎么对患者算礼貌，怎么算不礼貌。我现在发现提到这一点的必要性一年比一年强。如今有些年轻医生当真不懂一些基本的人情世故，第一次见患者就一个劲儿地指使人家干这干那，连自己是什么人、过来干什么、人家为什么要配合你做这些诊疗项目都统统略过不解释。我不晓得这是因为现在的年轻人普遍没有什么社交上的自信，还是他们被网络和各种电子产品惯坏了，反正我有时候不得不教这帮二十几岁的学生：不管干什么，见着陌生人要先握手、打招呼、做自我介绍。

这么多年来，我不止一次听人说，医生的仪容仪表好不好都不是关键，主要还得看他的医术如何。这种说法我不敢苟同。病人有时候就是会关注到那些表面的东西，然后以貌取人。这是很多病人亲口告诉过我的，并非我自己瞎猜。我周围有些干其他行业的朋友也和我说过，他们决定是否去找某位医生，首先会考虑他的外貌。这不就是和相亲一个道理吗？

除此之外，还不得不提你在工作时穿什么鞋子。一定要注意自己穿的鞋子。我在读医学院以及刚刚毕业的时候，基本是不太会考虑花钱买什么衣服的。那段时间我反正也挣不到几个钱，而且自从我开始一个人住以后，仅有的一点工资也都一转眼被用来交房租了。其实吧，我在年轻的时候确实对自己的外表也没怎么上过心，我对"把钱花在刀刃上"的定义就是首先要有坐地铁和出去喝啤酒的钱。那时还是我在伦敦的一个病人提醒我，领带要怎么系，还有鞋子也不用换特别贵的，但是至少得擦亮一点。我听人家这样说，一开始还觉得莫名其妙，可过了一段时间我就发现，每次我在向病人做完自我介绍以后，对方的眼神立马会从平视变成俯视我的鞋面。再加上一会儿免不了要请病人起身，以便检查他的步伐，自然而然地你就要先做示范，接着对方的眼睛就

　　　　你怎么了：一位神经科医生的 30 年诊疗手记

会再一次聚焦在你的脚上。这时候如果病人看到一双破破烂烂的鞋子，他心里是怎么想的——失望也好，恶心也罢——立马都会在脸上表现得一清二楚。（当然，如果一名医生对于穿鞋过分讲究的话，难免又会使一部分病人冒出一些别的不太好的想法。）

所以我才会让我的每位学生都好好反思一下，想想看自己的外表、举止和神色对一位即将选择是否将自己的健康托付给你的病人会造成什么样的影响。有一件事情需要反复强调：信任这种东西，失掉它不过是一瞬间的事情，而且你以后再想挽回就难了。我会让学生试想一下，如果自己的父母去医院看病，一进诊室遇到一个蓬头垢面的年轻医生，而且一看就知道他昨晚喝得烂醉，他们会怎么想？这种话有时我也想专门对女同学讲，但是总感觉有些为难。我这个古板的老教授跟一群青春靓丽的女生说在工作中最好不要穿得太暴露，这让人一听就觉得我有厌女情结（或者更糟糕，比如好色）。但这样的话题再怎么尴尬，再怎么看似和本职工作无关，在课上我也不得不提。病人能够信任你、在你面前放下戒备，那是诊疗开始的前提。你只有让对方觉得舒服了，对方才会愿意配合你做那一大堆他自己不懂的事情。

比起我刚开始从医的时候，现在医院里面对训练医生的问诊礼仪已经重视多了。在我年轻的时候，主任医师在一般人的印象里都不是一个十分正面的形象。不管你在什么科，只要你当上了最高级别的主任医师，人家见你就会联想到小说和电影《遇险医生》里面那个有爵位的外科医生兰斯洛特·斯普拉特，整天不干事当甩手掌柜，在医院里被前呼后拥，像个土皇帝，到了病床前又像审判官，轻飘飘几句话就能给病人下了生死判决。这样一个医生，他更在意的是周围能时刻围着一群小喽啰哄他开心，而不是为病人付出更多。我是在那样一个舆论环境里成长起来的，自然也不例外——当时我只觉得主任医师就是完全不接地气的一群人，而且个个都当自己是上帝。

事实上，这种情绪一直延续到我实习的那一阵。我们一堆年轻医生站到病床边，好像就是为了给主任医师和高级主治医师当陪衬的。后来我自己当上了主任医师，偶尔也会"入戏"，对手下的年轻人丝毫不留情面。然而另一方面，现在病人的待遇确实好了，我们上临床课，早已不再把他们当作课堂道具，而是见面认真打招呼，相互介绍一番。这样一来，可能病人也会觉得医生没有不把他当人看。

我们科室每天早上做的第一件事就是聚在一起，集中检查正在由我们负责的病患的资料，看看他们最近的检查结果有没有错漏的地方，接着再讨论怎么样帮助每位患者尽快更好地康复。我们还会在一起关注一下有特殊情况的患者，看看他们自己或者他们家里有什么敏感的话题。如果到时候要给患者以及家属传达不太好的消息的话，应该怎么做、怎么说。针对这一点，我们也会集思广益、商量对策。各项职责分配好之后，我才会去各个病房轮流探望住院的患者，跟他们打声招呼，面对面认识一下。

对于接受我们诊治的患者，尽管我们也想将他们纯粹当作平等的人来看待，但为了临床教学的目的，有时候还是不得已要用他们作为教学案例来给学生讲课。大部分患者都能心平气和地同意参与教学示范，不过就算他们不同意，我们医生也都能理解。甚至还有些患者在课后跟我说，他们特别喜欢到课上来听医生七嘴八舌地在周围议论自己，因为那样他们自己也能学到很多东西。患者这么说，对我而言是一种警醒：他们要是偏爱来听我的课，胜过平时接受我治疗的话，那只能说明我作为医生帮到他的还不够，至少在很多方面还没有跟患者沟通清楚。开始上课之前，我会尽量把每个来听课的学生都介绍给"示范病例"，目的就是让人家明白接下来有谁会听到他的个人信息。（课堂上涉及个人隐私的内容我肯定是要求在场所有人严格保密的。但是万一听课的学生看到在场的有自己认识的人或者邻居，那么学生完全可以临时退出。）如果课上我点名叫哪位学生上来给病人做检查，比如检查病人的神经反射情况，我都会要求学生事先做自我介绍，并且用"人话"解释一下检查的目的——不许用对方听不懂的专业语言。

我回看自己年轻时刚当上医生的日子，发现作为年轻医生最大的快乐源泉之一就是为自己找到了某种责任感。医生每一次轮班就要在医院里待上大半天，在这个过程中就会和病患建立相当深厚的联系。我们在医院，其实也会跟病患一样，有一种被囚禁的感觉。而且在同一个地方待久了，你就能够感知到一天当中不同时候的细微变化。比如说深夜你走在病区里，你就会明白患者晚上睡不着的时候都会听见哪些声音：担架床推过的轰鸣声、因病人心脏骤停传来的呼叫器的声音、走廊里夜游者的口哨声……。爱尔兰这个国家说小真的很小，这一点也是我在实习时总是值周末班让我深切感受到的：当时随便跟哪名患者或者家属聊几句，就会发现我和他们沾亲带故。

我在第一次去老年病房工作期间有不少和老年人愉快聊天的经历。上了年纪的患者们不会光跟你提他们的病情，而是连带着各种杂人杂事，将自己的生平故事向你娓娓道来。我就是从他们的讲述中才了解了许多不同时代的事情，知道了原来爱尔兰这个地方以前那么穷，知道了当时的社会是什么样，总之令我眼界大开。以前我在学校里学的历史知识，就是靠那些过来人的讲述才变得真实、有温度了。每每讲到过去悲惨的经历，他们的脸上倒会浮现出一丝微笑。他们到了晚上会主动找你聊天、告诉你他们有多感激医护的帮助；每逢我们年轻医生出了什么差错，比如 X 光片或者血检结果找不到了，他们还会站到上级医师面前替我们求情，说年轻人资历还浅，应当多多包涵。

我们这些医学生和实习医生自己也会有一种"抱团取暖"的心态——再难的活也要一起干下去。实习的时候，我们每周六上午到医院，可能直到周一晚上才能回家。上班 24 小时，其实只有 12 小时的工资；要是在岗超过 48 小时还得加班，那也领不到加班费。现在的实习医生肯定都难以想象，因为有了全欧洲通行的医护最高工作时长标准，现在的医护之间恐怕也很难有我们当年那种"共克时艰"的意志和纪律了。削减法定工作时间，那自然是更善意、更符合人性的一种做法。可有时我也担忧，这样的做法是不是也使得医院的人际环境变得破碎了；而新上岗的年轻医护们，是否会更容易变成孤立的个体，以至于在感到困扰的时候只能独自面对。

每位医护工作者在工作中都有感觉好和不好的时候。对于年轻医生来说，感觉不好的时候，可能就是要眼睁睁看着有人在你面前饱受病痛折磨甚至病逝。如果这些事情是你一个人面对的，虽说现在不用像过去一样在医院里待很久，上完班你就可以回去休息，但是回到家以后你就会瞬间淹没在对医学生涯的无所适从当中，找不到人倾诉。我在实习的时候，要是碰到类似的情况，我还能留在医院里，找周围的同行聊一聊，尤其是资格比较老的——毕竟这些事情他们都经历过不知多少回了，这时候他们就能从容地告诉我：不必为了生老病死感到过分忧愁。近些年来，实习医生的待遇变得比从前优越了，可是对于他们心理上的考验一如往常。恐怕就是因为这样，他们才会更常感到不自在、缺乏力量。

大部分医生在入职伊始，不管是一开始诊断，还是面临历时多久难料的治疗过程，都还能对患者抱有强烈的同理心。但是工作了一段时间以后，他们的身上难免就会慢慢长出一层老茧，让他们觉得治病救人不过如此，自己能做的也就这么多了。工作那么久，晚上还要继续值班，这也会打磨一个人的心性。半夜突然被叫去给患者开退烧药这种事，多经历几回可能就让医生的心变得麻木了。再加上成天面对疾病肆虐、生死诀别，一个人要是不皮糙肉厚一点的话，恐怕没多久就被摧垮了。（我自己也是如此一路走来的——工作几年后，我发现自己明显变得有些像"老油条"。但是此后又过了一些年，等到我的经验伴随着年龄渐长、周围的亲友也病的病、死的死、该看医生的看医生，我那一颗纯真的救死扶伤的本心便又渐渐露出来了。）

离家去和朋友一起住的时候，我刚刚拿到了实习一个月的工资。当时我 23 岁。我工作的最初几年，一个月工资不过 1000 英镑，每周却要工作 70~100 个小时。在我们那批年轻医生上岗的年代，职业晋升缓慢，报酬与工作要求严重不对等，可是我们活得尽兴、张狂，觉得自己无所不能、无坚不摧。我们加了一整个周末的班，觉也没睡上几个小时，到了周一晚上还会集体去市里酒店的医护联谊活动上撒欢儿。我当时还在继续备考，最后争取到了皇家医学院医师协会的名额，也就相当于我在事业上又登上了一个台阶，可以在神经学领域精进了。此时我 26 岁，开始不停地从都柏林的一家医院换到另外一家医院，平均每半年就会换一次岗位，认识一批新的朋友和同事，学习一套新的规矩。经常是我差不多熟悉了一家医院的环境，我就必须再次转院，这一点到今天依然是每一位年轻医生必经的历练。可能有些人会觉得这样没什么安全感，好在我一直喜欢换环境，觉得这样才不至于无聊。

到了 28 岁的时候，我总算来到了伦敦，并且在那里当上了初级主治医师。有天晚上，我正提着一袋麦当劳外带的晚餐往家走，突然路边经过一辆跑车朝我按喇叭。那辆车停下来，从里面冒出来一个人，正是我在都柏林的老同学。我当时羞得无地自容，把手上的快餐藏到了外套里面，而他则一个劲儿地跟我吹嘘他在城里赚了多少多少钱。我明知自己不该把那些东西当一回事，可偏偏我就是感觉不自在。我在伦敦虽说还不至于沦落到住棚户区的地步，可跟他这样有房有车的城里人一比，我手上的麦当劳，还有我在六里路附近与人合租的公寓就显得格外寒碜了，关键是那名同学看起来比我还成熟了那么多。回到家，我又兀自苦笑了起来：高中毕业十年了，我还在日夜加班，虽说是在一个我热爱的岗位上，但在别人看来，我这个年纪该有的我统统都没有。可是我自己心里清楚：哪怕我只是一名微不足道的年轻医生，这个世界仍然需要我。我过的是一种有意义的生活，这是多少金钱也买不来的。

27

盲目减肥的恶果：
穿婚纱的代价

住在伦敦西城的雅尼娜这一觉睡得颠三倒四。她在凌晨 3 点、4 点、5 点各醒了一次，仿佛她的脑子里设了定点闹钟，每逢整点就要响一回似的。她在梦中一直见到一头圆滚滚的小象在她的家人朋友面前来回踱步。家人朋友的脸上都带着一种莫名的忧伤，好像每个人的脑子里都在齐放哀乐。

　　眼见着再过三个月就要到婚期了，她开始担心起来。她倒不是对结婚这件事有什么疑虑——她知道未婚夫贾尔斯就是她命中注定的爱人。她也不是为了即将要在老家南非那里举办的婚礼，尽管为了这件事她没少和婚礼策划方起过争执。真正令她辗转难眠的，是两年前她跟贾尔斯相识以来自己已经长胖了约 19 公斤。由于经常晚上叫比萨外卖，躺在沙发上看租来的碟片，如今她说她整个人已经"胖成了一个球"。之前她满心认为自己能够成功减肥，所以在订婚纱的时候还特意要了比现在的尺寸小两码的。周围的人也鼓励她说肯定可以减下来——哪个新娘不会为了婚礼好好减肥呢？可是现在大家伙都在嘀咕着要把婚纱拆开来重做了。

　　她已经试了好多种节食法，一种比一种极端。可目前也仅仅减下了可怜的不到 2 公斤。她实在忍无可忍，痛下决心去附近的健身房办了卡，跟了一个收费奇贵的私人教练。这下体重秤上的数字总算慢慢地动起来了。平时她几乎闭口不吃东西，上班全靠走路，酒也不碰了。她生活得再没劲，起码瘦是瘦下来了。如此苦修般地过了一个月之后，她的体重总共减了6公斤多。她依旧锲而不舍，又吃上了泻药，两个星期里更是瘦掉了3公斤多。这下她感觉自己整个人都变得委顿了，不过周围的人都说她状态不错，看样子婚纱是不用改了。

这天她准备再去健身房接受一番"锤炼"，刚下车正要把健身包提出来的时候，一不留神绊倒了。瞬间她的两条腿一阵发麻，结果没走几步路，她又直接绊倒在柏油路上。她急急忙忙站起来，再走两步才发现自己的双脚似乎不听使唤了，要是想不绊倒，就得把大腿抬得老高。她想起宇航员在月球上漫步的姿势，觉得那就和自己走路的姿势一个样。一旦不刻意高抬腿，她的脚就会被黏在地上，再次导致她一个趔趄摔成狗啃泥。

雅尼娜来到我在伦敦市中心的诊室的时候，距离她的婚期还有六个星期。当时我坐在房间里，"不见其人，先闻其声"，因为她的脚不停地重重落在医院过道的油毡地面上，声声清晰可闻。她出于某种原因没法正常将脚抬离地面，只能靠大腿部位发力。她晓得自己的步态既不雅观又引人侧目，坐到我面前就又羞又急地哭了出来。

我看出她有足下垂的症状，一时却找不出确切的原因，因此也没法安抚她。不一会儿做常规检查的时候，我发现她控制双脚抬离地面的神经均受到了损伤，可损伤的原因还没法确认。我问她近期有没有新服用什么药物，又问了一系列与家族和个人病史相关的问题，全都找不出答案。根据她的叙述，我知道了她去健身房绊倒的事，看来那应该是一个关键事件。接着我才问出了她三个月疯狂减肥 12 公斤的事。

这下我大概搞明白真相的脉络了：由于节食加上超量运动，雅尼娜膝盖周围的脂肪消失了，于是原先被它包裹着的神经暴露了出来。这些神经沿着膝盖往下一直延伸到人的脚上。它们控制着人的足背屈，使我们能够做出脚跟着地走路的动作。神经一旦失去了保护层，就会容易受到周围组织的压迫，比如坐下的时候跷二郎腿。所以长此以往，控制雅尼娜脚踝以及双脚肌肉的神经受损，无法传递电信号，这就造成了她婚礼在即却无法挪动双脚的尴尬局面。神经受损的情况常见于很多有意或无意在短时间内大幅减重的人群。此前我就在不少癌症患者和长期躺在重症监护室的患者身上见到过这种病症。

雅尼娜后来花了一两个月进行康复，总算没有落得个终身残疾的下场，但终归她的婚期还是延迟了。后来我得知她还是如愿在当年与贾尔斯举办了婚礼。走上红地毯的那天，她的身形又变回了做噩梦那阵子之前的模样。

年轻医生有时会受限于自己的医学见识以及生活阅历，看到病人身上有什么不好的习惯，一定要揪出来讲他们两句。年轻医生普遍爱喝酒，但这也没能让他们自己变得宽容一点。相反他们在表面上对待病人还会格外苛刻，即使对那些大自己好几十岁的病人，他们也是如此。观察了这么多年下来，我觉得这种严以待人的做法其实是他们潜意识里对自己的无知感到不自信的结果。（我在那个年纪也一样无知，所以没有什么不同。）毕竟一名医生努力提升自己的知识水平和眼界很难，而责怪患者对他们自己的健康不负责，从而引发患者的内疚感和痛苦，相对来说要容易得多。

西尔维娅56岁，老家在克罗地亚，惯用右手。来看病前她正在一个中老年班上研修"灵气"课程，想要自己成为一名"灵气"导师。因为课上压力太大，导致她心情有些低落。她有两个孩子，几年前都离开家自己过了。她也跟很多空巢中老年人一样会问自己："难道这辈子就这样了吗？"她研修"灵气"本来也就是为了摆脱这种思想的困扰，没想到反而让自己备感压力。不知不觉中，她开始借酒消愁，别人说她，她还抵赖。直到一个星期一下午，她迷迷糊糊地醒过来，才发现自己的右胳膊动不了了。

她一开始觉得自己应该是意外中风了，她也晓得自己喝酒太多，可是毕竟意外患病总比自己糟蹋身体得病要来得易于接受一点。之前她饮酒无度已经到了中午喝金汤力的地步，而且一天比一天喝得多。发病那天早上，她没心思写作业，便看着电视，硬往肚子里灌了半升亨利爵士金酒。

西尔维娅自己先到网上查了症状，很快就看到一条名叫"周六夜偏瘫"的解释。这个病症名称据说是很多年前一名医生起的，它指的是人在酩酊大醉之后一只胳膊支在椅子靠背后头，挤压肱骨桡神经沟中的桡神经，最终导致"腕下垂"的现象。这种病一般经过4~6周能够痊愈，不过它在患者本人内心留下的阴影恐怕需要更久才能消除。（其实认真追溯的话，"周六夜偏瘫"最开始是和两性关系有关的——在以前比较保守的年代，伦敦的公园里有年轻人靠在长椅上谈情说爱忘了时间。这么说来，这个病还有点浪漫的气息，不过我猜要是患者坐在长椅上谈情说爱的对象不是自己的爱人，回去之后怕是会有点尴尬。）

西尔维娅找到我之后，一开始还不太情愿谈自己酗酒的事，不过看到我没有指责她的意思，她慢慢地也就放松下来了。我帮她证实了她之前自己做的诊断，这一点让她很受鼓舞：一方面因为这种病不会造成永久性的损伤，另一方面也说明她这个人还是有足够的理性和能力去做好一些事情的。我都不用劝她戒酒，这件事本身就已经提醒她，不能再这么下去了。

过了几天，西尔维娅的胳膊恢复了知觉。还有一点自不必说，她立下誓言，从此便再也没碰过酒。

28

『谷歌医生』：
网络诊断靠谱吗？

我平生第一份工作，是在小学暑假跟同学一起摘草莓。当时人家付给我们的报酬是一筐两便士，这在 10 岁的小孩子看来已经是不得了的收入了。我这人从小就争强好胜，事业心比较强，所以每天早上我都比同学先到附近教堂的草莓园，就是为了能在业绩上压过其他人一头。这样经常会在旱地里蹲上个把小时才起来，一起身自然不是左脚就是右脚麻了。有时候麻得厉害了，那一瞬间脚会动弹不得（这就是前面说的"足下垂"）。这时候我就会搓它一两下，等到它不麻了，就立刻一头扎进草莓地里继续干活。

　　后来读了医学院，我才知道"草莓地足下垂"这种现象原来早有记载。除此之外，由于我的体格向来偏瘦，直到后来我只要跷着腿坐久了依旧还会足下垂发作；如果我侧身睡觉，也会像很多人一样出现手部发麻的症状。这些事情我都已经习以为常了，无非就是起来甩一甩，很快麻木的地方也就感觉通畅了。

　　学了神经学以后，我明白了身体局部发麻是神经受压迫造成的。于是手部发麻对于我而言就变成了彻底无伤大雅的一件事：它背后的原因就是人的正中神经或尺神经受到了挤压。可是我很快发现：对于那些医学经验不那么丰富的人来说，碰到相同的情况时上网一查，很有可能蹦出来的就是"多发性硬化"或者"运动神经元病"之类的解释。

现代神经学之父——法国的让-马丁·沙尔科教授（Jean-Martin Charcot，1825—1893）在 19 世纪末期于巴黎的萨伯特慈善医院行医。（我在实习阶段有幸在那家医院待过一段时间。去的时候我还不会说法语，但那边的人照样待我特别热情，让我很受触动。在那里，我得以潜心钻研我最感兴趣的神经学领域。）沙尔科教授在临床治疗以及教学方面都相当出众，而且当时他热衷于研究一种叫作"癔病行为"的现象。他面向大众授课，讲授内容几乎包含了当时一切已知的神经学知识。在课堂上，他还会用真人病例来进行演示，而那些病例全都是他认定的假称患病的正常人（再加上那个年代性别观念的影响，他请来的病人还都是女性）。据说在距今 130 年的时候，他曾经发表过"急症不见于冗文"的观点。那时的病人在找医生的时候都会带上一张简述自己症状的纸条——沙尔科教授认为，病人在纸条上罗列的症状越多，篇幅越长，他们当真患上大毛病的可能性也就越小。医学史上的另一位巨人，同时也是公认的现代医学之父的其中一位——威廉·奥斯勒爵士（William Osler，1849—1919）也持有类似的看法，并且他还给罗列自身病症过多的现象专门起了个名字叫"神经衰弱"。

现在病人要是把自己的"病情日记"拿给我看，我是不会在心里想"急症不见于冗文"的，相反我会鼓励他们时记下自己的症状、发作时间、程度变化，以及促使症状恶化或减弱的环境因素等。我觉得这种手段是能帮助病人有针对性地来向医生咨询，并且增强他们的自主意识的。比如对于长期偏头痛的病人来说，如果他们能持之以恒地留意并记录头痛发作和缓解的原因，那么面对病情他们就不再是全然被动的受害者，而是主动参与了治疗。

不过物极必反，病人要是在记录方面做过头了也是会出问题的。我们现在这个年代和沙尔科教授那时正好相反，是"急症必见于冗文"。现在有那么一部分病人，他们找医生的时候随身带的已经远远不止一张纸条了，可能是打印出来的一页页病情记录、事无巨细的症状列表，甚至是慢性病的编年史——这么一大摞资料，有时候我必须顶着外头一长串等待叫号的病人的压力，在时长三十分钟的常规问诊过程中统统翻完。

现代的病人在搜索引擎的帮助下，很有可能查到一长串搜索结果。看到几条符合自己症状的，又难免认准最坏的那条。结果病人过来跟医生一说，十有五六要遭到否决，病人可能还不信，于是又一家一家地问下去。

在信息如此庞杂的网络时代，我会告诉年轻的医生们：不要轻易相信病人带过来的网络诊断，但是如果病人说自己从来都没有上网查过自己的症状，当中肯定也有猫腻。人人都会上网查自己得了什么病，就连医生也会。查过了也用不着假装没有，大家互相诚实一点也有利于接下来的诊疗。

伊梅尔达女士已经85岁了，过来的时候身边还陪着三个子女。这一整个夏天以来，三个子女眼睁睁地看着母亲整天在家里像是喝高了似的晕乎乎乱晃，时不时地眩晕一阵还得去呕吐，完了又躺到床上休息。伊梅尔达看起来健康状况非常不错，而且妙语连珠，很爱打趣，但内心似乎没什么自信。像她这种情况，一般就是一个人风风火火、健健康康地过了一辈子，到了晚年才突然病倒的。

你怎么了：一位神经科医生的 30 年诊疗手记

她的子女跟我讲，之前他们妈妈的脑部片子拍出来都是正常的，结果他们各自回去上网查了一通，每个人的结论都不同。她的儿子认定妈妈得了帕金森病，而两个女儿都倾向于认为她是反复发作的中风。三个人在家争论了一番，非但没能达成共识，反倒把伊梅尔达吓得动也不敢动了。

伊梅尔达说自己阵发眩晕已经30年都不止了。我按照惯例，问她初次发作是什么时候，发现她居然没靠什么帮助就回想起来了。原来伊梅尔达在50岁生日前后跟另外四个朋友去了一趟意大利。想到几个好姊妹能一起度好几个月的假，她可别提有多兴奋了。去的第一天，她喝了些酒，第二天起来觉得喝得有点多了，于是打算去池子边上休息一天。当时她从旅馆电梯里下来，正要往晒日光浴的地方去，突然发觉自己走起路来整个人都在往左边晃荡。

回想的过程中她是这么和我说的："当时我就觉得，哎呀，自己是不是昨晚放得太开了，怎么到现在还醉着呢。"伊梅尔达是一位给人印象很端庄的女士，现在也很难想象她走起路来乱晃的样子。时隔35年，至今她提到这件事还会脸颊绯红。

这头一回眩晕症状消停了一阵子，她又过了一段正常生活，可是自此之后的35年间，类似的症状便不断反复发作，每次都会造成她走路飘飘忽忽，丢人现眼。她为此决定滴酒不沾，结果却丝毫没能缓解症状。病情严重的时候，她只要稍微动一动脑袋，就会觉得天旋地转，只好在床上躺卧一两周。即使在眩晕症发作间隙，她的脑袋依然是"晕乎乎的"，基本上没有消停的时候。

在来到我这里之前，她隔三岔五就去找医生开药，偶尔才会感觉舒坦一点。我让她在我面前站起来，闭上双眼，只见她立马像是被大风刮着似的晃了起来。她的眼球没法自如地左右运动，走路也很难保持一条直线。检查完之后她笑道："你真的以为我醉了吧！"

万幸的是，伊梅尔达得上的只是一种慢性眩晕症，原因在于她内耳耳液存在不均衡的状况——这跟她喝不喝酒一点关系也没有。如此只需要去做一定量的理疗，她的症状就能得到极大减轻，甚至有望完全消除。在伊梅尔达的案例上，可以说她的家人和"谷歌医生"都没能得出正确的结论。

阿诗玲长着一头漂亮的红发，只不过有一点不甚如意：她的头发是自来卷——"不够酷"。她这么告诉我说："我自从15岁就一直自己把头发拉直，以前一点问题都没有，可是几个月前我胳膊出毛病了。最近一阵子，我刚把一边的头发拉直，手就已经没力气了。我妈又不能总帮我处理剩下的一边，结果就是头发一边直一边卷。我哥现在都喊我'杂耍鲍勃'（美国动画连续剧《辛普森一家》中的经典丑角）。"

说话间阿诗玲还变戏法似的掏出了一支 GHD 直发器。我的助理主治医师也是个长头发的姑娘，见到我一脸蒙的模样，只能强掩着笑意。对于头发的事情我一窍不通，此时还得劳烦姑娘们跟我解释 GHD 是什么。原来它的全称是"Good Hair Day"（大意为"头发天天美美的"），属于市面上最流行的电热直发棒品牌的一种。它的造型像是一副夹钳，插上电以后就能自动加热，然后就可以拿来夹住发丝，一点点将它们拉直。阿诗玲的发量还不是一般地多，光拉完一边就要花上二十分钟。

我通过常规神经系统检查没能找到阿诗玲的胳膊有什么毛病。她的手臂力量正常，肌肉并没有萎缩的迹象，该有的反射她全都有。我让她把手举过头顶，几分钟之后，她的手臂像是整体变白了一度。她的双手自然下垂的时候我给她测了一次脉搏，举起来之后我又测了一次。大概过了一分钟，她双手的脉搏都明显变弱了，此时阿诗玲也说自己快要举不动了。据此可以看出她的手部血液流通受到了什么东西的阻碍，但是这个东西只有在她的双手保持高举过头一段时间以后才会造成影响。

我们做过 X 光检查之后，发现阿诗玲的颈部多长了一块肋骨，也就是我们说的颈肋。这块多余的骨头应该是生下来就有的。可能就是这块骨头附近增生的一些纤维结构会压迫到连通她心脏和手臂的血管，所以在她手臂举高的时候就会造成供血不足的状况。此后我们给她做了一个小手术，移除了一部分压迫血管的组织，这就大大缓解了她的症状。阿诗玲术后很快就回到了"头发天天美美的"的日子。

见过阿诗玲之后三周，又有一个名叫西沃恩的姑娘找到我。这名病人刚刚 22 岁，说自己手臂疼痛已经有一年了。

我问她："你用不用 GHD ？"

她满脸疑惑地回答："对啊，你怎么知道的？"又说："去年圣诞节我收到了一件，但是过去几个月我都没怎么用。本来晚上出门玩之前我都想拿它来拉一下头发，可就是手没力气，搞得我现在都没心情出门了！"

作为医生，我经常会通过偶然遇上像阿诗玲那样的患者，学到诸如 GHD 的冷知识，紧接着就能跟在公交站台等车似的，一遍遍地看到相似的病例。这种现象看似有点违背科学常理，但我觉得这里面未必不是什么普遍的认知规律在作祟。当然，我在遇上这样"举一反三"的情况之后，难免又会担心以前是不是因为不晓得某些偏门的知识要点而漏诊、误诊了许多患者。

于是我帮西沃恩做了和阿诗玲一样的检查，结果同样看到了手臂高举几分钟后脉搏变弱的现象。我一看便洋洋得意了起来，立马安排 X 光检查，想看看她的颈部是不是也多长了一根肋骨。片子拍出来了——居然没有异样。我不禁有些心灰意冷，但随即又给她的颈部和腋下神经丛做了磁共振检查，总算发现了通向手臂的血管有异常狭窄的部位。

经过各种血样检测和全身扫描，我们最后发现西沃恩全身的血管都患上了一种罕见的炎症，只不过目前只影响到了她手臂附近的血管，而且只有在手臂高举，尤其是拿着直发器做头发的时候才会格外明显。

在用上消炎药之后，西沃恩得以渐渐恢复如常，并且又能做回那个秀发飘飘的女子了。不过病愈没过多久，她也厌倦了长直发，便把 GHD 撂在一旁不用了。

上面提到的两位姑娘，无论是症状，还是检查出来的特征都类似，而且两个人一开始都不约而同地联想到了使用直发器的事情。然而两名患者的病因不同，一位需要手术，另一位则需要连续两年服用大量药物使其病症得到缓解。我认为这些例子很好地说明了一点，那就是病人自己上网查出来的病因往往是不可靠的。很多网上查来的病因确实能够与病人的症状匹配上，结果要么是病人惊慌失措（"妈呀，我得的可是脉管炎呀，这不是一辈子都得用类固醇了吗"），要么是病人过早地掉以轻心（"多大事啊，不就是多长了一小块骨头吗"）。

关于现代医学，有一点你很少会听医生们说：虽说我们名义上做的是治病救人之事，但经常连没出什么问题的健康人也一并治了。要理解为什么有些好端端的健康人会出现这些不必要的担忧，你只需要了解一点基础心理学就行。比如：有些人工作压力过大，开始头疼了，很容易就会联想到自己长了肿瘤；一个人脑子里装了太多信息，记不住新东西，渐渐地开始健忘了，不免就要担心自己是不是得了老年痴呆；睡觉的时候压着了手，早上起来觉得手麻了，立马就会想到多发性硬化；等等。对于这些动不动就担心的人群来说，"谷歌医生"可能并非福音。

近来有不少慈善机构都致力于向大众科普有关慢性疾病的知识，这种做法我本来十分赞同，因为这些面向全社会的宣传活动能够让患者参与其中，为他们的生活带来一些自主的感觉，筹集到的款项还能用来资助那些进行相关疑难杂症研究的科研人员，给未来的患者增添希望。

几年前的"冰桶挑战"最开始不过是某些热衷于为运动神经元病募集捐款的民间人士发起的，手段也极为简单，只需要在自家后院用手机录制一段"挑战"视频上传即可。然而这项挑战却迅速风靡全球，募集到了数百万捐款，很快也得到了许多其他罕见病领域的关注和效仿。

这场"草根运动"的效应出乎社会各界的意料：据我在医院

所见，公众对于所谓"渐冻症"的认识从初步接触，很快就发展到了草木皆兵的地步。我觉得这种现象是我们整个神经内科领域有目共睹的。有些人我都可以直接说他们是患上了"疑病症"。就是在"冰桶挑战"风行的那一阵，有数不清的年轻人以一副走投无路的样子来找我，问自己是不是会变成"渐冻人"。光凭临床检查和相关数据还很难把他们劝退，最后等到所有检查结果出来全是阴性的时候，我又会从其他地方的神经学同人那里听说"患者"又去他们那里就诊了。

"疑病症"的程度与一个人的社会角色大有干系，最常见的受害者就是刚刚有孩子的中产阶层白人男性。这一类仁兄似乎特别容易担心自己活不到小宝宝长大的时候。

在过去的年代，新生儿的父亲也不是完全没有类似的焦虑。但是在目前社交媒体大肆推广、传播罕见病知识的环境下，这一类人群的焦虑变得比以往都要具体和极端了。在我的记忆里，这群忧心忡忡来找我的"病人"中没有一位是真正患上运动神经元病的。不过就算我告诉了他们结果，我也不晓得他们回去之后焦虑有没有缓解一分一毫。

与此相对的还有新生儿母亲。多年来我见过不少这样手脚发麻的病人，她们都觉得自己患上了多发性硬化。这类人里又尤其以年轻的爱尔兰产妇居多，因为她们已经通过各种途径了解到自己属于多发性硬化的高发人群，也就是年轻的白人女性。所以一旦有了类似的症状，她们就立马会想象自己一辈子坐轮椅的样子。

我的确时不时能碰上几个多发性硬化确诊病例，但大多数"疑似病例"在接受检查之后都被发现是健康的。至于为什么男人更担心自己得上运动神经元病，而女人则容易联想到多发性硬化，我一直也感到好奇，但归根结底他们最担心的事情是同一件：是不是孩子没长大自己就要离世了？总的来说，面对这些病人说出一句"什么事都没有"对我而言是工作中的乐事一桩。毕竟作为医生，最不费吹灰之力的事莫过于治疗没有病的"患者"。

29

从医生涯的烦恼：
您认识『那位』吗？

我在 1995 年离开故乡爱尔兰后,第一站来到了伦敦市中心,在那里的众多医院之间游走着度过了几年愉快的时光,接着我去巴黎待了一年,最后在 2000 年飞去了墨尔本。做一名足迹遍及天涯的神经内科医生实在有说不完的乐趣,可我还是思念起爱尔兰来了,总想要落叶归根。于是在背井离乡整整十年之后,我再度回到了都柏林的圣文森医院,战战兢兢地看向了面前齐刷刷坐成一排的资深评审团。此时我仿佛又回到了 18 岁刚上医学预科时,可应聘的却是神经内科主任医师的职位。

为这场面试,我可谓绞尽脑汁,因为与我一起竞争的还有十名资历相当甚至更加优秀的同行。都柏林的神经学圈子不算大,平时也很少互相联络,这等盛况在当时也颇为引人注目。我正要争取的主任医师岗位,此前放眼爱尔兰,总共也不过十一二位。

现在闭上眼睛,我还能想起我穿的那件不合身的正装,以及我是怎么一次次尴尬地试图让那些评审,也就是我未来的同事绽放笑容的。那些日后在"面试的时候千万别做这些……"这类网络文章里写到的,我统统都做了。面试完那天晚上,我和要好的朋友们聊天,以前上学的时候我遇到什么事情,不管是好是坏,都会找他们谈。那天晚上我沮丧得很，对他们说这次肯定成不了，估计要准备订好长途机票回墨尔本了。就在这时，我接到一通电话，说我被录用了。当时我心里顿时泛起一阵波澜，还一反常态地流了眼泪，高兴得一句话也说不出。想来可能是我说话做事比较坦诚，这才赢得了面试团的赏识吧。

于是我再次收拾起行装，跟澳大利亚道了别，最终于几个月之后来到了圣文森医院。我觉得自己已经做了十足的准备，可到了上岗的关头还是紧张了起来。我的前辈兼同事叫麦考（大家平时都叫他"大拿"），二十多年来就是他一个人挑起了圣文森医院神经内科的大梁。他见了我，似乎也挺高兴自己总算能有个同事兼帮手了，先不管我年纪轻轻的资历还浅吧。

都说医学界的同事关系比夫妻关系还要难处，配偶要是不合适还能离婚，可同事之间合不来就只能一直互相忍下去。我头一回进门，"大拿"见到我就说："太好了！总算把你等来了，以后这里就交给你来负责吧！"

我知道他是在跟我开玩笑。可是他刚把话说完，转头就出门离开了病区。我想那天晚上他肯定到外头喝了个酩酊大醉，庆祝自己以后再也不用独自承担整个科室的任务了。

上任第一天我就遇上了难题：如何向一名运动神经元病晚期患者的六名成年子女宣布他们的母亲时日无多的消息。患者到底还剩下多少时间，我也没法给他们一个具体的答复。但以我当时从医十三年的经验来看，她最多只能再活几个月了。

当时那六名子女一齐围在我面前，最大的有 55 岁了，最小的应该也有 40 岁，于是我一边用笃定的口吻，一边时刻留意着在场所有人的情绪，跟他们讲了这位年届八旬的患者的情况。他们知道母亲将要不久于人世，也尽力去接受了这样的现实，但还是想弄清楚母亲到底什么时候会走、走的时候会是怎样一种状态。我给他们讲了一个大概的时间段——还剩三到六个月，另外不忘附上一句"多一些、少一些都有可能"，还保证我们会尽一切能力减少患者在这段时间的痛苦。

这种消息从一名像我这样看起来年纪不大的医生口中说出来，不清楚患者和家属会有何感想。讲到一些复杂的医学知识的时候，我明显能看出他们几个的眼神有点飘忽，可是肯定有几句话或者某几个字眼会让他们记一辈子。或者哪怕我说的话他们记不住，我跟他们谈话的"家属咨询室"，乃至房间里斑驳的壁纸长什么样，应该也会铭刻在他们的脑海里。

现在该说的都说完了，我停下来问家属有什么问题。几个人沉默了一阵子，突然最大的那个儿子提起嗓门发话了："你说吧，医生，她到底还能活多久？"听到他这么问，我不禁对自己有些失望，心想之前我那么努力解释，结果还是没能把问题讲明白。

我再一次对他说道："大概还有三到六个月，但是比这个多一点、少一点都有可能。"

他好像头一次听到我这么说似的，阴沉着脸，缓缓地摇了摇头。似乎这回是接受了事实。

房间里又沉寂了一会儿。我冲前挪了挪椅子，又问道："还有什么问题吗？"

其中一个妹妹发问道："医生，我就想知道，你觉得她还剩多长时间？"

这下我有些恼了。想想这才是我第一天上任，见到的第一批患者家属就把我难倒了。其实我清楚在场所有人的神经都是紧绷着的——这种情况我在国外遇到过很多次，有时候家属沉浸在悲痛的情绪当中是听不进你说话的。

"三到六个月的样子。可能更久，可能没那么久。这种事说不准。我知道你们肯定非常难受，我也很遗憾。"

我一口气说完，随即环视四周。又一次没人发话了，这下或许……我应该不用再报一次噩耗了吧？

于是我感谢他们全部到场参与谈话——这种话没什么意思，但也总比不说好——然后准备起身离开，让几个人在房间里平复一下情绪。临走时我还告诉他们，待会儿有什么需要，我还会再过来。我刚伸手握住门把手，子女里面最年轻的那个又叫道：

"等一下！还有一个问题！"

我顿时蒙了一下，接着转身开口重复我说过三次的话：

"大概还有三到六个月，多了少了都有可能……"

她打断我说道："不是，我没想问这个。"我虽然不知道她接下来要问什么，可还是松了一口气，然后又悔恨起自己刚才的失态来。

"您认不认识'那位'？"

唉，到底还是来了一个关心我家明星弟弟的。

这次回到爱尔兰，有一点我压根没有预料到，那就是我会和我在电视台工作的弟弟产生交集，并且还会受到他的影响。我在国外的那段时间，只晓得弟弟瑞安[1]在工作上一路攀升，却一直不了解他在那个行业里到底是个什么分量。结果刚回国就不明就里地当上了明星的家人，可想我有多么震惊。

自从第一次被问到老弟又过了十年，有天医院肿瘤科的一名同事说她有名患者想让我看一看。患者奥赖利女士 62 岁，直到几个月前还好好的。她一开始来看医生就是因为右侧胁下患有持续隐痛，万万没想到没几个星期就做上了化疗。结果不仅收效甚微，还大大地限制了她右臂的活动。我走进她的病房，一眼看见她那一脸疲惫的丈夫守在床前。患者由于化疗的影响，看起来比丈夫还要憔悴很多，刚开始我还以为坐在床边的人是她的儿子——短短几个月的病痛和治疗就令她苍老了几十岁。现在她头上戴着一顶遮耳的帽子（她女儿也在，笑着跟我说那可是"新潮的头饰"），更加显得她瘦得只剩一丁点儿。我做过自我介绍以后，又向她解释说我是过来帮她看看右臂的情况的。

她听我说话的时候闭着左眼。我问她是什么原因，她轻描淡写地说自己这几周看东西有点重影，应该是对新买的眼妆过敏了。

我们话谈得好好的，她又突然"嗤嗤"笑了起来。谈话的氛围确实比较放松，不过我也弄不明白有什么特别好笑的内容。从神经学的角度来看，她有左侧第三颅神经麻痹（也就是控制眼球运动以及眼皮开合的神经受损），影响到了她的左眼，她的左脸没有知觉，而且右侧肢体明显行动不便。

她还在一个劲儿地笑着，笑得也不怎么出声。我说了声"见

----

[1] 瑞安·图布里迪（Ryan Tubridy）为爱尔兰家喻户晓的节目主持人。——译者注

谅"，便开始挠她的脚底，想看看她的足底反射如何。她的右脚大趾立马就翘了起来（非正常），她笑得越发起劲了。我组织了一下语言，正准备告诉她我担心癌症已经影响到了她的大脑，她却插话道：

"我还以为我见到'那位'了呢。"

到那时为止，类似的话我已经听过不知多少回了，无非就是指我的外貌及声音都酷似我那大名鼎鼎的电视节目主持人弟弟，听多了也就习惯了。通常我对患者做这么一大通沉重的病情报告，末了问他们还有什么问题没有，时不时地就会有人问起瑞安的事来，甚至还开玩笑地问我能不能帮忙搞到直播现场的票。这种事情每周都会发生好几回，着实困扰了我好久。最后我也想通了，绝症报告和电视主播的哥哥放在一起，简直就是黑色喜剧中的黑色喜剧啊！我在一次一次被调侃以后，渐渐地也懂得了自己最开始的反应确实也不能算恰当。如果电视主播的哥哥这个身份能够使绝症患者和家属们破涕为笑，哪怕只是令气氛轻松一点，何乐而不为呢？这里又得用上前头的那个词："黑猫白猫"——能让患者好过的方法就要予以采纳。

30

帕金森病：
从病人的实际情况中
寻找治疗方案

离星期五下午银行关门的时间已经不远了，柜台前排起了一长串躁动的顾客。现在轮到康纳了，他有一张支票要填。慌忙间，他的支票簿掉在了地上，可他的手像是不听使唤似的，捡了好几次才捡起来。他能感到来自背后人群的热辣辣的注视，汗珠在流淌，脸庞在发烫。银行柜员朝他笑了笑，叫他在支票上签字。他僵住了——这件事他办不到。他一面支支吾吾地问柜员能不能不签字，一面感觉脸更烫了。柜员说不行，他又用颤抖的手握起笔再试。笔沉重得像一个实心的铅球，他只能勉强画出些鬼画符似的笔画来，完全不像他平时工整的字迹。他望望自己写出来的那一行又小又糊的"蟹行文"，把支票递了过去，柜员不情愿地收了下来。康纳分秒也不耽误，急急忙忙地在整个大厅的人的瞪视下离开了银行。后来他找到我，还满脸羞愧地说："我都知道，他们肯定全当我是闯进来的醉鬼。"这件事过后，他终于再也忍受不了频频出丑和担忧的折磨，决定来医院查个明白。

康纳来找我看病的时候63岁，之前多年从事销售工作，家庭圆满、生活无忧。家里的孩子都已经长大，孙辈都有两个了。他和学校里的老同学还保持着来往，每周五晚都要聚一次。平时他爱看球，还专门买了蓝思特省际橄榄球赛的季度票。从表面上看，他的生活一点问题也没有。

可是在过去的一年中，康纳总觉得有什么不太对劲。具体有什么事，他也说不上来，就是他不管做什么都会感到微微心烦。就说早晨扣衬衫扣子吧，他总觉得自己做得一次不如一次顺溜；在办公室干活的时候，不晓得为什么，他做事就是慌慌张张的，动作却没以前那么利索了；他又发觉同事们午休去吃饭的时候总会走在他的前面，自己需要特别费力才能赶上他们的步伐。一开始他只是无奈地心想，这差不多就是"岁月的摧残"吧。

再说下班回家，他发现自己看电视的时候，右手老是动不动就会颤动。他还努力不让妻子格拉涅看到。之前这些事他一直没跟她说，到了晚上只是一个劲儿地翻来覆去，惹得妻子抱怨说他睡觉不安分，总会踢到她，他却搪塞说是做噩梦的缘故。反正不管怎样，夫妻两人睡得都没有以前好了。

他并不当自己是老年人，可他每天在镜子里见到的那个人，怎么看起来就一回比一回衰老呢？有个星期天他带着孙女去丹莱里码头散步，孙女模仿他弓腰驼背地走路。他表面上装着被孙女逗乐的样子，心里却一下子怕极了："难道她就是这么看我的吗？要是我哪天走了，我在她的记忆里会不会就一直是这个模样？"

随着退休的年龄越来越近，他越发担心自己以后的日子该怎样打发。毕竟这份工作做了这么多年，感情已经很深了，他还没准备好离开呢。这么一想，那自己最近不在状态恐怕也就是忧虑过度的结果。他又看着办公室的年轻人一个个地抱怨工作压力太大，心里只是觉得好笑，心想自己马上就要退休了，还在担心不工作的压力太大呢。

康纳决意不去想以后这等"天翻地覆"的大事，可是各种细碎的小毛病依旧在侵蚀着他的自信心。慢慢地，他上下楼梯的时候需要刻意握紧扶手了。以前在办公楼里他都是两步并作一步地走楼梯的，现在都改乘电梯了。眼见着右手抖得越来越厉害，午饭他都不跟朋友一道去吃了，对外只宣称自己事情太多，不能再跟从前一样坐在一起吃三明治配汤。其实他清楚自己现在根本喝不了汤，因为勺子刚被拿起来就会立马随着他的手晃动，汤送到嘴边就不剩多少了。干什么事他都不自觉地要先自己躲起来，生怕自己的缺陷被别人发现。

妻子格拉涅注意到康纳走路不对劲已经有一段时间了。她不忍心看着丈夫一步步变成佝偻的老汉，每次刚开口提醒他站直一点，又后悔自己不该多话。她晚上和丈夫到海边散步，还注意到他只有一边的手在摆，另一只手像是站军姿似的贴在身上。他告诉我说："我看到他这样走路，就想到小说《第二十二条军规》里面有个场景，整个军队都两只胳膊不带晃地行军。"

即便如此，她还是附和丈夫的那一套"退休焦虑症"的说辞，而且她也正担心丈夫退休了，两个人整天在一起该干什么。她自从三十多年前两个人结婚起就再没工作过，加上后来孩子们也自立门户了，如今她早已习惯一个人慢慢地过日子。至少工作日的白天她都能独自清净地待在家中。

他们的大女儿订婚时，一家人在自己房子里办了一场聚会。满房的亲友都能趁着这个机会重新互相熟络起来，看看各自从上次相聚以来都发生了什么变化。作为女主人的格拉涅看着眼前热闹的景象本来是满心欢喜的，蓦地往康纳所在的方向瞥了一眼，见他没有一点笑模样，一个人躲在角落里调酒，忽然有些警觉——这可不像他的作风啊。换作以前，他是多爱热闹的一个人，原本不是放开来玩的场合，他都能硬生生造出一个来。实在玩得不像话了，她还得好生劝他收着一点。其实丈夫爱玩她也是喜欢的，她还会经常感谢上天，没安排一个无聊透顶的男人跟她一起过日子。

第二天早饭间，两个人谈起昨晚订婚宴的事。康纳一副心不在焉的样子，格拉涅还嘲讽丈夫说："瞧你酒还没醒，话也说不清楚，你是老掉牙了还是怎么的。"这时她一眼看见他拿刀抹黄油的右手分明在颤抖，突然在心中对一切都了然了。

这之后好长一段时间她都不敢上网查丈夫的症状，就怕会查出什么三长两短，可过了几星期她还是没忍住，查到最后她已经泪流满面了。一开始她查的词条是"颤抖"，结果蹦出来的如她所想是帕金森病，然而随着搜索的一步步延展，很快她就陷进了一个由脑瘤、运动神经元病以及种种绝症织成的巨网之中。

她在心里默念道："天哪，这么说康纳没有多久可活了。说不定他还会变成植物人，那样比死还不如。"她打电话给他们夫妻俩的一个老相识，那人正好是他们的全科医生，她说麻烦尽快安排一次检查，越快越好。这件事她一个字也没告诉正在工作的康纳。我们经常能遇见类似的情况：两个跟了对方一辈子的人，明明都在担心同一件事，可就是互相不开口。这种做法既可以说是对两人感情的爱护，也可以说是对未知的抵触——不愿面对自己或者爱人患病的可能，指望两个人能够一直像从前那样过下去。

那天晚上，康纳回到家才得知妻子擅自替他安排了第二天早上的检查，两个人就这个问题开始了持续不断的争吵。他原本以为自己的掩饰工作万无一失，不承想人家背地里早有察觉，当即又羞又恼。格拉涅则辩解称自己只不过担心他的手一直哆嗦，就想找医生确认一下他有没有事。但是这种做法在康纳眼里则相当于妻子当众揭穿并且出卖了他，令他大为光火。当晚夫妻俩分房睡下，双双度过了一个不眠夜。

到了第二天早上，两个人的关系有所缓和，手拉着手来到了全科医生的候诊室。康纳忽然觉得自己老了。他后来跟我说自己坐在候诊室里，一个劲儿地瞧着那些老年病人，觉得自己也是他们当中的一员了。

医生叫夫妻俩进房间，依我看，康纳的诊断光靠看一眼就能当场出结果。那名医生多年来都和康纳结伴看球赛，动辄还会在周末一道去周游欧洲列国，酒也一起喝了不少，所以跟他完全不见外。如今那名医生见朋友坐到了办公桌面前，算起来年纪还没自己大，看起来倒像是比上一个橄榄球赛季老了10岁。医生告诉夫妻俩暂时还没法确诊，但有很大可能性是帕金森病。两个人听到这几个字从第三个人嘴里说出来，瞬间感觉天都要塌了，尽管日后他们都和我说这点他们并非没有怀疑过。

又过了几周，康纳和他的妻子过来找到了我。我的助手进办公室报告马上就要轮到康纳的时候，还压低声音跟我说："我觉得他应该是得帕金森病了。"我和我的助手共事已有一些日子，我晓得虽然她年纪轻轻，但以她的能力，要判断病人到底是过虑了还是真的生病，依然是绰绰有余的。

我问她："你为什么这么觉得？"

"他的脸就跟那些肉毒素打多了的明星一样，他的病历上写他只有 63 岁，可是光看他走路，好像 75 岁的老人。"

不一会儿，我领他们进诊室。我们三个人全部落座的时候，我能清晰地感到诊室里弥漫着恐惧——不光他们恐惧，就连我也难免受到影响。他们的全科医生已经和我提到了帕金森病的猜测，于是我问他们自己有没有查过这方面的资料。康纳说没有。他妻子却轻轻地说："查过一点。"他立马转过去瞧着她，脸色很不好，看来妻子上网查资料这件事他并不知道。

关于帕金森病，我是这么和患者解释的：想象你是一辆车，现在车没汽油了。汽油在这里是人脑中负责传递信息的一种神经递质，叫作多巴胺。我们生命的开始就像一辆油箱满满的汽车，但随着年龄渐长，大多数车的油量都会有所降低。油量低到一定程度，某些人就会患上帕金森病。

尽管康纳身上的病被他的全科医生、我，还有我的助手一眼就瞧出来了，但也不能就此盖棺定论，还得看看有没有别的可能。患上特发性帕金森病，也就是"典型"帕金森病的人，通常手部在该静止的时候一个劲儿地颤抖，而人要是活动起来反而不抖了。站立时，他们姿态扭曲；走路时，一边手臂不怎么摆动。这些病人的脸上也是面无表情的。这些典型患者，特别是早期来看病的，一般在接受治疗之后病情能够得到控制，疗效持续时间也比较久。

此外还有一类患者得上的是帕金森叠加综合征。我们的治疗对于他们来说效果就没那么好，因此他们未来的生活质量较于典型患者也会大打折扣。非典型的症状看起来和普通帕金森病非常相像，除非由我们仔细询问病史加上彻底检查，患者自己是意识不到的。有些人还以为普通帕金森病就已经是最差的结果了呢，想不到还有更糟的。

我让康纳站起来跟我一起在房间里走动一会儿。我们在常规检查里这么做，是为了让在场的人，包括病人家属，都能明显看到病人在走路时的姿态、摆臂和转向有没有异常之处。只见康纳拖着脚步，但速度很快，仿佛在赶路似的，又像怕失去动力会摔倒，如头一回骑车的小孩子一般。大多数健康的人在把双手搁在面前的时候，要是眼睛仔细看，都能发现有轻微的颤抖；然而康纳的右手在静止的状态下却明显出现了大幅度的震颤。他自己把手换了一个姿势，发现抖动消停了一会儿，还面露微笑，可没多久那只手又开始颤抖了。我又拎着他的右胳膊上下活动，结果发现他的胳膊好似铁管一根，要使好大力气才能扳动——这又是帕金森病患者典型的肢体僵硬症状。

我叫康纳踮一踮左脚，假装自己在跟着音乐打节拍。他踮脚的时候我故意扭过头去不看，好把他打出来的节拍听得更清楚一些，听下来没有什么问题。可是等到他换成右脚之后，那声音听起来好像他原本的节奏感全都消失了一样——先是一阵抽风似的乱拍，紧接着就变成了细弱到几乎听不见的轻碰声。这下左右肢体的差异立现。病人一侧肢体的运动明显较另一侧迟缓，这种现象我们称为运动徐缓，同样属于帕金森病的典型症状。可怜康纳这一路被我支来使去，自己原本想要瞒天过海的疾病全都暴露无遗了。

面诊过程中，康纳只有两眼偶尔泛出一点光亮，看他脸上其余的部位也像是想要微笑的样子，奈何受病情影响，全都绷成铁板一块。格拉涅坐在一旁看着也不做什么表示，只是脸颊上时不时地滑下几滴眼泪来。

康纳身上的症状，目前看来都还属于特发性帕金森病的范畴，没有任何叠加综合征的征兆。这下我稍微舒了口气，可对于患者而言，自从他进门以来，受到的打击已经够多的了。我告诉他们，康纳患上的是早期的帕金森病，而且当下还不算凶险，两人接受得还算平静。尤其是他的妻子，估计她在网上查到的某些情况比我刚刚说的还要糟糕，说不定现在也和我一样稍微放松了一点。

听到我的诊断以后，康纳当场决定要马上退休，最好在死前还能享受一下生活。我则劝他不要那么决绝，可以先观望几个月，再决定下一步该怎么走。我之前收治的不少患者，在确诊后还活到了八九十岁高龄，健康也没受到太大影响；也有些人病情恶化得比较快，可能确实撑不过确诊之后的那几年。每个人的病情如何发展，在现阶段暂时都还说不准。

我还跟他讲，回去之后得花些时间来消化我说的内容，看看自己能接受什么样的治疗，然后了解一下我提到的理疗课，这门课我经常推荐给有类似症状的患者。而且一个人刚刚被确诊为帕金森病，能跟处于类似境况的患者交流交流也是好的。有些人自打上课以后有了竞争意识，还会过来找到我说，同班的病人有时候都不相信他患了病。（这种"力压别人一头"的观念引起了康纳的极大兴趣。）不过在这种近似于竞争的环境中，如果一个人败下阵来，恢复得没有别人好，又可能就此产生挫败感。所以去不去参与这样的课程，也是因人而异的。

过了几周，康纳回来找我，说要聊一聊治疗方案。他问目前能不能先不用药物治疗，因为他最近感觉挺好的，没觉得必须服药。我听出他对自己的信心恢复了，自然打心底高兴。上次我告诫他不要因为高估了病情的严重性过早退休，这回我又得给他泼一泼冷水：我告诉他，帕金森病是一种不断进展的疾病，患者可能当下感觉良好，甚至过几年之后也没什么大碍，但并不代表病情没有加重。

关于这个问题，又得回归到油箱的比喻：之前我说帕金森病是因为油量（即神经递质多巴胺）过低引起的，这只是一种简明的说法，其实并不准确。真实的情况并非患者原本有一整箱油，而现在不够用了。应该这么说：健康人的大脑为了神经的不时之需，其实是在不断产生多余的多巴胺的；而同时为了平衡体内神经递质的水平，人体又会分泌一种酶，专门去除那一部分多余的多巴胺。现在病人得了帕金森病，他本身的多巴胺已经不够用，而体内的酶还在起作用，这时候就得用药物抑制体内酶的功效，保存患者仅存的多巴胺。再往后，我们还会给患者用一种假多巴胺，即多巴胺受体激动剂，也就是用一种类似多巴胺的物质来刺激体内的多巴胺受体——正常情况下，多巴胺会与体内的这些受体结合，这才使得健康人不受帕金森病的侵害。再往后，如果患者的病情继续加重，比如自己没法系鞋带、扣扣子、刮胡子了，我们会直接给他们多巴胺药片每天定时服用。

现阶段我们确实还没有掌握根治帕金森病的方法，可用上述方法应对病情还是相当有效的。神经内科医生对帕金森病患者所能做的，就是用药物补给他们体内缺失的多巴胺。药物疗法是依据患者自身的状况制定的，每天何时服用，也要看他们一天当中病情如何起伏。这样一来，在患者感到手部抖动最严重或者行动最迟缓的时刻，就可以适时对症治疗。我们要对药量、服药时间点都做适当的调整，力求使药物能在病发时发挥最大效果，在症状不明显时药效减退。患者开始科学用药之后，神情恢复自然，身姿重新挺拔，不自觉的抖动也有所减少，这些无论对患者还是对医生来说都是莫大的安慰。一旦药物见效，患者从心理上战胜了对病魔的畏惧，就可以说这场殊死斗争已经成功了一半。如果患者拥有了足够的信心，此时还会自愿参与到理疗课程当中，进一步学习主动应对病症的方法，就有望从诊断结果带来的阴影之中彻底走出来。恢复到后来，患者又愿意与人社交了，就说明他们的大脑再度有了活力，而有了这层思想上的支持，患者就能摆脱自暴自弃的怪圈。

很多帕金森病患者都会对老年高尔夫球手的形象产生共鸣，这是因为不少初期患者会觉得退休之后压力减少，自然有大把时间休养身体，可反倒是闲下来以后才在高尔夫球场上第一次严重犯病。首先是杆子挥不开，因为帕金森病会使身体很难按照意识的指令发起运动。再来就是触球很难，杆子总是在球边晃来晃去，老也下不去手。旁人看来以为是老手在估量形势，其实是患者的大脑没法和双手协同完成击球的动作。

因为打高尔夫球是一种十分精细的运动，格外需要人一遍遍着眼于细节、重复相同的一套动作，它能够很准确地向我们展示一名患者病情的演进程度。如果从前能够一天进十八杆球，逐渐地变成一天九杆，再往后变成来回坐高尔夫球车，最后落到一天仅能在会所边上的草坪进六个球，患者本人不可能没有察觉。许多患者过来向我说起得病之后当众出丑的苦楚，有的甚至不得不放弃了坚持多年的项目，丢掉了个人兴趣不说，还失去了一批俱乐部的老相识，从此日益孤独、郁闷。随心理健康恶化而来的，就是身体上的痛苦越来越多，令人备感苦闷。如此循环往复。

患者依赖多巴胺治疗越久，需要的剂量也就越大。此后服用剂量越大，又越有可能导致运动障碍，或者不知何时何地会突然抽搐发作。到时候患者无论站着还是坐着，都好像疯舞一样，可能脸上还会现出夸张怪异的表情。能够动起来固然对于一部分患者和家属来说是一种安慰，可久而久之也会使得他们在人前抬不起头来。比如说去外头吃顿饭这样简单的事，我都很难想象它会对这些患者造成怎样的压力。难道每次出门前都要特意多用一点多巴胺吗？如果多巴胺超量了，万一运动障碍在上菜的关头突然发作了呢？因此不管我们多么努力，总有一部分患者的家庭最后还是放弃了抵抗，再也不去费心维持患病前的生活了。这样一来，不仅患者本人被排除在了正常人的圈子之外，连他们的家人也跟着与世隔绝了。

我在伦敦时的一位导师是一名国际知名的帕金森病研究先驱。关于这种病，他给过我一些建议，令我受用至今。

有一回我当着他的面做了关于一名早期帕金森病患者的报告。结束时他特意用洪亮的声音问道："图布里迪医生，你晓得我做帕金森病的临床研究已经三十多年了，不过现在我想听你说说，你觉得我们应该给这个人用多大剂量的多巴胺？"

我临场咕哝了几句，也不知道自己说了些什么。当年他每逢接诊，无一例外都是当着二十多名来自全欧洲各地的医学生的面。我作为辅助诊断的年轻医生，难免会被这种阵仗吓到，参与讲课的患者就更不必说了。听完我那番糊里糊涂的解释，他轻轻笑了一下。

"你提了一些想法，对于一般的帕金森病病例是很好的。可是这个世界上并不存在所谓的'一般人'，更不用说'一般的帕金森病病例'了。这么多年下来，我治疗了几千个患者，尝试了不知多少套治疗方案，如今我只相信一条：你就把一大桶多巴胺片放到患者面前，让他们自己看着办，需要多少用多少。几周以后，他自然会找到一个平稳的状态，这时候你作为神经内科医生再来听他说，到底用什么量、什么时候服用合适。"

他的这番话告诉我，治疗一名患者，就要从患者本人的实际情况出发，而不应因循旧章。这条建议陪伴我至今已有二十余年。当然我并不是没有一点自己的原则——多巴胺这种东西，还是尽量省着一点开为好。

31

生病挽救了我的生活

安妮·玛丽的游泳技能是童子功，她小小年纪就去队里训练，长大之后在当地的游泳俱乐部教少儿班。这么多年每天振臂划水，肩上自然落下了旧伤。尤其是她的左臂举过头顶的时候肩部就会有不适感，而且现在还日益严重了。医生看到这种情况，一般都会做出"冻结肩"的诊断，于是安妮·玛丽被送去做了理疗。治疗过后肩部僵硬的感觉减轻了，可是没过几个月她又一次去找了医生。这一次医生给她拍了 X 光片，结果发现她的肩关节出现了劳损。这还是委婉的说法，其实就是关节衰退老化了。接着她就去了骨科医生那里，医生给她的患部打了一针类固醇。这下她的肩疼得没那么厉害了，但此后她每天早上起来长跑，又会明显感觉左胳膊活动不开。外科医生看到她的情况也想不到什么更保守的治疗手段，只好劝她做肩关节移植。眼见事态越闹越大，安妮·玛丽一边心想为肩膀这样大动干戈是否值得，一边又和医生提起自己的左手最近开始时不时地颤抖了。医生说他也不清楚她的手是怎么回事，不过应当和肩部的毛病没有关联，还补充道："我可以帮你把肩治了，但恐怕解决不了你手上的问题。"

于是安妮·玛丽来到了我的诊室。她病历上写的年纪只有 51 岁，可我光看了她两眼，就发现好几个早期帕金森病的征兆，其中就有她僵直的左臂，还有静止时无法自制的手抖。她说话时表情特别活跃，然而嗓音却又沙又哑。她家中有爱人，还有两个孩子，来医院时却是孤零零的一个人。我问起她的丈夫，她不吱声了，过了一会儿才干巴巴地说："哦，他就是受不了我整天抱怨肩膀疼。"是我的错觉，还是她的语气里带着些许不被理解的痛楚？

刚开始我们只是泛泛地谈点事情。她问自己一直在参加游泳训练，会不会和肩的问题有关联，还有她的肩痛是怎么又牵扯到她的手的。听她这么问，我就知道之前她肯定没有上网查过自己的症状，就连自己为什么需要看神经内科都不清楚。

她又问："那我到底应不应该做肩关节手术呢？"

我沉默了一下。如果面前的病人一心以为自己身上的毛病动个不大不小的手术就能解决，而你却直接说人家得了严重得多的不治之症，这无疑会给病人带来不小的冲击。第一次面诊就下诊断总归是有风险的，万一你没有说对，那么病人不管自己到底得了什么病，肯定先对你就失去了信任。可是安妮·玛丽本来再过两个星期就要做手术了，我这边根本没时间再不急不慢地给她安排检查、说明病情。此时我对她患上帕金森病这件事可以说有七八成把握，再加上形势所迫，恐怕我必须赶在做检查之前告诉她诊断结果了。

对于年纪较轻的疑似帕金森病患者，比如安妮·玛丽，我们会先安排血液和磁共振检查，最后再做一个更为精准的测试，叫作多巴胺转运蛋白显像。在最后一项测试里，我们首先会给患者注射碘试剂，接着再进行脑部扫描。这时我们观察帕金森病通常影响到的脑部区域，健康人的这个区域是亮的，帕金森病患者的这个区域则会偏暗。

我跟她说下一步会给她安排检查，但有可能的话希望她能够推迟手术，直到我们这边的结果出来。她诧异地问道："干吗要推迟呢？我为这肩上的毛病烦了不知道多久了，就想做个手术，把这件事解决了。做不做检查和这有什么关系呢？"

她这样发问确实合情合理，所以我只得直接告诉她说："我现在认为你可能处于帕金森病早期。"

她的脸一下子变得刷白，不一会儿便抽泣了起来，说："那不是老人家才得的病吗？你是不是弄错了？"

我跟她讲了我在她身上看出来的症状，又让她用脚打节拍给我听。不出所料，她右脚能打出来的拍子，左脚明显打不出来，她自己亲眼所见，蒙得说不出话了。

每次我见到这样年纪不大的患者得知自己病情的景象，不免都要为其揪心。这种时候，我都猜不出病人脑子里在想些什么。有些人事先没有一点心理准备，听到消息之后就会恍惚一阵子。我问他们有什么问题，根本一点用处也没有。大部分人只想尽快离你远远的，然后一个人去消化我跟他们说的事情。通常过一两天，患者才会发一封邮件向我问一大堆问题。他们跟我写那么多，其实就是为了说明自己刚听到结果的时候有些不知所措，所以没怎么听进我说的话。到了这个阶段，他们都会自己跑到网上去查资料，每看到一条结果就惊出一身冷汗。这一类邮件发来的时间点，还有里面的错别字，都值得玩味——可以看出患者此时思绪混乱、夜不能眠，这才在凌晨时分给我写信。

安妮·玛丽在我见到的病人当中倒算是个例外。她很快就恢复了镇定，擦了擦眼角，对我说："好吧，那接下来怎么办？"我见她如此波澜不惊，还有些诧异，紧接着便跟她罗列了下一步需要做的检查项目，又将推迟手术的事重申了一遍，说过几周等结果出来了会再给她一个答复。她仿佛听得很认真，但有些细微的眼神和动作还是告诉我，她的心思已经飘到别处去了。

临别时我建议安妮·玛丽，下次可以带丈夫一起来，一方面在情感上有个支持，另一方面也可以帮他记着一些信息以免遗漏。然而几周过去了，过来领结果的时候她依然是一个人。先前的检查印证了我的想法，不可能会是其他的疾病了——帕金森病就是她必须面对的未来。

我走出诊室叫到安妮·玛丽的名字，没想到她和上次见我时完全不一样了，我一时还没反应过来。只见她从椅子上一跃而起，大大方方地朝我一笑，就差跟我抱个满怀了。前一夜我担忧着怎么跟她报这个信儿，还折腾得睡不着觉。本来我以为她难免要大哭大闹一番，哪里想到她的态度和我所预测的完全相反。她进了诊室坐下。我说我也不和你绕弯子了，检查结果表明你确实患上了帕金森病，需要马上开始药物治疗，并且同时进行左侧肢体的理疗。

她微微笑了笑说："行吧。"又若无其事地问："我现在得先服多巴胺，对吧？"

我说："看来你适应得还蛮好嘛，难道这段时间发生了什么事吗？"一般人早该痛不欲生了，她却好像听到了喜讯一样。我说我就想听听她有什么诀窍，对我和以后的患者说不定也会有帮助。

她的脸上依然绽放着微笑，说："怎么讲呢，这件事其实挺好笑的。得了帕金森病，对我来说可能还是一桩好事。"

这种话我还是第一次听见从患者的嘴里说出来。

"一开始吧，就是刚刚见完你的那一阵，我还是挺受打击的。但之后我就慢慢接受了。过去这几年，我过得一直不太如意。就在半年前，我在脸书上和以前好过的一个人重新联系上了。其实在这之前我跟丈夫疏远有一段时间了，我总会想这辈子是不是就这么着了呢？日子得过且过，处处都压抑着。所以和前男友联系上以后，我觉得生活又有盼头了。就是有那股兴奋劲儿，你懂吧？我也不骗你，我本来准备做完手术就去找他，去和他搞外遇……"

听她说到现在，我依然一头雾水。于是我问她："那发生了这些事，和你得知确诊之后，那么……高兴有什么关系呢？"

"原本我想着，大不了破罐子破摔……甚至我丈夫、我孩子……这些我也统统不管了，就一头热地跟着那个人走。可是我现在看开了。这么多年我第一次好好睁开眼睛，看着周围的人和事，好像我之前一直像睁眼瞎一样地过活。我想明白了，其实这些年来我一直身在福中不知福。我再想到为了追求婚外恋要舍弃那么多东西，就果断和那个前任断了联系。关于确诊的事，我一个字都没跟他说。他不过是个外人而已，把这件事说给他听，他也不会关心。"

"所以这次我才没有带我老公来。患病这件事，我想自己先放平心态，好好考虑一下这辈子剩下的时间该怎么活。我晓得他会一直陪在我身边的。下次再来看病，我会带上他一起来。总而言之，帕金森病挽回了我的生活！"

听完这番话，我在惊诧之余陷入了深思。可以说这是我出诊这么多年遇到的最积极的案例之一。

前几年有一批研究人员专门拿苏联时期克格勃成员的步态说过事，还用了一个说法叫作"枪手步"，也就是一边手臂大摇大摆，另一边手臂直挺挺地收于体侧。网上还曾经谣传俄罗斯总统普京患上了帕金森病，因为他走路的姿势就同前文的康纳一样，右边手臂是不动的。最后这批研究人员才从克格勃的训练手册里找到了答案：原来这个秘密组织当年训练新成员，都会特意让他们在行动中右手紧贴胸口，这样一旦情况危急，便能以最快速度掏出枪支。研究人员接着又分析了普京总统在各大新闻里出镜时的举止，最终驳倒了他患有早期帕金森病的猜测。

这项研究告诉了我们一个道理：从神经内科医生的角度出发，有时候我们会不顾病人自身的真实情况，一味以职业的眼光分析对方的行为，可能就会因此得出错误的结论。所以做诊断的时候，如果不彻底了解一名病人的过往病史，用他过去的经历来理解其行为，那么最后做出来的诊断也是不扎实的。有好几回我早晨坐在公交车上，满以为坐在对面的乘客是帕金森病患者，结果一到站，人家一下站了起来，身手敏捷地下了车。我才意识到这天是周一，人家看起来面色沉闷、躯体僵硬，只不过是因为心情欠佳。

话虽如此，也有些患者确实患上了帕金森病，表面上却不怎么看得出来。我见过一名退休的工程师，卸任的时候人家送给他一只精致的高科技手表。他整天戴着，逢人便说这只表灵敏得很，能感知到人的动作，还开玩笑道，哪天这只表要是不转了，他也就该咽气了。退休不出一年，这只手表就停转了，然而这位工程师迈克本人却还好端端地活着。他专门找人去修表，但修理人员也没发现哪里不对劲。过了一段时间，手表又自己好了，好了没多久又不转了。工程师气不打一处来，索性把手表扔给了儿子，心想估计是表不认他这个主子了，换一个人戴可能又会好。工程师的儿子戴了两个星期，果不其然没遇到任何问题。可自己戴着本该属于父亲的贵重物品，儿子总归心不安，最后还是把手表还了回去，还说之前停转可能是父亲看岔了吧。迈克重新戴上表没几天，它竟然再一次停转了。

迈克是我遇到的唯一一位拥有帕金森病初发时间记录的患者——光看他的手表，连发病的时分秒都能知道得一清二楚。他那只戴着手表的左手活动幅度只比正常人小那么一点，但他的症状跟前文的康纳一样，走路时一只胳膊摆臂幅度不够。这点让他的高科技手表"感受"到了，结果就出现了手表间歇性停转的怪事。帕金森病初期的表现就是能够如此细微。

当然，也不是某个人手一哆嗦就代表他得了帕金森病。有一个名叫贾森的年轻人刚满 18 岁的时候，他的母亲伊冯娜发觉他有些异样。一开始，伊冯娜是靠听觉发现不对劲的。有次星期天夜里她自己坐在沙发上看《唐顿庄园》，听到背后一阵响动，立马翻了个白眼，心想肯定是"乖儿子"端茶来了。她之所以这样想，是因为她原本是脸朝着屏幕的，结果后面传来叮叮咣咣的响声，搅得她看不了电视了。当时她立马扭过头去，冲她儿子道："你怎么搞的啊？"心下认定儿子是因为周六晚上出去鬼混，凌晨三点才逛完一圈夜店回来，所以到现在还迷迷糊糊得端不了杯子。

贾森也觉得自己前一晚累坏了，嘀咕了一句道："别老说我行不行。"两人便没再争下去。

在接下来的几个月里，贾森注意到每当自己玩了一整夜回家，到第二天，他的手就会抖得特别厉害。于是他在搜索引擎里查"喝醉了会手抖吗"，结果冒出来一个词，叫作震颤性谵妄。他想道："哇，我这样居然算酗酒了。"他便发誓不再碰酒，后来确实也没再去酒吧。

这之后他手上的哆嗦消停了一些，可不久他又发现，自己只要一紧张，就会抖得比较厉害，特别是在班上发言的时候。到了后来，不管在外面遇到什么情形，他都要手抖了，而且发作得越来越频繁。如果他坐着不动，比如说看电视的时候，手才会跟着静下来；然而他一旦转头去做需要稍微集中一点注意力的事情，哪怕是写字、发消息，手立马又开始颤动起来了。

这回他又上网查了一圈，结论是自己得了帕金森病。他看着网上迈克尔·J. 福克斯①的影像，心想这应该就是自己未来的样子吧。既然自己顶多只有几年可活，干脆趁早把该享的福都享了，他自此回归到了整夜外出混酒吧的日子。没想到他每次只要喝满三杯啤酒，他那颤动不止的双手就变安分了，不过第二天起来，颤动又要加倍严重。

又过了半年，他才把自己手抖的事情向母亲伊冯娜和盘托出。母亲盯着儿子伸出的一双籁籁发抖的手，立马回想起她在看

---

① 迈克尔·J. 福克斯（Michael J. Fox），美国演员，曾主演电影《回到未来》三部曲。1991 年确诊患帕金森病，后退出演艺圈。——译者注

电视的那天晚上从背后听到的杯盘晃动声。她又想起自己的母亲生前也一直有手抖的毛病，可真正严重到影响生活还是到了 70 岁以后。以前她老不情愿和母亲出去吃饭，因为母亲动不动就会把食物抖落到前襟上。伊冯娜的母亲是十年前患癌症去世的，不过她偶尔也会怀疑母亲是不是同时患上了帕金森病，只是一直没有确诊。

伊冯娜帮儿子预约了我的面诊。当时我看了一眼全科医生写的介绍信，觉得不像特别紧急的样子，便给他排到了几个月之后。可就在这段时间里，贾森的颤抖症状进一步加重了。伊冯娜担心得不行，先是跟哥哥聊起了母亲的事。柏安，也就是她的哥哥，回答说："哦，这恐怕是家族遗传了。妈妈的病我也有，约翰也有，梅莉倒没有。"伊冯娜听了略微放心了一点，又疑惑起来，怎么家里从来没人提过手抖的事呢？而且从前在一起的时候怎么就没见他们犯过毛病？柏安告诉她说："我的毛病也是这几年才有的，而且不是经常犯，所以我也没去查。"

这一通调查下来，等到伊冯娜带着儿子来见我的时候，她已经比先前平静多了。我也看出来她儿子并没有患上帕金森病。其实贾森的病叫作良性原发性震颤——这个词是什么意思，看"良性"加"震颤"两部分就明白了；至于"原发性"是什么意思，说白了真的没什么特别的意思。我们并不十分清楚这种病是如何产生的，只不过我们医学领域的人很爱用各种看起来很高深的词来解释一些我们自己也不太明白的现象，比如"特发性""隐源性"也常用来形容我们不清楚一种病的原因。

原发性震颤一般具有家族遗传的特征，在基因学上对此有一个说法是常染色体显性遗传，也就是说某种病是通过基因传递的，造成患有某种病的人生下的子女也有一半概率会得上类似的病。不过就原发性震颤来说，还有一个特性叫作可变外显率，就是说如果患者有很多子女，可能受到同样的病影响的只有一两个，甚至下一辈没有而是隔代受影响。

贾森的手部震颤并不像帕金森病患者那样在双手静止的时候发作。相反只有当他有意识地去做某些需要特别专注的手部活动的时候，比如端着满满一杯茶，震颤才会出现。在贾森身上，端杯子发抖是最早的一个征兆。此外，精神压力、咖啡因，包括贾森之前所做的戒酒行为等因素都会加剧颤抖的症状。伊冯娜听我这么说，满怀希望地问我："那么医生你说说，他是不是最好不要喝酒？"我说其实酒精有时可以缓解震颤，这下换作贾森跳起来问了："所以我是不是要多喝一点儿？"我看着母子二人在我面前争着出风头的样子，心中不住地发笑。诊断结果比较乐观，大家一起有说有笑也属自然。

对于贾森身上的原发性震颤，目前我们还做不到永久根治。但我们给患者的第一条建议通常都是减少咖啡因和酒精摄入。伊冯娜听了连连鼓掌，我继续说道："特别是考虑到之前有很多患者，自己想让颤抖消下去，最后对酒精上瘾了。"贾森听我这么说，一脸不高兴。此时我再次安慰他，好在他没得上帕金森病那样的绝症，随即他的脸上又洋溢出了笑容。

针对原发性震颤，我们还是可以通过服用药物的方式进行缓解的。比较常用的是 β 受体阻滞剂，这类药可以平衡其他物质对肾上腺素受体的激动作用。肾上腺素促使我们对紧张刺激的环境做出反应，人体内肾上腺素大量分泌，就会心跳加速、精神紧张。受体阻滞剂曾经在体育界很是风靡了一阵，因为它能帮助运动员克服赛前的紧张情绪，所以到后来被各大赛事列为禁药。但有段时间，不少运动员都会在赛前来一剂，比如说打斯诺克台球，还有上高尔夫球场、打靶之前，都会有人用。

对于这些紧张发抖的人，一般只要跟他讲，你的手发抖不是因为得了什么大不了的疾病，焦虑消除了，震颤的情况也自然而然会得到改善。如果他们在日常生活中能够规避我们之前讲的那些致病因素，那么可能接下来会恢复得更好。除非患者手部的震颤严重影响到了他目前的生活质量，否则我是不太建议用药的。你去吃药，事实上也只是把症状掩盖了，没有解决实质问题。大部分患者刚开始吃了一段时间药，后来慢慢地减量，只有实在要面临特别紧张的状况，比如婚礼发言，才会临时吃一点应付应付。

马丁第一回震颤发作是在路口等绿灯的时候。绿灯闪烁、汽车纷纷给行人让道，马丁正要甩开步子往街对面的办公室走，突然全身都不听使唤了。他后来说当时感觉就像闪电划过全身，等到闪电过去以后，他既不感觉痛，也没有失去知觉，但整个人似乎都被震蒙了。他怔了不知多久，听见路口的司机不耐烦地按出的喇叭声，才从恍惚中清醒，意识到绿灯已经变红了，自己还站在路中央。

他想着："刚才恐怕是昏过去了。"可自己明明直挺挺地站着，不像刚摔倒的样子。于是他连忙回过神来，跟旁边的司机道了声歉，急匆匆地跑到了街对边。

那天他一边上班，一边继续思忖着自己到底做了什么不寻常的事。虽然马丁还很年轻，只有 19 岁，但他的生活已经是几点一线。上周末他只不过光顾了他经常去的几家酒吧夜场。再往前算算，他也服用过几回摇头丸，但上周末他的确没玩得太疯啊？

他喝了杯咖啡，转眼又望一望四周的同事，生怕别人看出他身上的异样来。看了一圈，好像没人注意到他，于是他又埋头办公了。可是那天结束之后，他依然惦记着被"闪电"击晕的事，一连好几天都提心吊胆，怕又要出什么岔子。每天早上到了那个路口，他都忍不住发怵。过了几天发现没事，他便觉得之前那次也是自己臆想出来的，自此一切照旧。

又过了几周，有天晚上他照常出门跑步。这里不得不提，马丁这名年轻人十分热衷于运动。此前他已经跑完了三届都柏林马拉松，原本还计划着第二年开春要飞去波士顿参加那里的马拉松。当晚他离开家，在门口做了几个伸展动作，结果还没跑几步，就又被"击倒"了。这次他看出自己浑身上下都在抽搐。他定定地在原地站了一会儿，抽搐慢慢消了下去。他试着迈了几步，忽然又是一阵"天打雷劈"。这下他一边抖着，一边想着自己恐怕命不久矣。

回过神来之后，他看看四周没人，松了口气，心想幸好没被人看见。刚刚的两次抽搐发作都十分短暂，没多久就消退了。他掉头回到家里，蹬掉跑鞋，直奔电脑，打开搜索引擎查询"抽搐""癫痫"等词条。他猜自己得的应该是类似的病，因为家里有一位远房表亲也患有癫痫。只不过那位仁兄发作的样子他见过，就跟电视剧里演的一样，和他本人的症状并不一致。

此时他的脑子里闪过无数的疑问："怎么跟家里人讲这件事？""会不会丢掉工作？""以后还能不能开车？"最后那一问是因为他看到"癫痫"词条里面讲，患上癫痫会严重影响到考驾照。他又想："我是不是脑子出问题了？"于是又立马去翻找其他神经疾病的相关信息。然后又想："我的妈呀，应该是帕金森病，要么就是多发性硬化。"一会儿又想："应该是运动神经元病。"人要是觉得自己的神经出了大问题，上网查过资料以后一般都会觉得是最后一种可能。

不过马丁又继续查了下去，最后找到了一篇关于亨廷顿病的博客。那名博主提到，这种病的患者会出现不自主的动作，看起来和马丁的经历非常像。区别仅仅在于马丁的抽搐症状持续时间短暂，且消退较快。

他关上笔记本电脑，坐在桌前哭了起来。这下全完了，他不光参加不了波士顿马拉松，其他理想抱负也全都灰飞烟灭了，只剩唯一一个指望，就是但愿老天爷别让他余生都在轮椅上度过。马丁最终找到我的时候，一张年轻的脸上分明长出了两道深深的黑眼圈，可见他焦虑到了什么程度。当时他是单独来见我的，张口便滔滔不绝，我猜他恐怕是医疗剧看多了，以为医院里的人说话都像连珠炮。他花了几分钟讲述了自己的情况，喘了口气，向我投来一个阴郁的眼神道："你就跟我直说吧，医生，就算有什么，你也不用和我绕弯子，我全都能接受。"

我看到他憔悴的样子，确实也为他感到难受。可他的作风那么直来直去，跟美国人似的，又令我忍俊不禁。这孩子估计特别爱看《实习医生格蕾》《豪斯医生》一类的美剧，便有样学样，做

你怎么了：一位神经科医生的 30 年诊疗手记

出一副得知自己身患绝症之后"大义凛然"的姿态。他的亲属当中并没有人患上亨廷顿病，对于神经方面的疾病，他在现实里唯一的参照便是他那位患有癫痫的远房表兄。他拥有良好的体魄，平常不抽烟，就是周末灌一点酒，偶尔吃吃摇头丸。我给他做了检查，没发现任何不对劲的地方，于是告诉他应该没有患上多发性硬化、帕金森病或者运动神经元病的可能。

他从胸中长出了一口气，眼角微微有些湿润，然后问我："那我是不是脑子有问题？"还别说，这种可能性我确实考虑过。年轻人满怀焦虑地来问自己是不是得了这个绝症、那个绝症，类似的情况我见得多了，但这个想法我没有和他说。我只是告诉他之后会再给他安排检查，同时希望他回去以后能把每次发病的情况记录下来。他又问："那以后再发作了怎么办？有没有什么药能控制它？"我说目前还不清楚他到底是什么情况，所以暂时没法对症下药。他拉下一张脸，仿佛刚才听到的好消息也变得没有意义了，又气又恼地起身走出了诊室。他大概以为我是对他的担忧置之不理，其实我并非不关心，只不过不知该怎么向他表述我的想法。

第一次见面之后，我特意替他安排了加急检查。过了几周他回到诊室里，告诉我说："自从我上次过来，（抽搐）又发作了不止十次。我全都按照你的要求记在日记里了，现在我只有在坐下看电视和睡觉的时候没有发作过。"说话间他掏出日记本和一份翔实的病情报告放在我面前。我读了读："……周一下午，和同事去吃午饭时'被雷电击中'……周四早晨，上班路上……周六早晨，开始跑步后两分钟……"他在一旁补充说道："看来只要我待着不动就不会有事，可是一旦动起来，我全身就会像被什么东西附身一样犯抽，但什么时候发作也说不准。"

马丁的各项扫描和电极测试都没有显示出任何问题。他知道了结果之后长叹道："那么，我应该就是疯了？"

我看了二十五年的病，见到他这样的病人的次数一只手都数得过来。以前遇到类似的病例，我基本上都会公开介绍到病例讨论会上，让各位神经内科专家一同做个判断。病例讨论会可谓临床神经科学的一大基石，对于医生来说，它是试炼和增长专业知识的机会，而且大多数时候患者也能从中受益良多。

然而这一次面对马丁，我一个人做出的最终判断是他患上了"发作性运动诱发性舞蹈手足徐动症"。这种病第一次见于记载是在20世纪初的伦敦。当时有两名患者也和马丁一样出现了间歇发作的不自主动作，并且在有意识运动中会犯抽搐症。在此之后，医学史上又陆陆续续出现了许多相似的案例，不过初次发作多半都是在患者的童年期。医学界把这些难以解释的抽动称为多动障碍（和帕金森病患者身上的运动减少正好相反）。有些案例似乎还有家族遗传的特征（据马丁自己回忆，他家里并没有其他人患过跟他一样的病）。我们现在还不清楚这种症状的根源或者来由，不过有一种说法是患者的神经内通道可能出了问题，简单点说，就是负责四肢活动的神经存在缺陷（而且多半是先天遗传的），影响到了大脑发出来的神经信号的传输。

我在这本书里面写到医生自己也没完全搞明白的问题，已经不是第一次了吧？这一点让外行人看来，恐怕会觉得我们医生怪不靠谱的。对于马丁这样，患上了医学界仍未研究透彻的病却担心自己有生命危险的病人，我给他的解释无非只能是"你的神经通路有点不对劲"。一般人觉得，你们医生既然做出了诊断，甚至都准备开始治疗了，理应能将这个病是怎么一回事说得头头是道。然而，医学诊断有时候确实不像严谨的工匠活一样，能够一步一步跟人讲明白，它反而更像一门艺术。就拿马丁的病来说，我们做诊断靠的是聆听、观察、密切关注病情的发展，然后将许多看似并不相关的碎片拼接成一个整体的认知。所以我在给马丁诊疗的时候，我的脑子是异常活跃和兴奋的。我跟他说了，他的病不仅不会危及生命，而且目前是能够治的。我给他开的是抗癫痫药物，这类药品对一系列神经方面的病症都能起效，诸如神经痛、某些慢性疼痛，甚至还包括由多发性硬化引发的一部分肢体障碍。我给马丁只开了很小的剂量，然后让他在服药过程中继续保持每天记日记的习惯。马丁听了我这一通似是而非的解释，最后又莫名其妙地拿到了一个药方，一副将信将疑的样子，可还是回家把药片吃了。四周之后，他身上不自主的活动全部消失了，转眼便再度投入了波士顿马拉松的训练。

后来几年我依然会时不时地关注一下他的状况，可他自己慢慢地觉得没有必要继续找我了，从此就只去他的全科医生那里开药。现在我到城里还能偶尔撞见他在跟朋友玩，但也没有再上前和他接触。可能他没认出我来，也可能他不愿意见我。不管怎么样，我远远地看着他的样子，觉得大概他也早把患病的经历抛在脑后了吧。又有一名病人被我护送回了健康人的世界，因此我也并不感觉十分遗憾。

32

新世纪的医患关系：
医生也只是普通人

以前，医生们可有的是时间跟人聊天。然而时代发展到现在，在医院里每一天的每一分每一秒几乎都被排满了。不论你是病患还是医护人员，如今你都只是表格上的一条条数据，而不再是有自己的想法跟过往的个体了。医生对于病人的了解，本不该止步于他是从哪儿来的，还要包括他的心理背景、情绪底色是什么样的，否则病人对自身的病情做出什么反应来，你会觉得无根无由，搞不清楚他到底是怎么一回事。要是作为医生你能多花一点时间听听病人的讲述，比如说他家里的亲戚有过异常煎熬的住院经历，那么你就能懂得他本人为何会在潜意识里畏惧来医院。这么做比起你仅仅关注人家外在的症状不知要强多少。

　　然而在当今这个年头，我们每个人无不是在和时间赛跑。我们医院里也要进行KPI（关键绩效指标）考核。这就要求我们每天至少要看多少名患者；对于住院病人，只要没有进一步的危险，就得尽快放他们出院，空出床位来给下一批在担架床上等待的病患；此外，为了尽可能缩减病人的候诊时间，医生还得飞速地处理眼前的病人。KPI为医生们定下了工作的目标和基准线，这本身无可厚非，但从眼下医院运转的普遍状况来看，我认为它未尝不是一种本末倒置的做法：要说过去的医生有什么KPI，无非就是照顾好自己负责的病患，确保他们早日康复出院。这点我们并不是不再做了，只不过如今在考核体系的鞭策下，我们不仅要看比过去多一倍的病患，还要做到花比过去少一半的时间。如此高负荷工作下去，医生免不了精疲力竭，患者也更容易把医院看作一个灭绝人性的地方。

现在有这么多医生累到崩溃，我觉得其中一个主要原因，就是他们被迫要在保证效率的前提下继续做着最体贴入微的活。一个人再体贴、再富有同理心，也是有限度的，不可能跟谁都和睦相处。做过像医院里头那样高专业性、高强度工作的人都能明白，一边工作一边还得跟形形色色的人打交道有多么困难，看病本身又常常是一个高难度的和人打交道的过程。这样说来，很多时候医生看起来那么不讲情理也就容易理解了吧？不是我们医生想要"仗势欺人"，要是我们一句话讲错了或者讲得不中听，我们也怕病患或者家属一时激动会做出过激反应啊！

其实对医生来说，别人能把健康托付给我，那是极为荣幸的一件事。医生这个职业，在传统社会里享有至高的地位，所以不管一名医生的医术如何，或多或少都坐收了社会观念的红利，但这确实不是一份容易的工作。现代社会对医护群体的看法确实进步了，尽管十分缓慢，但越来越多的人已经开始意识到：原来医生自己也是需要照顾的。不信你试试去医生的诊室里坐上一天，这一整天保准你的心情就像坐过山车一样，再看看你自己在这样的心境下还能不能理智地思考。来看神经内科的病人，一个刚走，另一个又来，个个情形都不同——上一名病人你可能挥挥手就把他治好了，下一名也许你只能给他一纸绝症通知书。但是无论你遇上的是什么样的病患，都必须用心求证、分析、思索，最重要的还有：必须时刻在病人面前展现出你作为人最好、最善意的一面。

要是病人不发话，或者说些有的没的，你还得读出他内心的所思所想，这一点也需要多年的练习——也就是说在入职之后的很多年里你都会不停地犯错。不仅如此，你还要做到在三十分钟甚至更短的时间内掌握病人一生的经历。他患病以前是什么样的，患了病以后如何，继而又如何影响到了他身边的人，这些你统统需要了解。然后你要根据你对病人生活和症状的理解做出影响他们一生的诊断，诊断出来以后再安抚病人的情绪。这时候你说出口的每一个字都必须经过一番斟酌，一次说不好，之后难免还要改口。我也跟其他医生一样，有时候尽管出发点是好的，话说出来以后却有点不对头：要么太严肃、太缺乏人情味了，要么太轻浮潦草了。一句话说错，也许就让病人的希望变得渺茫甚至破灭了，或者让人家觉得你样样都要管，不把他当人看。过后你尴尬也好，委屈也罢，一定要换一种口吻跟人家道歉，这样总比任其继续不满下去要好，否则你总会从这里或者那里听说病人在外头抱怨，那么这对于你个人还有你作为医生的自尊都是一种打击。

前几年爱尔兰闹金融危机的时候，整个银行界上上下下有不少从业者过来找到我。刚一见面，他们都不太情愿自报家门，只因整天被人当街喊打，早已有了当过街老鼠的自觉。过来看病的人好多年纪轻轻，就说自己这里那里不对劲，其中最常见的就是头疼。来者不论在银行做到了什么职位，跟我讲到后来无一例外都会提到自己在顾客那里受的气，尤其是银行柜员——经常不知道从哪里窜出一个人，什么年龄职业的都有，到了柜台前就破口大骂。就算只是在银行当保安，早上开门的时候也会有过路人对他冷嘲热讽几句。

这也不能不考虑到当时整个社会愤怒和感到被背叛的心理，毕竟大银行行为不当，捅出一个影响全球的大娄子来，叫普通人如何坐得住？电视新闻全部都在报道金融体系管理不当，乃至招摇撞骗，人家听了肯定从心头窜起一把火来。有些人到了气头上，你也没法指望他们多动点脑筋，想想背后的真正元凶到底是谁，多数情况下银行职工就被当成了活靶子，结果这些原本同普通老百姓无异的职工气的气、累的累，一个个落下一身的病来。我看着这些正值大好年华的男男女女一个接一个地到我面前，有犯严重偏头痛的，有犯哮喘的、手腿发麻的、长期失眠的，不胜枚举。现在我回想起来，他们基本上都不是因为别的，纯粹是压力过大的缘故。

我想起这件事，是因为后来又听说医疗系统也陷入了类似的境遇。普通的医护工作者也和银行职工一样，时而会遭受不公正的待遇。我这么说并非偏袒医疗体系的人员，况且我们在工作中也不是十全十美的，肯定有疏漏或不足的地方。病患对医护严加要求，依我看是再正常不过的了，毕竟人家的身家性命握在我们手里。但在从前的医患关系里面常见的那种哪怕遇到事情也能协同面对的精神，到现在确实式微了。随着担架床排得越来越密，社会资源越来越短缺，医院里的诊疗效率也相应地打了折扣，这样病患和医护人员之间就慢慢生出了嫌隙，觉得"我们是我们，他们是他们"，以致患者稍有不满就对医护人员恶语相向。好在极端的人仍然是少数，但往往是那些吵得最凶的人占去了我们的宝贵时间，那些更沉得住气的患者反而得不到应有的照顾。

碰到情绪发作的患者，我们医生和护士都有一肚子的苦水，表面上还得对他们毕恭毕敬地继续诊疗。当然，有些患者可能进了医院以后心里也害怕得紧，稍稍抑制不住情绪也能理解，但有些人明显是存心砸场子的，根本不只是发泄一下那么简单。患者要是在医院里闹起来，哪管什么三七二十一，不光要整医生护士，就连助理和勤杂人员也不放过。真正动手的还是少数，但我不论在哪个病区，都曾经见到我的同事被病患骂哭过。

我可以这么说，在医院我们将95%的时间和精力都花在了那5%的人身上，这一点可能放之于各行各业都适用。平时我们救治了那么多患者，受到那么多人的感激和尊重，但我们自己哪里有空去"坐享其成"，光是那"5%"就让我们伤透了脑筋。就是这为数不多的一群人，其中还不乏特别善于兴风作浪的——一发觉哪里做得不合他的意，就威胁说要曝光到媒体上去。在都柏林的医院里最常听见的一句威胁便是"我要把这件事讲给乔听听"，指的是我们当地有名的投诉频道"乔·达非热线"；还有一句话是"等着瞧吧，看我回头把你们收拾得没脸见人"。医生眼见自己的身家和名誉都成了砝码，只能挤出十二分的精力来做原本轻轻松松就能胜任的工作，以免给人落下口实。如此一来，不论哪一方都没有真正受益。医疗体系本就不堪重负，到如今更是雪上加霜。

言语上的冲突尚且还能应付，而人身攻击到了一定的程度就不得不让人担心起自己的安危来。有次我不得已联系了警局，因为我的电脑收到了一连串的邮件，言辞一封比一封激烈，最后直接威胁我和我的家人，着实把我吓得不轻。这件事的来由还要追溯到两年以前，有一名年轻人找我治病，我也一直在尽心尽力地给他做诊疗，可不知为何他老是觉得我要害他。由于这名病人的精神不是很稳定，我想要是诉诸法庭恐怕还是太过火了一点，闹得太大对他对我都不好，所以唯一的选择就是去找警察。后来警察找他谈了一次话，这件事才算了结。

话说回来，我们医生和护士本来也不指望外人能对我们抱有无条件的信任。我们也会看电视、读新闻，对于医疗界的种种黑幕和事故不比常人关注得少。我们自己也会为体制中存在的不合理之处感到焦躁、忧虑和愤愤不平。然而面对那一小部分对人缺乏基本尊重的患者，我们只会感到寒心。

事到如今，我依然不后悔我选择了这个与人接触的工作：别人能够对我袒露心事，不加保留地和我探讨他们的生活以及健康背景，这些都让我感到万分荣幸。如果我作为医生，能够在病患最艰难的时刻还能跟他们有说有笑、敞开胸怀，并且给予他们必要的支持，那肯定是再好不过的事了。如果我们能够互相放下戒备，人性的光辉终将把我们包围，引领我们一同渡过病痛和烦忧的苦海。

33

痴呆：被偷走的记忆

不久前的一天我在凌晨三点突然醒来，满脑子想的都是滚石乐队。我向来喜欢他们的歌曲，可那天晚上就是怎么也想不起吉他手的名字——真是一个字都想不起来。真是的，那么张狂的一个名儿……怎么我就没有一点印象了呢？难道他在我脑海里的至高地位已经被其他音乐人取代了吗？那还能是谁，碧昂丝吗？蕾哈娜吗？不会吧！翻来覆去了好久，我总算忍不住查了他的名字，原来是基思·理查兹。我便又开始想了：是不是由于年代久远，这个名字就自然而然地被我的海马体排到后面了呢？是不是每个人在这方面的记忆储量都是有限的呢？想到这儿，我又惊异起自己当年的成就来。在医学院里，就算你选的是神经学，也同时还要全面了解心脏学、呼吸系统、胃肠病学以及外科手术的内容。如此海量的知识点，是如何被塞进我那些同学和我自己的大脑的？

　　我们每个人思想不同、境遇各异，但说到记忆方面的问题，大家都在同一条船上。比如家里有小孩的人，经常一面做饭，一面盯着到处乱跑的小孩，脑子里还在想着第二天的工作报告，总会有哪根弦搭不上。大多数人都有过找不到钥匙或者在停车场找不见车的经历，每逢自己疏忽了细节，我们总会说自己"年纪大，不中用了"这样的玩笑话。但要是家里当真有人患过神经方面的疾病，这时候哪怕自己仅仅偶尔忘一忘事情，也会想这是不是老年痴呆的前兆。于是焦虑在心底慢慢滋长，刚开始只是注意力没法集中，随后记事的能力越来越差，人也就当真会开始担心自己是不是神经出了问题。在我们这个信息泛滥的年代，一天到晚都有这样那样的事抢占人的精力，以至于很难分辨哪些情况属于偶尔健忘，哪些是切实的认知损伤。

　　每周来我这边说自己记忆有问题的病人少则有四五位。这些病人一般家里都有老人患上痴呆。而在事先没有接触过他们的情况下，基本上见面几分钟我就可以判定能否让他们愉快地回家。如果他们能够按照预约时间到场，不靠别人陪同独自来看病，能够字句通顺地把自己的担忧讲明白，还能回想起自己是在何时何地忘事的——这一点说来有点讽刺，那不出意外他们非常健康。

　　不过即使我凭借最初印象做出了判断，依旧还得按照惯例提一些问题（比如"现任总统是谁""我们在的这个地方是哪里""今天是星期几"等等）来评估对方的认知情况。检查完之后，可能对方心里还有顾虑，觉得自己并非无来由地担心。这样的话我就会顺着他们的意思继续，说出"那么请你在纸上画出一个表盘，然后大致画出 11 点 10 分时指针的位置"或者"给你一分钟时间，想到任何以 F 打头的词语就写下来，越多越好"，然后我会笑一笑补充"但是不包括人名和骂人的字眼"。紧接着病人就埋下头来，在我这名"监考官"的注视下开始"考试"。测试完的结果往往又令人意想不到——其实多半并非他们答得不好，而是他们只要犯了一两个错就会神经紧张。我跟他们说，出一点错很正常，但他们还是一个劲儿地盯着自己的"考卷"不放。我见过真正的病人画出来的表盘，所有的刻度都被标在了半边；他们列举出来的词语，两只手都能数完。要真的是这种情况，我不用说什么，病人自己也会意识到他确实出了问题。

我们目前还没有掌握哪项检查可以明确指出一个人是不是患上了阿尔茨海默病（老年痴呆）。此类模棱两可的状况在神经内科的疾病排查当中并不罕见，我们对其采取的办法也更像拼图——信息收集到一定程度了，能看出来像是那么一回事。不过就算我们采取了相应的诊断方法，而且病人在按照指令做检查项目的时候明显非常吃力，很多时候我们还是会继续观望。如果你诊断失误，平白无故让人家成了"老年痴呆"病号，影响你的职业水准不说，也会给病人带来相当大的困扰。很可能对方听到诊断万念俱灰，接着就不和人打交道，变得抑郁了。这样，不管是老年痴呆还是其他认知方面的问题，都会进一步加重。换作你，会愿意有人告诉你，现在你得了一种病，而且针对它的治疗手段十分有限吗？试想一下你听到这个消息后会有何感想。其实只要人到了一定的年纪，就会有相当大的概率需要面临认知能力的衰退。可在当今社会，人人提到痴呆就要有意无意地把声音压低下来，最好压根不聊那方面的事。可是你想想，就算你对现实存在的事物充耳不闻，它也不会自行消失了呀。

我有一个年轻时代的好朋友叫埃玛。她去伦敦成了家，有了两个孩子，前些年又搬回了都柏林。埃玛15岁的时候，她的母亲患上乳腺癌去世了。她还有个哥哥，当时也只有18岁。我跟埃玛一直走得很近，在伦敦的时候我们去西区的各家夜店不知道浪荡了多少个晚上。当时她就老是说自己内心很愧疚，因为自己在伦敦发展建筑师的事业，而她的父亲则独自守在都柏林的老房子里没人照顾。所以她和家里人说好，只待时机成熟，她就搬回都柏林老家去。

后来我在巴黎和墨尔本工作期间跟她断了一阵联系。等我回到爱尔兰，从人家那里打听，这才晓得原来她比我早几年就回了国。想到能和老友重聚，我简直心花怒放，当即联系上她定好了见面的时间地点。那天我在咖啡馆看着埃玛进来，第一感觉就是她整个人疲惫不堪。刚打开话匣子，我们自然只顾着聊这些年发生的事，于是我也没怎么多想。她跟我讲了她恋爱、结婚的经历，又说孩子是我刚离开伦敦不久怀上的。她的丈夫也是都柏林的，于是两个人一拍即合，果断决定一同搬家回国。

"我爸爸当然高兴啦。我没在国内的那几年，至少每年都回家两次去看他，关系一直都很好。所以我也很乐意搬回来多陪陪他。"埃玛的父亲名叫彼得，当时年纪 65 岁上下，还在大学里当建筑学讲师，不过很快就要退休了。

"我爸是真的热爱建筑。我回来之后，他带着我在都柏林街头到处逛，跟我讲各种建筑细节和典故，简直顶得上专职向导了。除了这个，他什么别的爱好都没有，就是周二晚上会和其他几个老朋友打打牌。还有一些认识的老夫妻，估计是可怜他一个人，就每周拉他出去吃一次饭。除了这些，他可能真的完完全全就只剩一个人了。我晓得他有我和外孙在身边会开朗很多，不过我也担心他总是这样子，哪天离开我们就过不下去了。

"我们刚回来的时候，一切都好好的。说实话，我也感觉蛮庆幸——在家就有一个免费保姆。孩子在家让我爸带着，我跟老公就又有机会跟我们的同龄人社交了。这样一来，我们夫妻的二人世界确实变丰富了很多，有一阵子感觉还挺不错。

"后来我爸终于等到退休了，那对他来说就像一下子天昏地暗了一样，他迷茫得不得了，整天都不知道干吗。早上他都要打电话过来，问要不要他送孩子上学。那时候他陪孩子的时间比我们俩还多。到了下午，他就一定要来喝茶。有时候周末我们吃着午饭，他事先也不说一声就上门来了。我有一些朋友的妈妈，她们的丈夫去世了，也是一个人住，我还试过帮他从中撮合。可他说什么都不愿意去见，说像我妈那样的女人再也找不到了，所以最后都不了了之。

"毕竟我之前在伦敦一个人过久了，一下子和他抬头不见低头见，也不习惯。那年过圣诞节的时候，我终于和他吵了一架，当着他的面叫他不要老是赖在我们家。他听到这话挺伤心的，不过他性格到底还是老样子，也没怎么再和我争，还说理解我的处境。这之后几个月他就没怎么出现在我们家。可是后来我觉得过意不去，就主动去他那里看看。结果发现他过得没个人样，屋子里乱成一锅粥，没吃完的东西到处乱摆，而且看起来他连澡也不洗了。

"我看他一个人过得实在太惨了，抑郁到了极点。这都是我一手造成的。我很难受，就想挽回一下，请他再来我们家，经常来也没关系。可是他整个人已经变样了，对生活提不起兴趣来。偶尔他还继续帮我们带带孩子，但看样子他也不再喜欢带他们了，老是一副不高兴的表情，而且动不动就朝小孩发火。以前他对孩子可温柔得很。

"有一天，本来他说要去接小儿子查理放学，可是到点了没去，他说是忘了，我就开始觉得有些不对劲，又不知道怎么开口。不过我还是说服他去看了全科医生，结果医生也说他确实抑郁了，让他去看心理医生。我爸死活不愿意去，说我妈年纪那么轻就走了，从此以后他就再也没信过医生。"埃玛见我有些不自在，连忙笑笑道"抱歉啊，没有冒犯的意思"，又继续说了下去：

"总之看过医生以后我们又勉勉强强过了一年，我也不敢让他帮忙带孩子了，他也注意到我请他过来的次数越来越少。我帮他雇了家政服务人员，他也同意了，至少他在家还能像个样子。慢慢地我以为他差不多该从刚退休那阵子的情绪里面走出来了，直到有次去超市遇见了他的一位老牌友。

"那位叫吉姆的老牌友问起我爸的情况，我还奇怪，反问他：'怎么？你们不是每周二都见面吗？'他告诉我说我爸自打1月就没去和他们打牌了。当时已经是6月了，我爸从来没有跟我提起过退出牌友圈的事。我见吉姆也有些警觉，就问他我爸是不是跟他们合不来。

"他说没有啊，只不过我爸在'失踪'之前变得确实不那么爱玩牌了，经常打到一半就会心不在焉，还说：'我们担心他是不是酒喝太多了，但也不方便问。后来他就突然不来见我们了。'吉姆他们也打电话找过我爸几次，我爸每次都推脱说自己在带孩子。所以过了几次他们就彻底不联系了。

"我听到这个消息特别震惊，在吉姆面前我也不便表现出什么，但心里想着周末一定要再去看看我爸是怎么一回事。我到了他家，发现又是一团糟。我打电话给家政阿姨，说明明请她来打扫了，怎么屋子里还这样乱。阿姨跟我说是我爸叫她不要再来的，已经有好几个月了。

"于是我问我爸是怎么回事，他告诉我他就是不想让外人进来，况且他一个人也能料理好。我实在忍不住了，指着周围一圈对他说：'可是爸，你现在做不到，你看不到你家现在的样子吗？'话一说出来，我爸就哭了。自从我妈走之后，这是我头一次见他哭出来。你根本想象不到……眼见着自己的父亲在你面前号啕大哭……"说到此处，埃玛自己也泣不成声。

经过这次事件，一连几个月埃玛无论做什么都想方设法带上父亲。全家一道去动物园、植物园。父亲本来不喜欢逛街，她也硬要拉上他一起，觉得不管怎么说都比待在家好。办法想尽了，却仍然不见一丝效果。父亲彼得依旧对什么事都提不起兴趣，去外面逛完，回到家就一言不发地坐在角落里抱起一瓶威士忌。

埃玛琢磨着父亲的状况会不会是喝酒造成的，转念想了想，似乎父亲喝得也不太多。不过她总归想做一点什么，于是劝父亲少碰一点酒，没想到又引来一番激烈的争吵。"你还敢管我？"父亲红着眼向她嚷道，"管好你自家的事就行了，反正自从你妈死了以后你就一直是这副样子，我也不指望你干些别的了。现在你又凑上来，图个什么呢？"埃玛因为自责，越发心力交瘁，再也想不出别的办法了，只好打电话给远在悉尼的哥哥，找他说说心事罢了，本来也没想请他帮忙。埃玛的哥哥多年前和父亲闹翻，远走他乡，具体为什么闹翻，谁也想不起来了，但是从哥哥的语气里，埃玛听出他的心结依然没有解开，跟他把话讲到一半便没再讲下去。

靠着埃玛的软磨硬泡，父亲总算答应再去见一次全科医生。这次医生建议她父亲去看神经内科，她这才想到，原来父亲的改变可能另有隐情。

世上的事有时候就是这样奇怪，整天处在一块儿的人，竟然发现不了对方身上的改变。彼得来我这里看病已经是他退休两年以后的事了。埃玛告诉我，她父亲一直比较内向。岂止内向，他过来之后，连看都不怎么看我。彼得来到我房间坐下，屁股刚沾上椅子，又冷不丁地站起来脱了外套。他想找个挂衣服的地方，找了一圈没找着，有些急躁的样子。我问他今年多大年纪，他闷声不答，看起来极不耐烦。

埃玛见状也急了："你就跟他说你多大了嘛。"

他阴沉着脸道："1942 年出生的。"

于是我追着他问："那么你今年该有多少岁了？"

"你不是医生吗？你自己算算。"

"哎呀，老爸！"埃玛叫道，"你今天是怎么啦？不要动不动就冲人家发脾气好不好？"

他立马对女儿吼道："我跟你说，我没病！是你非要拖着我来见这个狗屁医生。"

房间里面顿时安静下来了，久久没有人发话。埃玛涨红着一张脸望着我，整个人都蒙了。事到如今，她才彻底意识到父亲和以前相比已经判若两人了。以前他是多么善良、多么温和的一个人啊！从小到大，她都那么爱戴他。可是看到父亲如今的言谈举止，她再也没法对他的变化视而不见了。她现在明白了，父亲的脑子确实出了问题，这点不消我跟她说。

在我和埃玛的轮番开导之下，彼得好不容易才开口回答了几个问题。可是当我让他在纸上画出一个表盘的时候，他又开始发作了，说什么也不肯动笔，并气鼓鼓地说："怎么说话的？你当我是三岁小孩吗？"

我问他最喜欢都柏林的哪座建筑，推荐我去哪些景点参观，我对建筑方面的事不太了解。这下他的态度缓和了一些，张口结舌了一阵子，说："就是主要的那几个嘛。"

"那你能举出几个例子吗？"

他干巴巴地答道："我指的是哪几个，你都知道。"

接下来我开始检查他的肢体功能。他走路的时候是拖着脚的，但和帕金森病患者的步态不一样。他的脚步是完全贴着地面的，这种症状我们称为"小步态"（走路步幅微小），它表明大脑的额叶可能存在问题。大脑额叶一旦出了毛病，确实会影响人的情绪状态。

接着我把我的手指放在他的手掌心，他立刻下意识地抓住了我的手指，就跟婴儿会用小粉拳握住人的手指一样；我轻轻地刮一刮他的大拇指指腹，他嘴旁的肌肉（颏肌）几乎同时收缩；我把食指指关节凑到他的嘴唇上，他的嘴唇立马撅了起来，好像要亲吻我的手一样。彼得身上的这些反射，一般是在人的婴儿时期大脑额叶尚未发育完全时才会出现的。而等到额叶或者说大脑前庭区域在童年期发育完全之后，这些原始反射就该消失了。除非大脑前庭受损或者萎缩，患者才会重新表现出这一系列在生命初始状态的反射。简单点说，彼得大脑的一部分已经退回了婴幼儿时期的状态，这也就是我们说的额叶痴呆。此时埃玛不等我发表结论，已经在一旁默默地落下泪来。彼得见了，便过去搂住女儿。他的眼眶也湿润了。

我们平常所说的痴呆其实分好几种，阿尔茨海默病只是其中最常见的一种。不论是哪种类型，它都会造成人的认知功能衰退，而且一般最先受到影响的便是记忆力。再进一步发展，人的性情、行为方式也会发生改变。在患病初期，不同患者的症状可能千差万别。有些人也许变得比以前内敛乃至孤僻了，也有些人会变得异常躁动甚至展现出攻击性。

目前我们治疗痴呆的能力依然十分有限。有些药物有可能延缓认知衰退的速度，至于患者到底会衰退得有多快，吃了药又能延缓多久，恐怕没有几个医生敢拍着胸脯给出一个确切答案。其实每位患者终将面临一个什么样的未来，我们现在根本无从得知，唯一确定的就是他们的智力会走下坡路。这个下坡的过程可快可慢，有的还能继续自理好几年，有的可能都撑不过个把月。

初步检查结束之后，我又给彼得安排了血液检查和各项扫描检查，万一他的症状是由其他什么因素，比如缺乏维生素、甲状腺功能异常或者肿瘤引起的呢？不过我在内心已经有了答案，也清楚做这些检查无非是为了争取点时间让我酝酿一下措辞，尤其患者的家人又是我多年的老朋友。彼得的脑部磁共振结果刚出来，我就看出他的大脑的确已经在萎缩了。埃玛看到父亲的结果，说下面的检查就不必做了吧，反正病因基本已经一清二楚了。

埃玛到底是个讲求实际的女汉子，很快便开始咨询律师办理长期有效的授权书，并且四处打听哪里有合适的养老院。彼得的病情仍然处于早期，但让他继续一个人住也不太保险了。埃玛考虑着在找到养老院之前，要不要把父亲接到自己家里来住。她挺不情愿让父亲住到养老院里去。有一次她跟我说："那些地方一点生气也没有，挺吓人的。而且我从小到大，他为我做了这么多，我总觉得不能对他甩手不管了。"又说："我有时候其实挺希望……要是哪天夜里，他安安静静地走掉就好了……我是不是不该这么想？"

结果彼得否决了住到女儿家的提议。埃玛只好继续一边工作，一边顾着丈夫和孩子，另外还得时不时地往父亲家跑，仿佛自己又多了一个孩子，如此持续了一年之久。总这样忙前忙后，她也难以兼顾，最后她只能选择暂时放弃工作，一心扑在家庭上。有天晚上，她好不容易有空同我见面，整个人看上去已经累成了一具空壳。上次见面的时候她还在为父亲确诊痴呆难过，现在她则陷入了深深的自责，因为后来她依然扛不住重压，说服父亲住进了养老院。说着说着，她的情绪激动了起来，一个劲儿地悲叹道："这种事怎么就发生在了我家？"我坐在她面前，不知说些什么才好。一个人落到这样的境地，换成谁也没法真正抚慰他吧。就算有通天的才干，遇上老年痴呆的打击也会不知所措。我作为医生也束手无策，所以听到她家的事情，更加心情沮丧。

她又对我说："现在我像是倒回去在养一个小孩一样。我爸没法自己穿衣服，吃饭到处洒，基本上只能靠我们一口一口地喂。他走路的时候也和几岁的婴儿一样。每次我们带他出去，他自己颤颤巍巍地站起来，走到厨房里边，我们就那么盯着他，大气也不敢喘。看见他稍微走得不稳一点，我们就要有人冲上前扶着。好像他活了这么多年，只不过做了一场梦一样。现在他又回到小时候了，中间的事情，他一丁点儿也记不得，而且行为也像小孩，要么不高兴、大吵大闹，要么乐呵呵的，没有中间地带。

"同样一个人，从生下来什么都没有，到慢慢长大，最后却又得回到初始的状态，这都是怎么一回事呢？要是他得了癌症或者心脏病，还可以说是因为他的生活方式有问题，可是关于他现在的病，说不出是什么原因导致的。我爸一直是很注重健康的。我小的时候，他还老劝我不要吸烟、不要喝酒。这下什么都没有了。你说说看，人过这一辈子到底有什么意思呢？"

在某些层面上，埃玛其实已经在为父亲的"离去"而悲痛了。一个人尚且在世的时候你为他悲伤，其实在很多方面和为逝者悲伤没有多大区别。她痛惜着父亲那无可挽回的命运，同时也为自己的境况难受，还有将来的事——将来又会如何呢？她自己会不会患上同样的病？她的孩子呢？在悼念亲人的时候，虽然我们表面上是在付出我们的同理心，为他们的病痛和离世感到痛苦，但其实我们很大程度上是在哀叹我们自己和自己的命运。

彼得在养老院里又过了四年。刚住进去的一两年里，埃玛时常会去看望父亲，带他出门转转，有时还会克服困难带他去街上的餐馆吃饭。到了后来，她连这些也坚持不下去了。她自己的孩子都在渐渐长大，她还要回去继续工作，再度回归到自己的生活中去。之后她再去看望父亲的时候，父亲越来越认不出她了。最后他已经彻底将女儿和外孙当成了陌生人。埃玛听旁人讲，痴呆患者偶尔还会有清醒的时候，可在父亲身上，她却从未等到这样的时刻。失望之余，她去看望的次数也越变越少了。

等到父亲咽气的那一天，埃玛自己也筋疲力尽了。她告诉我："我爸在去世之前三年其实就已经死了。"父亲去世之后，她依旧时不时地受到愧疚的折磨，直到很多年过去了，她才重新回想起父亲健康时的模样，想起当初母亲去世时他是如何忍痛撑起这个家，为还是少女的她提供温暖怀抱的。她想到父亲谈起工作时，脸上是如何热情洋溢，又如何把同样的热情传递给了女儿。最后的最后，她的眼前总算不再浮现出父亲临终时那具没有记忆的空壳了。她的心中只剩下了对他晚年所经历病痛的惋惜，以及岁月难以抹除的思念。

34

最好的告别：
我们应该不计代价地抢救吗？

有一次我的小外甥问我："老人们都去哪儿啦？"他头一回听说自己的舅舅是照顾病人的，感到难以置信，眼睛睁得特别大。

我问他："为什么这么问？"

"因为……我知道人会得病，还有的人会去世，但不是所有人得了病都会去世吧？那么，那些没有病死的人都去哪儿了呢？"

我一时不知怎么回答。他提出的这个问题，虽说还颇有些孩子的天真，但可以听出他对于生老病死的理解和我们许多活了几十年的人没有什么区别，就是知道有死亡这么一回事，但怎么也不明白自己也有死的一天。我有时真的会想：在那么多人看来，自己的生命结束到底意味着什么呢？

眼见着我自己也慢慢上了年纪，恐怕离成为病人的那一天也不远了，我便越发执着于弄明白到底什么样的死法才算是"好"的。这世上真的有令人称心如意的死法吗？我们经常听人说哪家的老人夜里心脏病发作去世了，虽说亲人突然离世给生者带来了很大的打击，可回头人们还是会不无庆幸地说：老人走的时候很安详，没有受多少苦。

现代医学给所有人带来了一种虚妄的想法，就是不管什么人患上了什么病，我们都有办法把他治好，这也是对终极问题的一种逃避，毕竟谁都免不了一死。家属在把病危的老人送到医院以后经常会面临一个问题：到底让医生救治到什么程度才会考虑放弃治疗呢？当然我们作为医护人员，肯定会尽可能提供一切可行的救治，最大限度地保证患者的生命质量，不论患者有多大年纪，50岁也好，80岁也好，况且年龄也不一定直接和健康状况挂钩。有些患者80多岁了还跟50岁的人差不多，也有些人的情况则相反。我们做的就是给患者和家属带去希望，但到了什么程度，希望会变成隐瞒与欺骗？到了什么时候，我们才该向人家坦白赤裸裸的真相呢？

患者家属听见医生说患者最多只能活几个星期了，心里难免会不高兴，觉得是不是自己在"放弃"病人。如果患者凭借自身的生命力活了下去，那么家属就会觉得自己好像高过医生一头，人算不如天算。而要是情况反过来——医生明明说某位患者没有大碍，过几天他却突然病危身故了——结果则可能更让人为难。

现代医学能够取得今天的成就，稍微有一点常识的人都会感到无比惊叹和快慰。特别是过去五十年来，无论是医学研究还是临床治疗都处在飞速发展之中，一个人从出生到临终的阶段都能得到比过去多得多的保障，这些都是振奋人心的消息。可是以我们现今的医术，在面对临终人群的时候是否已经到达极限了呢？我们拼尽全力将一个个患者从死亡关口抢救回来，让他们在世间多停留哪怕一刻，到底服务的是患者本人，还是我们这群不甘心失去的健康人？

我们医生之间经常会说，自己哪天要是躺在临终病床上了，肯定不愿意像其他临终患者一样被施以抢救，这听起来让人觉得稀奇。我们之所以普遍会有这样的想法，是因为见多了某一类家属，本来患者已经要寿终正寝了，他们还硬要不计代价地把人拉回来，也不管检查项目是否多余、是否会给临终者带来痛苦、自己会不会还要在等候室里多挨几天几夜。或者有时我们医护人员建议终止治疗，大部分家属也同意了，这时候其中一位又跳出来说不行，逼着我们一定要把人救活。我们也不便否决，只好硬上。大部分医生只要见识过类似的场面，目睹年老病弱的患者在临近安息前再度遭受折磨，过后都不会愿意自己也经历相同的遭遇。

对于临终患者，我们是这么做的：如果患者已经病危，而且事先没有签署放弃抢救同意书，医护人员是有义务通知心肺复苏小组前来抢救的。到时候只要是被通知到的医生，不论在医院何处都要立马放下手头的工作，分秒必争地赶到病床前参与施救。这时候病区的患者可能正坐在过道里喝着咖啡跟亲友唠家常呢，突然就会看见成群结队的医生"呼啦啦"一阵风似的一齐朝着某个方向奔过去了，估计这还是挺吓人的。那些对在医院里要面临的危险不太敏感的人，看到这些会心有余悸。尤其是对于老年病区的患者来说，这种情景更让人害怕，而濒死的患者还很有可能是他们的熟人。抢救场景我们一般尽量不让其他患者目睹，但到了十万火急的关头，又要输液，又要插管子，又要连上心电监护仪、实施电击，旁边的事情可能实在顾不过来。

一旦到了需要心肺复苏的阶段，结果就不好说了。有些人可能会从鬼门关被拽回来。如果患者没那么幸运，一大堆医护人员在病房里忙乱一个多小时都救不回来。这个过程，同病房的患者都是亲身体验的，等到我们把逝者送往停尸房，其余的人还得照样平复情绪，躺回去继续静养。整件事对于所有在场的人来说都无异于一场噩梦。所以我们医生见多了，才会非常恐惧类似的场面发生在自己或者家人身上。不过一个人真正到了将死的关头会怎么想，也许又是另外一回事吧。

回到放弃抢救同意书上来。现在我们看到有重病在身的老人来住院，而且有意义的康复概率极其渺茫，一般我们都会向家属提供这份同意书让他们考虑考虑。这里说的"有意义"，指的是我们一方面会尽量把人救活，另一方面也会考虑到抢救回来以后，患者的认知能力以及躯体功能是否能恢复到抢救前的水平，继续维持生命是否会给患者带来不必要的痛苦。因为一个人的心脏要是停跳超过一定时间，大脑供血不足就会出现严重损伤，即使我们最终能把人救活，可能也没法恢复他受损的意识了。

这种事情如果向患者本人提，有些患者能够比较泰然地跟你讲，以后希望医生做哪样、不做哪样；而有些患者发现医生回天乏术了，则会深深陷入抵触乃至愤怒的情绪中。不论患者有何反应，我们也不会怪人家。毕竟一旦我们自己到了那个阶段，或者到了需要为自己家人做出抉择的时候，还不知道我们会如何反应呢。

所以说"老人们都去哪儿啦？"这个问题的答案其实只有一个，我们每个人都心知肚明，只不过不愿意提而已。不过我也很欣慰地看到，现在有越来越多的人开始早早地思考这个问题，而不是选择做一只把头埋在沙子里的鸵鸟。

我第一次帮阿比盖尔女士看病的时候，她已经年届 93 岁高龄了。之前她因为肺炎在医院里住了近三个月，渐渐又出现了吃饭时手抖的症状。当时医院里本来人手就不够用，而且阿比盖尔刚住院的两个月里都需要人喂，所以她神经上的问题许久才被发现。

阿比盖尔在一两年前被确诊患上痴呆。她身边的老朋友都劝她去住养老院，她咬紧牙关不同意。她自己家是二楼的电梯房，所以独自一人也撑到了住院前夕。她有一个儿子叫杰弗里，现在已经成家并且定居在挪威了，基本上不怎么回爱尔兰。

我走近阿比盖尔的病床，心中"咯噔"了一下，以前我从来没有见过一个人羸弱成这样还能活着。她整个人瘦得像一只小雏鸟，灰白的长头发一团一团的，乱糟糟的像茅草。刚见到她时，我以为她在熟睡，因为她所住的病区一天到晚都很吵，可她就躺在床上纹丝不动，安详中带有威仪，像是一位风华已逝的电影明星。我咳了一声，她狐疑地张开一只眼瞧我，我才知道她一直是醒着的。

"您好。"我小声地跟她打了招呼，向她说明我的来意。听见我尊敬地称呼她的全名，她立马打断我道："叫我阿比盖尔就行，不需要那些名号什么的。"

"好的，阿比盖尔。我是这里的医生，现在过来看看你的手是怎么回事。现在和你说话不打扰吧？兴许我能帮到你。"

她疑惑不解地看着我，好像在试探着什么。过了一会儿，她拍拍床边，示意我坐下，然而眼神里依然带着戒备。

我从她的病情报告看到住院之前她有一两天没有接任何电话，结果她的朋友直接找上门来，摁了门铃也没人应，最后找到邻居开了门。朋友一进门发现整间屋子乱成一团，到处丢着陈年的报纸，还有旧日的相片和书信。厨房里的垃圾桶已经满得溢出来了，食品全都烂在冰箱里。整间屋子都弥漫着一股霉味。

朋友到卧室里看见阿比盖尔躺在床上，像不认识来者一样，于是叫来了救护车把她送进急诊室。医生看过以后，说她有重度肺炎，随即让她住进了老年病房。房间里一共有六张床，住的全是上了年纪的女病号。医生对她的朋友们说，她目前的情况不太乐观，叫她的儿子从挪威赶回家来吧。

儿子杰弗里在两天之后到了医院。医生告诉他，阿比盖尔的身体实在太虚弱了，加上肺部感染，恐怕挺不过去，他们还会尽力帮助她恢复，但同时也希望他能做好最坏的打算。

儿子听后顿时火了，说："你跟我说这个干吗？她不就是肺部有炎症吗，你们怎么治不了？换作在挪威，肯定能医。"

（我们在医院里经常见到像杰弗里这样的家属。爱尔兰本身是庞大的人口输出国，来到医院的老年患者老无所依是常有的事。而那些身居国外的子女，往往是那些离家最远的更愿意主动插手父母亲的治疗。可以说这种现象从起因到普遍的解决办法都具有十足的爱尔兰特色，也就是离家的成年子女会出于歉疚、思乡、在外的漂泊无依感等一系列因素，在家人有急事的时候响应得格外积极。他们做出反应的其中一种方式，就是不留情面地抨击爱尔兰本国的医疗制度。特别是那些移居到发达国家的患者家属，在他们看来，爱尔兰的医疗水平简直就是全世界垫底。）

医生们纷纷对杰弗里指出，阿比盖尔入院之后他们从陪同她的朋友那里了解了她的情况，得知她的健康状况恶化已经有一两年了。之前她已经犯过意识不清的毛病，问她在哪里甚至她是谁，她统统不知道。

阿比盖尔的儿子立马反驳说："胡说八道，我跟她通电话的时候她都好好的。她那些朋友说她脑子不清醒，肯定是因为那时候她的肺炎犯了。反正你们能用什么方法治，就全给我用上。"一连几天，医生找他谈话都得到了相同的答复，就是没法说服他相信母亲已经病危了，只好按照他的意愿继续治疗。

医生们一面给阿比盖尔用消炎药控制感染，一面又找到杰弗里这个在法定意义上与患者最亲近的家属，问他万一病情急剧恶化，要不要考虑签署放弃抢救同意书。杰弗里的态度异常坚决：直到最后也不能放弃治疗。

当时阿比盖尔肯定没有亲自发言的能力。我坐到她的病床边以后，她还当我在她家做客。我们聊了聊她的生平经历，年轻时的事情她还能想起一些来。她跟我讲当年她在伦敦参加舞会，当时的场面如何如何。我问她那是什么时候的事，她说记不清是哪天了（"记那个有什么用？"），也说不上来是哪年（"啊，以前的事都化作一团雾了，想想我都这把年纪了……"）。我意识到她一下子被人问这么多问题，心里一定是不耐烦的。

此时护士端着茶来了，她顿时容光焕发。可她看了看，没有茶托，也没有茶壶，就只有孤零零的一杯茶，她又显得不太高兴了。她将茶杯举到嘴边的时候，我总算观察到她的手在哆嗦。这就表明她除了痴呆之外，同时也已经有了帕金森病早期的迹象。这时用药应该还能起到一定的效果。我这么在心中默想着，但决定不和她讲。以阿比盖尔现在的理解力，应该仍能懂得"帕金森病"这个词的含义，要是她听到了，恐怕非但帮不了她，还会打击她的求生欲。

我又听阿比盖尔讲了一会儿过去的事情，但不久她又沉浸到自己的世界中去，讲着讲着就睡着了。她的主治医生告诉我，她肺部的感染基本上已经消除了，应该再过不久就能出院。可是她出院之后又将何去何从呢？

后来我陆陆续续地见到了阿比盖尔的一些老伙伴，很为他们之间那种真挚的友谊和责任心所触动。和阿比盖尔同样年纪的住院病人，极少有像她一样，患了病之后依然宾朋满座的。而且，她的朋友中，有不少年纪小她很多。在她的健康开始严重恶化前的那一年，这帮老朋友就常去她家陪她。有时会给她带吃的，见了面只说饭菜做多了，家里吃不完；有时则一起带她出门去高档餐馆享受享受，末了阿比盖尔总是执意要付自己的饭钱。她的家底相当殷实，50多岁时丈夫又去世了，所以将近40年来她都是一个人过的，非常自立。

其中有位朋友专门带来了一张阿比盖尔年轻时的相片：她现在那一头灰糟糟的卷发原来是夺目的金色，整个人是一位出奇美丽的女子。她曾经过着那样绚烂奢华的生活，从前同丈夫一同出游，丈夫死后依然一个人满世界跑。她认识的人里不乏各界名流、俊杰，老朋友们还为我补充了她从前夜夜流连于上流社会集会的各种细节。没想到阿比盖尔原来是那样显赫的一个人物，我被这些故事深深地折服了，同时也为她能够拥有如此充实的晚年生活感到欣慰。

她有一个朋友拍手笑道："哎哟，你不晓得，从前她有多爱通宵出去玩！我们都说，阿比盖尔这姑娘啊，不着家！"目前针对阿比盖尔的状况，我们可以为她安排住家的护工，她的朋友也可以轮班上门探视，但全天候的照顾肯定是必需的。最佳选择依然是将她送进一家合适的养老院，这也是她本人向来最抗拒的选项。我看着眼前这位迟暮美人，想着她历经多少繁华，曾经多少次照亮她周围的人群，如今却蜷缩在老年病房，活像刚出生的小孩，需要人喂，需要人照顾洗漱，心中顿时泛起一阵悲凉。我们把人救回来，难道为的就是这种结果吗？难道她的境况放在我身上，我就不会感到厌恶吗？

不得不说，我现在一见到阿比盖尔这样的患者就会心烦意乱，甚至备感悲愤。外人总说医生在"扮演上帝"，然而如果我们给人带去的只有痛苦，那么这个所谓的"上帝"难道还是慈爱的吗？我觉得仅仅因为技术允许，就将一个病人的生命无限延长，是一件极为残酷的事。对于安乐死，我并不想表明任何立场，但有时候我们一方面不能减轻病危患者的痛苦，一方面还在用各种人工方式令其苟延残喘，这对患者而言确实是不公正的。

我问阿比盖尔的一位老朋友，她对这件事怎么看，她答道："凭我原来对阿比盖尔的认识，她肯定讨厌死自己现在这个样子了。不过她现在大概也糊涂了，这起码还算是一件好事吧。"

我又问她为什么杰弗里会那么抗拒签署放弃抢救同意书，她说："他就是心里过意不去。他跟他妈一直处得不太好，现在倒想揪住她不放，好想办法做点补偿。"

我听她这么一说，也开始同情起杰弗里来。我想他看着奄奄一息的母亲肯定还有好多话想对她说，但是现在无论对她说什么也无济于事了。他既然不能弥补过去的创伤，只能花余生的时间一遍遍地反思、无休止地悔恨。这样的负担实在太重了。

如果世上有上帝的话，那么几周之后发生的事应该就是他显灵了。当时我们正四处奔波帮阿比盖尔找一家合适的养老院，本来这个过程可能得花上几周乃至几个月，于是老年病房里的患者来了又去，只有她还半梦半醒地滞留在刚入院时住的床位上。有个周六下午，一位老朋友主动说要带她出门，去城里遛遛弯。

后来她的那位老朋友告诉我："那是几个月来我见她状态最好的一次。我们玩得特别开心，不过也不知道外头的东西她还能明白多少。"就在当天晚上回到医院后不久，阿比盖尔突然病危，最终在临近午夜时停止了呼吸。护士立马叫来整个心肺复苏小组全力施救——到底还是大费周章地把所有能用的器械都用上了，还是没能把人救活。我暗暗地想，但愿她在抢救人员到来之前就已经彻底撒手人寰，这样至少在那之后再怎么折腾，她也不用继续受苦了吧。

写在最后

选择神经学这条路最大的一个好处，就是每天都能发现一点关于人脑以及大脑疾病的新知识。每周我都会去放射科的研讨会，次次都能从病人脑部的片子看到之前从未见过的东西，或者从某位同事的解读中收获全新的角度。至于脑部扫描的方法、临床治疗的手段，只要一个人乐于发现，就能不断地学到新知识。

不过从另一个方面讲，如此持续地吸收新知，加上每年面对成千上万的病例，到头来也会认识到自己的局限，觉得自己了解的东西还是太少太少了。不错，对于哪个病在哪个阶段会表现出什么样的征兆，我大致都有一个概念。但每次我刚开始觉得自己掌握诊疗的诀窍了，又会冒出来一种新的现象、新的病症。而且至今我依然会碰上以前从未见过的罕见病例，遇见完全在我经验之外的事物，那么我在之前一周、一个月甚至几年的经验就统统不管用了。遇到这种情况，你就得扪心自问："这种现象是不是我以前遇上了，只不过没看出来？"

所以在我们这一行做的年岁越久，就越会意识到自己年轻时的狂妄，接着就会把自己的姿态放得很低。这不是说我现在是两眼一抹黑地在做事——至少我相信自己干了这么多年，还是有自己的一套的——但是在庞大的未知面前，自己有几斤几两，真的只有在这一行做了二十多年以后才会逐渐意识到。现在我常常觉得，对于人类的大脑，恐怕我们永远也没法彻底了解。这也就是为什么神经学发展了这么多年，依然对很多人有那么大的吸引力。

医学生出来工作以后，面临的必定是科目越分越细，研究越钻越深。光是跟上自己研究领域的最新进展就已经让很多人感到吃力，更别提自己科目之外的领域了。所以一名病人在初步咨询过后被分配给某个科室，难免就要接受来自这个领域的审视以及进一步的诊疗。换言之，外科医生干的就是做手术，所以把你分配给外科医生，他多半只会考虑给你动一个什么手术。在我们神经内科也流传着一个类似的笑话：

一名病人去神经内科看病，能看出来什么？什么都看不来！（不过各位既然读到了这里，应该不至于对这句话完全赞同吧？）

我每逢闲下来就会反思，作为医生我们到底能做什么。首先，我们肯定想要搭救那些病情直接危及生命的病人，如果成功了，皆大欢喜——不过也就高兴那么一阵。然后，我们会想帮助那些患病但暂时没有生命危险的病人恢复健康，如果成功了，也是一件乐事。然而有时候，患者表面上的症状消退了，他们的生活质量却由于患病的经历变得大不如前，我们医生又会感到无能为力。对于刚刚出院，想要让生活重新步入正轨的病人，我们能做的只有那么一点。彻底康复的过程是很漫长的，其中需要病人自己、朋友和家人的帮助，以及心态上的调整。我们可以为病人提供理疗、让他们去康养中心、做心理咨询，但是毕竟医院里的任务那样繁重，送走前一名病人，接下来可能就要迎来一名病得更重的，让我们很难有多余的精力去做后续跟进。这时候我们不得已要放前一名病人走，人家可能还没准备好或者不愿意。这么说来，难道仅仅把病人的身体治好就算成功了吗？你问我，我也答不上来。

当初我在坐下来写这本书的时候，原本并不准备提及我父亲的事。然而随着我的写作和思考慢慢深入，我越发觉察到自己受他的影响有多么深，或许因为我总算到了懂事的年纪吧。想当年我还是一个初出茅庐的医学生，他那样耐心地支持着我，我对此无比感激。现在我不敢说自己已经拥有他那样的肚量了，但总归受到了一点感化，至少懂得要待人和善些、倾听得耐心些，但愿我的病人也能因此受益吧。所以一直以来，我都没有放弃继续修炼自己待人接物的本领。

我们现在所处的年代比起我父亲那时候有一点进步，那就是医学界前辈与后辈的关系。如今我动不动就能和医学生们在一起有说有笑，甚至有时候我会觉得自己和下一代年轻人之间除了专业知识外基本上没有什么隔阂。早些年我刚当上主任医师的时候，我们会经常跟比自己年轻的群体玩到一块去，而且感到很有趣。（现在这样的机会越来越少了，不是因为我不愿意，而是实在跟不上时下的潮流了。）现在回想起来，即使原来我认为自己和老一辈的人谈不到一起去，其实也可能是我多虑了；不过以前实习的时候，我跟那些与我年龄、职位相仿的同行确实也没那么爱跟医院里的前辈聊天，哪怕普通接触也不太常有。现在情况不同，既是因为医院的环境真的变宽容了，也是因为我一直在带课，对于年青一代的医生会面临什么样的状况，我心里大概也有个数。他们心中的不安，我能感觉到，而他们身上勇往直前的精神，我也看得到。但我最乐于见到的，还是他们在专心工作时脸上洋溢出的那份骄傲。

对于我目前指导的医学生以及年轻医生，我会告诉他们：别像我当年那样急于求成。沉下心来，学医是一辈子的事。根据我当年在医学院的经验来看，我们那一届的同学好像都挺满意自己选择了医学这个专业。其实我们大多数人刚入学时才十几岁，就能这样把自己一辈子的事业定下来，实在是挺不可思议的一件事。这到底是误打误撞选对了呢，还是因为个人的坚持，抑或是心里想着"反正都学到这一步了，再出去也干不了别的"，所以才咬着牙学下来的呢？我猜我当年的同学中不乏像我一样有过动摇的。在当今社会真正能称得上"做一辈子"的职业所剩无几，医生可以算作其一。如果一个人选择从医之后发现自己不喜欢，或者干不下去，也得等到读完医学院再加上做了几年实习医生以后。到那个时候，一个人怎么说也该将近30岁了，这才突然明白自己不适合干这一行，再投身其他行业，对很多人来说都是难以接受的。

我记得父亲曾经跟我讲起，他自己在刚刚从医的时候总觉得自己格格不入，而且当时人们普遍对医生有一种印象，就是冷淡、严肃、不近人情。依我看，现在这种印象已经不那么明显了。大家一般都明白，医生也和常人一样会经历生活中的起起伏伏，而不仅仅是冷冰冰的科学机器。

我常想着，要是父亲依然健在的话，他会如何看待我们今天的医疗界呢？估计他会被各种官僚作风和来自外界的压力整得不胜其烦。从前，他闲下来还能点起烟、开着车去野外兜兜风，如今有了手机、电子邮件，一个人想要放空一下自己都没有机会了。针对医生的道德审判，现在也愈演愈烈。打个比方吧，如果周五下班以后某位病人将自己刚拍出来的片子发到你的邮箱，那他根本不会替你着想，而是觉得自己该做的都做了，接下来你要是回复不及时或者不用心都是你的事。

可是你想想，现在都周五晚上了，医生能做什么事？要是根据片子做出诊断了，一时半会儿又提不出治疗方案，难道你就直接打电话给病人说他患了什么病？病人听了以后吓得魂飞魄散，难不成周末就把他安置在医院里的担架床上"以防万一"？或者暂且不说，自己先替病人担忧着，直到周一回去工作以后再将诊断结果和治疗方案一并透露给病人家属？假如你从检查结果当中一下发现了特别危急的病变，那么二话不说，这件事当然越快解决越好。在本该从工作的压力中解放出来、休养生息的时候，突然收到一个没头没尾、看不出所以然的信息，是再让人烦恼不过的了。休息对我们每个人都至关重要，尤其是我们当医生的，整天面对伤残病患甚至生离死别，要是该休息的时候没能休息好，我们自己身心疲惫不说，回头帮人治病的时候也就没法使出我们的全部心力——受害的也是病人啊！

相当一部分医生也会有"职业病"，他们平常接触什么病症多，就会担心自己会不会患上这种病。神经内科医生或多或少都会受到这种思维的影响，只不过不大有人承认。比如，我自己有时候感到疲劳或者压力过大了，眼球就会发颤（我会用专业的叫法，说这是"肌纤维颤搐"），接着就想自己是不是得了多发性硬化；还比如，碰到小腿上的肌肉稍微抽搐一下，我立马又想到运动神经元病；再比如，劳累了一周，到了星期天早上沏茶的时候，手部突然发抖，我的脑子里肯定会冒出一个分外阴郁的声音说，你这是帕金森病犯了。

我在这本书里讲了这么多病人胡思乱想、在网上瞎查一气的故事，本意并非是在指责这部分病人，而是说我自己也对他们的焦虑和无助感同身受。我可以想见有些病人犯了自己也弄不明白的病来找我，他们的内心会有多大的压力。我也会"讳疾忌医"，比如自从十几岁起我就非常害怕去看牙医。其实大部分时间给我看牙的都是同一位医生，而且为人特别和善，技术上也没话说，可我每次见他都很害怕。我想这应该不是因为我怕疼，而是那种躺在手术台上任人摆布、没法自主的情形让我感到抗拒。我的一颗后牙，每次只要我一焦虑，它就会疼。这么一疼我就觉得它要掉了，然后去看那位医生。他每回都告诉我没什么大碍，过一阵子它自己就不疼了。所以你看，就算是神经内科医生，也会为臆想出来的病受折腾。

一种病症的程度如何，怎样算严重，怎样算轻微，其实并没有一个统一的标准。有时候病人听医生说自己患上了"轻度"的什么病，就算不说，心里也会嘀咕两句，觉得自己的病似乎挺严重的。就比如一个人长期咳嗽，原因可能包括重度感冒、流感、肺炎或者肺癌。换作你，会不会在上网查过"长期咳嗽"之后认定自己得了肺癌呢？又有多少人在得知自己仅仅是感冒引起的咳嗽之后，依然对其他的可能性耿耿于怀？

幸运的是，第一次来到我这里的大部分病人患上的病，相比他们自己的想象，都是偏于轻微的。听了我的一番说明，他们一般也就安心了。当然，总有些人说服起来要困难一些。如果是经常手抖的人，可能之后每次紧张的时候还是会犯哆嗦，但也不会进一步发展成更严重的病症。给这些轻症患者看病，我同样觉得很有趣味，也许主要是因为他们的心理活动——我就想搞明白他们的内心在上演什么样的戏码，这才让他们看起来比绝症患者还要忧愁。

我们每个人都是血肉之躯，总会有垮下来的一天。如果今天你仍然健健康康地活着，我则奉劝各位要怀着感激之情欢欣地活下去。当然也别做得太过火了，毕竟我们当中的大多数人也不可能立马就把工作辞了，跑去波光粼粼的大海边挥霍余生的积蓄。我见过许多"今朝有酒今朝醉"的人，但他们在豁出去享乐的同时，往往也在为了这种日子是否因某种疾病而终结发愁。

我们也会面对那些状况确实不那么乐观的患者。人一旦得上了诸如多发性硬化或者帕金森病这类对神经造成不可逆损伤的疾病，那么无论是医生还是患者都不能够百分之百判定病情未来的走向。我们能够告诉人家关于这种病的一些统计数据，但是眼下的病人属于哪种情况，谁也说不清楚——到底是比平均情况严重呢，还是比平均情况轻微？很多人会觉得与其这样不明不白的，还不如痛痛快快地结束了好；也有些人拖着一身解释不清的毛病，也不知道以后是否会发展成绝症或者失能，居然也就一如既往地过了下去。

人的神经系统出了问题，影响到的不只是患者本人的肢体行动能力，同时还影响患者的心理健康，乃至家人、伴侣、孩子及

写在最后

周围其他人的生活。看到由于患病无法行动的病人来到我们医院之后，慢慢恢复得又能走路了，我们会说这是大快人心的好事；然而转眼我们又会为了其他无法痊愈的患者黯然神伤。许多人病得再也抱不了自己的爱人或者孩子，只能余生都依赖别人的照顾。这些是医生每天都必须面对的现实。形形色色的患者时刻都在提醒着我们：诸事无常，人是何其渺小，我们熟知的生活又是何其脆弱！我这么想，总是能让夜里被各种思绪困扰得睡不着觉的自己宽慰一点。的确，生命是短暂的，生命也是宝贵的。

凡是我见过的病人，之后总是会一遍遍地浮现在我的脑海。即使我已经探明了他们患病的机制，可有时他们的病情发作得那样突然，给他们的生活带去了那样猛烈的震荡，常常还是会让我惊愕良久。这时我就会不由自主地回想起面诊时的每一个细节、患者向我透露的各种经历，最后又会陷入对自身的种种反思中。

我既然选择作为医生过完一辈子，自然要在自己生活的一地鸡毛以外承担起对他人的责任。这种持之以恒的责任感，并不会因为一两次治疗成功而变得轻松。医生们为了不至于累垮，经常在找各种各样的方法让自己躺平放松，工作归工作，生活归生活。然而归根结底，病人总会占据我们心头的某个角落，也就是因为他们，我们才有了起床迎接每一个清晨的动力。

致谢

我在医院第一线工作了这么些年，一直很想写一写每天见到的病人以及自己的心路历程。然而我迟迟没有动笔，总觉得自己距离动笔还差那么一点火候。实在是多亏了身边人的鼓励，我才下定决心提起笔来。

这本书的初稿能够交出去，首先要感谢诺埃尔·凯利在背后推了我一把。他和纳娅姆·廷德尔在这整本书的写作过程中都给予了我莫大的支持。

一开始我在写下这些亲身经历的时候，并没有想到最后能够出版。如果没有企鹅兰登书屋爱尔兰市场部主管麦克尔·麦克洛克林的提醒，以及出版社编辑诺拉·马奥尼的细心整理，这些故事可能至今还杂乱无章地堆放在我的家里。

感谢企鹅出版社爱尔兰分部的帕特里夏·迪维手把手引导着我走完了整个出版流程。我在前期有过一些不成熟的想法，也是靠她的温和点拨才得以疏通，不至于掉进坑里。关于出版事宜，我这个外行人从她那里学到的太多了，真是不胜感激。

至于我平时的伙伴，一开始我以为他们听说我要写书都会笑话我在痴心妄想。没想到他们个个都很支持我，没有一个唱反调的。在此感谢他们所有人：巴特、戴维·BH、戴维·O'D、凯瑟琳、基兰、莫利斯、吉尔达、布赖恩·K、戴维·L、菲奥娜、埃蒙，还有史密斯的伙伴们，以及其他许许多多我在此处没有提到的人。

在向医院里的同事提到自己要写一写在爱尔兰当医生的经历之后，我同样收获了意料之外的鼓励。这么些年来，我在工作中也出过几回状况，都是靠他们才得以平安度过。凡是在医院里与我共事的同事，不论是医生、护士、前台接待员、电话接线员、治疗师，还是护工，我都从心底对他们感到敬佩。我的希望就是在医院工作的各位能在这本书中读到自己生活经历的影子——可能是好的方面，也可能是坏的方面。能够天天和他们一道为病人付出心血，我感到既荣幸又感激，但愿这点在此书中已经不言自明。特别要感谢的还有乔和雅姬，当然也包括一直以来帮我保持精神正常的宝拉·C。

衷心感谢贝利尼，这本书能写成现在的样子，其实多半是他的功劳。但如今他功成身退，倒反过来向我道贺了。我们在一起度过的那么多美好的时光，我全都会铭记在心。

我要特别感谢我的母亲，还有我的姐姐朱迪丝，我们这个家就是靠她们俩，这些年才风风雨雨地走过来了，直到现在还这么和睦。

我有一个雷打不动的习惯，就是每周跟我的弟弟瑞安、加雷特以及妹妹瑞秋聚在一起，聊人生、聊世界、聊宇宙。最开始写这本书的提议就是在我们的一次谈话中冒出来的，而且如果不是他们一路肯定着我的努力，可能至今我依然会为写书这个念头而自我怀疑，觉得自己莫不是太蠢，抑或是太狂妄了。现在这本书大功告成了，我还盼望着每周和他们安安静静地喝一次酒。毕竟我嘴上再怎么感激，也赶不上他们为我做的那么多事情。